MAREN SCHWARZ

Maienfrost

Der zweite Fall für Henning Lüders

SPANNUNG

GMEINER

Besuchen Sie uns im Internet:
www.gmeiner-verlag.de

Im Ehnried 5, 88605 Meßkirch
Telefon 07575/2095-0
info@gmeiner-verlag.de

5. Auflage 2015

Lektorat: Claudia Senghaas, Kirchardt
Umschlaggestaltung: U.O.R.G. Lutz Eberle, Stuttgart
Unter Verwendung eines Fotos von: Steffen Schwarz
Druck: CPI books GmbH, Leck
Printed in Germany
ISBN 978-3-89977-658-4

1

Albert Pirell vermochte nur noch selten zwischen Realität und Traum zu unterscheiden. Eine heimtückische, mit geistiger Verwirrung einhergehende Krankheit, die nur noch gelegentlich lichte Phasen zuließ, hielt ihn umfangen. Seine in stumpfer Monotonie verbrachten Tage und Nächte in einem Pflegeheim reihten sich zu Wochen, die Wochen zu Monaten. Ans Bett gefesselt, dämmerte er die meiste Zeit dahin. Albert ging auf die achtzig zu. Er sehnte sich danach, friedlich einzuschlafen. Möglicherweise hätte sich sein Wunsch auch schon längst erfüllt, gäbe es da nicht dieses Detail, das ihn einfach nicht zur Ruhe kommen ließ. In seiner über vierzigjährigen Tätigkeit als Rechtsmediziner waren es meist die scheinbar unbedeutenden Kleinigkeiten, auf die es ankam. In Phasen klaren Verstandes quälte es ihn noch immer, dass es ihm nicht gelungen war, seinen letzten Fall zu lösen. Auch nach all der Zeit blieb dieser für ihn der perfekt ausgeführte Mord. Warum nur brachte jemand den Opfern, einem Liebespaar wie es auf den ersten Blick schien, postmortal so offensichtliche Verletzungen bei? Er verstand es nicht, damals genausowenig wie heute. Er wusste nur, dass er in der kurzen Spanne, die ihm noch verblieb, den Fall aus eigener Kraft nicht mehr aufklären konnte. Diese Aufgabe musste jemand anderes übernehmen.

Albert Pirell wälzte sich unruhig in seinem Bett herum. Unverständliche Worte murmelnd, tauchte er zum wohl tausendsten Mal in längst vergangene Zeiten ein. Lichtjahre entfernt sah er sich mit Kittel, Handschuhen und Mundschutz bekleidet bei der Obduktion einer Leiche in den sterilen Kellergewölben des medizinischen Institutes stehen, für das er arbeitete. Der Fußboden war mit tristen dunkelgrauen Fliesen ausgelegt. Blendend weißes Licht, das von der Lampe, die über dem Metalltisch hing auf dem der Leichnam lag, herrührte, verlieh der Szenerie etwas Gespenstisches.

Im Laufe der Jahre hatte er so ziemlich alles gesehen: Leichen, die nach einem Sturz aus großer Höhe vom Gehsteig gekratzt werden mussten, die im Feuer gebraten oder die erstochen worden waren. Mit Ausnahme der Kinder, die ihn jedes Mal aufs Neue aus der Fassung brachten, glich eine Leiche der anderen. Sie stellte für ihn ein entkleidetes Exemplar, examiniert und katalogisiert dar. Würde er sie je als etwas anderes betrachtet haben, hätte er damit nur Albträumen Tür und Tor geöffnet.

Teilnahmslos konzentrierte er sich auf die junge Frau, die bleich und entblößt vor ihm lag. Er schätzte sie auf höchstens achtzehn Jahre. Trotz der Totenblässe besaß sie einen dunklen Teint. Hätte er ihre Hautfarbe beschreiben müssen, so hätte er sie als maurisch bezeichnet. Lockiges schwarzes Haar umgab ein herzförmiges Gesicht, das selbst jetzt noch nichts von seiner Schönheit eingebüßt hatte. Für Sekunden sah er sie wieder im Brautkleid vor sich. Der Spitzenschleier hatte sich aus ihrem Haar gelöst. Wäre da nicht dieser hässliche, tief klaffende Schnitt gewesen, der sich quer durch ihre Kehle zog, hätte man glauben können, sie schliefe friedlich. Ihr Anblick ließ ihn an Schneewittchen denken: so schwarz wie Ebenholz das Haar, so weiß wie Schnee das Kleid und so rot wie Blut die Wunde, die aber, obwohl es ganz offensichtlich danach aussehen sollte, nicht zum Tod geführt hatte.

Jeglichen Gedanken daran verdrängend, griff er zum Skalpell. Mit geübten Griffen machte er einen Schnitt über Brustkorb und Unterleib hinweg: zwei diagonale Schnitte von den Schultern zum unteren Ende des Brustbeins. Dann ein vertikaler Schnitt über den gesamten Unterleib bis zum Schambein. Er hatte die Form eines Y. Bei der stattlichen Anzahl an Jahren, die er als Rechtsmediziner schon auf dem Buckel hatte, schien Albert Pirell kaum noch etwas zu überraschen oder zu erregen.

Während er die Brusthöhle freilegte, sann er darüber nach, ob man sie betäubt hatte, bevor sie starb. Gründlich und vorausschauend wie er war, beschloss er, ein toxikologisches Gutachten zu erstellen. In seine Betrachtungen vertieft, vermeinte er sogar ihren Geruch wahrzunehmen: eine mit Formalin untersetzte Ausdünstung, der Tod und Verwesung anhafteten.

Mit klopfendem Herzen schreckte er aus seinen Erinnerungen auf. In einem Moment absoluter Klarheit erkannte er, dass ihm nicht mehr viel Zeit blieb. Mühsam öffnete er den Kasten seines Nachttisches, um ihm Block und Kugelschreiber zu entnehmen. Sein erstes Schreiben galt Herrn Wollschläger, seinem Notar. Das zweite war an Leona, seine Enkeltochter, gerichtet.

Als diese zwei Tage später beim Durchsehen der Post auf den Brief ihres Großvaters stieß, meldete sich augenblicklich ihr schlechtes Gewissen. Sie hätte ihn schon längst einmal wieder besuchen müssen. Außer ihm hatte sie schließlich niemanden mehr. Ihre Eltern waren lange Zeit schon tot. Die Hände der jungen Frau zitterten, als sie den Bogen Papier entfaltete. In krakeliger, kaum zu entziffernder Handschrift bat Albert sie, zu ihm zu kommen. Er wollte sein einziges Enkelkind noch einmal sehen, um etwas Wichtiges, wie er schrieb, mit ihr zu besprechen. Die an sie gerichteten Zeilen waren so eindringlich verfasst, dass Leona alle Termine absagte und sich gleich am darauffolgenden Wochenende auf den Weg zu ihrem Großvater machte. Zu diesem Zeitpunkt konnte sie noch nicht ahnen, dass sie zu spät kommen würde. Eine halbe Stunde bevor sie das Pflegeheim erreichte, verschied Albert Pirell in aller Stille. Ein friedlicher Ausdruck ruhte auf seinem Gesicht. Womöglich rührte er daher, dass, sollte er seine letzten Minuten bewusst wahrgenommen haben, er sie in der Gewissheit erlebte, alles in seiner Macht stehende veranlasst zu haben.

Leona blieb nur noch, sich um die nun anstehenden Formalitäten und die Ausrichtung der Trauerfeier zu kümmern.

Noch bevor der Termin für Albert Pirells Beisetzung feststand, erreichte sie ein Anruf seines Notars. Er bat sie, in seine Kanzlei zu kommen. Er hätte ihr, so teilte Herr Wollschläger Leona mit, eine Mappe mit überaus wichtigen, für sie bestimmten Unterlagen aus dem Nachlass ihres Großvaters zu überreichen.

Leona fragte sich wiederholt, worum es sich dabei handeln mochte. Ein paar Tage später hielt sie einen Hefter von beträchtlichem Umfang, versehen mit einem Schreiben ihres Großvaters, in ihren Händen.

Wieder zu Hause entfaltete sie den Brief und las:

Meine liebe Leona,

wenn du diese Zeilen liest, dann bin ich für immer von dir gegangen. Verschwende deine Zeit nicht, um mich zu trauern. Nutze sie lieber, um mir eine letzte Bitte zu erfüllen.

Wie du vielleicht noch weißt, gelang es mir nicht, die ursächlich zum Tode führenden Umstände im Fall Austen/Küster zu klären. Dass ich darin versagte, hat mich immer belastet. Mein Gesundheitszustand erlaubte es mir leider nicht mehr, den Dingen aus eigener Kraft auf den Grund zu gehen. Aber auch wenn es nach dem perfekten Mord aussah, weigere ich mich noch immer, daran zu glauben. Vielmehr bin ich davon überzeugt, dass es eine plausible Erklärung geben muss. Nur leider blieb sie mir bislang verborgen. Meine ganze Hoffnung ruht nun auf dir. Schon als ich hörte, dass du Medizin studieren willst, wusste ich, dass mein Anliegen bei dir bestens aufgehoben sein würde. Ich weiß, dass du dich, genau wie dein lieber Vater, Gott hab ihn selig, für Kinderheilkunde entschieden hast. Aber vielleicht trägt der Inhalt beiliegender Mappe ja dazu bei, deinen Entschluss noch einmal zu überdenken. Es würde mich aufrichtig freuen, wenn du dich dazu durchringen könntest, dich auf Rechtsmedizin zu spezialisieren. So makaber dieses Gebiet anmuten mag, kann ich nur jeden angehenden Arzt ermutigen, sich eingehend damit zu beschäftigen. Bedenke, wie viel Nützliches die Pathologie schon herauszufinden vermochte und welche Fortschritte, vor allem auf dem Gebiet der Forschung, sie bislang bewirkte. Ergreife die Chance! Ich kenne dich und weiß daher, dass du die besten Voraussetzungen mitbringst, um in diesem Fach erfolgreich zu sein. Ich kann verstehen, wenn du zögerst, um diesen Schritt erst einmal gründlich zu überdenken. Aber ich habe dennoch die Hoffnung, dass du, schon um mir meinen letzten Wunsch zu erfüllen, den von mir empfohlenen Weg einschlägst. Es tut mir leid, dass uns nicht die Zeit blieb, uns persönlich über vorliegenden Fall auszutauschen. Aber ich bin gewiss, dass er bei dir in kompetenten Händen ruht. Wenn ihn jemand aufklären kann, dann du. Sollte es einst soweit sein, wovon ich überzeugt bin, dann bitte besuche mein Grab und berichte mir. In dem festen Glauben daran, dass dieser Tag kommen wird, werde ich auf dich warten.

In Liebe dein Großvater

Betroffen ließ Leona den Brief sinken. Während sie das soeben Gelesene noch einmal überdachte, schweifte ihr Blick in weite Ferne. Zögerlich griff sie nach der Mappe. Sie löste die beiden Gummibänder, die sie zusammenhielt. Zuoberst lag eine Fotografie. Leona starrte wie gebannt darauf. Sie war sicher, dass die Aufnahme ein polizeiliches Beweisstück darstellte. Sie zeigte zwei nebeneinanderliegende Leichen. Wie der Hintergrund, Gräberreihen, bewies, handelte es sich bei ihrem Fundort um einen Friedhof. Vor allem der Anblick der Frau ließ Leona frösteln. In ihrer Jugend und Zerbrechlichkeit wirkte sie wie ein halbes Kind. Selbst im Angesicht des Todes hatte sie nichts von ihrer einstigen Anmutigkeit eingebüßt. Sie trug ein Brautkleid. Der Schleier hatte sich aus ihrem schwarzen Haar gelöst. Ein hässlicher, tiefer Schnitt zog sich quer durch ihre Kehle. Neben ihr lag ein nur um wenige Jahre älterer Mann. Seine rechte

Hand hielt den Griff des Dolches umklammert, den er sich, nachdem er der Frau neben sich die Kehle damit durchtrennte, in sein Herz gerammt hatte. Er trug einen knöchellangen Talar, der ihn als Geistlichen auswies. Sein zur Seite geneigter Kopf ließ nur sein Profil erkennen: ein Profil von gleichfalls klassischer Schönheit. Leona starrte wie gebannt auf die Fotografie, von der irgendeine geheime Kraft auszugehen schien. Sie strahlte irgendetwas Übersinnliches, beinahe schon Feierliches aus. Es gelang ihr nicht, sich ihres Bannes zu entziehen. Sie ging davon aus, dass ihr Großvater das Bild ganz bewusst zuoberst platziert hatte. Ein dunkles Geheimnis überschattete den Tod dieser beiden Menschen und Leona wusste, dass sie nicht eher ruhen würde, bis es ihr gelang, es zu lüften.

Als sie die Aufnahme beiseite legte, war draußen schon lange die Nacht angebrochen. Die weiteren Stunden verbrachte sie damit, den restlichen Inhalt der Mappe durchzugehen.

Ihr Großvater war in seiner Aufgabe als Rechtsmediziner zu dem vorliegendem Fall hinzugezogen worden. Er hatte schon etliche Opfer mit ähnlichen Verletzungen gesehen, doch dieser Fall weckte von Anfang an sein ganz spezielles Interesse. Nach Lage der Dinge hätte viel mehr Blut, in einem weitaus größeren Radius, aus den Wunden treten müssen. Das war das Erste, was ihm auffiel und ihn zu einer Obduktion veranlasste. Diese erbrachte definitiv, dass die Schnitt- und Stichverletzungen den Leichen erst nach Eintritt des Todes beigebracht worden waren. Es gelang ihm jedoch nicht herauszufinden, woran sie tatsächlich starben. Als einzige Auffälligkeit konnte er lediglich erhöhte Spuren von Diazepam, einem nur auf Rezept erhältlichen Sedativum, in ihrem Blut nachweisen. Doch diese reichten höchstens, um sie bewusstlos werden zu lassen. Um sie damit zu töten, hätte die Dosis höher angesetzt sein müssen. Bei seinen Bemühungen, den Fall aufzuklären, begann Albert Pirell auch damit, sich für die Hintergründe der Tat zu interessieren. Ein mehrseitiger, von ihm verfasster Bericht beschäftigte sich mit den Lebensverhältnissen und dem Umfeld der Leichen. Albert fand heraus, dass die Toten, Carmen Austen und David Küster, einander nicht kannten. Es war purer Zufall, dass David Küster in der Stadt weilte. Sein Aufenthalt diente dazu, die Familie eines Freundes zu besuchen. Vorher lebte er eine Zeit lang als Missionar in Afrika. Er war erst vor kurzem nach Deutschland zurückgekehrt. Weil der Gemeindepfarrer aufgrund eines plötzlichen Unwohlseins das Bett hüten musste, bat man ihn – wohl wissend um seine kirchliche Stellung – die Segnung zu übernehmen. Andernfalls hätte, weil sich so schnell kein Ersatz finden ließ, die Eheschließung verschoben werden müssen. David Küster erklärte sich dazu bereit, die Trauung zu vollziehen. Albert Pirells Unterlagen ergaben, dass die späteren Opfer sich erstmals in der Kirche zu Gesicht bekamen. Zeugenaussagen, die das untermauerten, waren beigefügt. Diese Tatsache machte den ganzen Fall noch undurchsichtiger. Die beiden lagen da wie ein Liebespaar. Im ersten Moment fühlte ich mich in eine Szene aus ›Romeo und Julia‹ versetzt, hatte Albert Pirell seinen Unterlagen handschriftlich hinzugefügt. Doch wie konnten sie ein Paar sein, wenn sie sich nicht kannten? Warum lag ihrem Mörder daran, es dennoch genau danach aussehen zu lassen? Diese Frage stellte sich auch Leona. Es ergab keinen Sinn. Carmen und Pascal waren ganz offensichtlich ein glückliches Paar, das seine Liebe vor dem Traualtar besiegeln wollte. Ihr Vater beschrieb den Witwer als gebrochenen Mann, der nicht verstehen konnte, was da vor sich gegangen war. Pascal Austen verließ eigenen Angaben zufolge gegen zweiundzwanzig Uhr mit seiner jungen Frau die Hochzeitsfeier. Er schwor, dass sie gemeinsam einschliefen. Was sich im Laufe der Nacht ereignete, und wann Carmen das gemeinsame Schlafzimmer verließ, entzog sich seiner Kenntnis. Er erwachte erst, als zwei Polizeibeamte an seiner Tür klingelten, um ihn über das tragische Geschehen zu unterrichten. Auch ihm war der Geistliche bis dato unbekannt. Er konnte sich nicht erinnern, dass seine Frau ihm gegenüber jemals seinen Namen erwähnt hatte.

Das passte einfach nicht zusammen, fand Leona. Ihre Neugier war geweckt. Wie ihr Großvater es vorausgesagt hatte, beschloss sie nach Durchsicht aller Unterlagen, anstatt wie ursprünglich geplant Kinderheilkunde, Rechtsmedizin zu studieren. Der Fall ließ sie einfach nicht mehr los.

Jahre später bestand sie als eine der Besten ihres Jahrganges ihr Diplom mit Auszeichnung.

Treu ihrem Versprechen, trat sie in die Fußstapfen ihres Großvaters. Doch trotz intensiver Bemühungen blieb es auch ihr bislang versagt, Näheres über die mysteriösen Todesumstände im Fall Austen / Küster in Erfahrung zu bringen.

2

Aus weiter Ferne nahm Henning Lüders das Klingeln des Telefons wahr. Sein Kopf schmerzte, als er sich aufzurichten versuchte. Seine Augen waren verquollen und blutunterlaufen. Beim Aufstehen fiel eine leere Schnapsflasche vom Bett. Er fluchte. Als er das Telefon erreichte, hatte es zu läuten aufgehört. Noch ganz benommen schlurfte er ins Badezimmer. Schwerfällig stützte der pensionierte Kommissar sich auf den Waschbeckenrand, um sich resigniert im Spiegel zu betrachten. War das wirklich er, der ihm da entgegenblickte? Was war aus ihm geworden? Ein alter Säufer, den niemand mehr braucht, dachte er verbittert.

An dem Tag, als sein Freund Rüdiger Paulus bei einer Schießerei am Leipziger Hauptbahnhof sein Leben ließ, zerbrach etwas in Henning. Er verlor jeglichen Halt. Alle Pläne, die sie für ihre gemeinsame Zukunft geschmiedet hatten, endeten jäh mit Rüdigers Tod. Einem zudem völlig sinnlosen Tod, wie Henning sich immer wieder vor Augen hielt. Nur noch zwei Jahre wären es bis zu Rüdigers Pensionierung gewesen. Sie wollten sich ein Boot kaufen und reisen. Was war aus ihren Träumen geworden?

Aufgrund ihrer gegenseitigen Verfügung, sich als Universalerben in ihrem Testament einzusetzen, konnte Henning in Rüdigers Häuschen, das sich in der Nähe des Kulkwitzer Sees, am Stadtrand von Leipzig befand, wohnen bleiben. Wo sonst sollte er auch hin.

Außerdem gefiel ihm diese geschichtsträchtige Stadt, die, wie er sich oft ausgedrückt hatte, ›eine charmante kulturelle Entwicklung zwischen Aufschwung und Verfall erlebt‹. Er hatte mit dem Freund gemeinsam viele schöne Stunden in der Innenstadt verbracht. Besonders der Marktplatz mit seinem malerischen Renaissance-Rathaus hatte es den beiden angetan. Dort hatten sie oft gemütlich gesessen, sich unterhalten und die Menschen beobachtet. Es hatte Spaß gemacht, sich Geschichten auszudenken und sie sich gegenseitig zu erzählen. In der Mädlerpassage bestaunten sie immer wieder die faustischen Figuren an den Abgängen zu Auerbachs Keller, Leipzigs berühmtester Schankstube, in der sich Faust-Mythos und Gasthaustradition für die beiden Freunde immer wieder zu einem belebenden Elixier vermischten. Das alles war vorbei und er hatte voll Selbstmitleid zur Flasche gegriffen. Er stand in seinem Leben schon einmal kurz davor, diesen Weg einzuschlagen. Nach dem Tod von Anouschka, seiner Frau, hatte ihn lediglich seine Arbeit als Kriminalbeamter vor diesem Schritt bewahrt. Doch nun gab es nichts mehr, was ihn hielt. Er fühlte sich leer und ausgebrannt. Als er sich jetzt im Spiegel betrachtete, hohläugig und abgemagert, fragte er sich beklommen, ob es ihm aus eigener Kraft gelingen würde, mit dem Trinken aufzuhören. Niedergeschlagen winkte er ab. Wen interessierte es schon, ob er sich über kurz oder lang zu Tode soff?

Für den Bruchteil einer Sekunde flammte eine Erinnerung in seinem Bewusstsein auf, eine hässliche Erinnerung. Er dachte an Arno Corte, einen ehemaligen

Kollegen. Sein Anblick ließ ihn Verachtung und Abscheu empfinden. Damals fragte sich Henning, ob er wohl in ein paar Jahren auch eine solch traurige, heruntergekommene Gestalt abgeben würde. Doch die Realität, das wurde ihm in diesen Minuten schmerzlich klar, war noch grausamer. Sein Fall vollzog sich unaufhaltsam. Er allein hatte es in der Hand, das Blatt wieder zu wenden. Eine mahnende Stimme flüsterte ihm zu, dass ihm dazu nicht mehr viel Zeit bleiben würde, wollte er das Schlimmste verhindern. Diese bittere Erkenntnis veranlasste ihn, einen ganz und gar unflätigen Fluch auszustoßen.

Er tauchte sein Gesicht in kaltes Wasser. Das kühle Nass ernüchterte ihn etwas. Er ging in die Küche, um sich einen starken Kaffee aufzubrühen. Zum ersten Mal seit langer Zeit nahm er das dort herrschende Chaos wahr. Zwischen Bergen ungewaschenen Geschirrs, auf denen Lebensmittelreste vor sich hinschimmelten, standen unzählige Schnapsflaschen. Die meisten waren leer. Henning sammelte sie auf, um sie neben die Tür zu stellen. Er zählte fünfundzwanzig Flaschen. In einer Anwandlung ohnmächtiger Wut trat er nach ihnen. Ein ohrenbetäubendes Scheppern und Klappern folgte. Mehrere der Schnapspullen gingen zu Bruch. Ein widerwärtiger Geruch nach billigem Fusel begann sich auszubreiten. Hennings Hände zitterten. Er wollte stark sein und merkte doch, wie sein Körper nach der Droge verlangte. Allein schon der Geruch von Alkohol reichte aus, ihn wieder einmal schwach werden zu lassen. Auf allen vieren kroch er zwischen den Scherben umher, um mit fahrigen Bewegungen nach einer noch nicht vollständig geleerten Flasche zu suchen. In dem Moment, als er sie an seinen Mund setzte, schämte er sich seines Zustandes. Gleichzeitig erfüllte ihn das brennende Kribbeln, das seine Kehle durchrann und seinen Körper auf angenehme Art wärmte, mit unbeschreiblichem Wohlbehagen. Gierig suchte er nach weiteren Resten. Der schrille Ton der Hausklingel ließ ihn zusammenschrecken. Henning erstarrte. Er konnte sich nicht erinnern, wann hier zuletzt jemand geklingelt hatte. Schließlich lebte er völlig isoliert und zurückgezogen. Er hatte alle sozialen Kontakte abgebrochen und verließ das Haus nur, um sich mit den nötigsten Lebensmitteln, etwas Geld, hauptsächlich aber neuen Schnapsvorräten, einzudecken.

Sicher ein Vertreter dachte er. Erst das hartnäckige, diesmal länger anhaltende Läuten veranlasste ihn dazu, sich schwerfällig zu erheben. Er schwankte nach draußen. Vor der Tür stand ein Postkurier mit einem Einschreiben in der Hand. Ungeschickt bestätigte Henning mit seiner Unterschrift den Erhalt des Dokuments. Als er aufblickte, traf ihn ein verächtlicher Blick des Boten.

Wieder im Haus, riss er das Schreiben auf. Der Absender verriet ihm, dass es von einer Anwaltskanzlei stammte. Sein umnebeltes Hirn tat sich schwer, den Inhalt des Briefes zu erfassen. Henning wankte erschöpft zu seinem Bett. Kaum lag er darin, schlief er erschöpft ein. Irgendwann am späten Nachmittag erwachte er wieder. Sein Kopf dröhnte und er verspürte einen ekelhaft galligen Geschmack im Mund. Mit der Zunge, die sich wie ein Stück Leder anfühlte, fuhr er sich über seine aufgerissenen, ausgetrockneten Lippen. Das Schreiben fiel ihm wieder ein. Es war seinen Händen entglitten und lag auf dem Boden vorm Bett. Henning bückte sich danach. Der Brief stammte von einer Anwaltskanzlei namens Stiller. Sein Inhalt versetzte ihn in maßloses Erstaunen. Ungläubig richtete er sich auf, starrte auf die Zeilen vor sich und las nochmals Wort für Wort:

Sehr geehrter Herr Lüders,

in meiner Eigenschaft als Anwalt vertrete ich die Interessen meines Mandanten, Herrn Julius Bachmann.

Damit verbunden, fällt mir die traurige Aufgabe zu, Ihnen mitzuteilen, dass Herr Bachmann am achten März diesen Jahres im gesegneten Alter von neunzig Jahren verstarb. Ich wurde von ihm beauftragt, Ihnen seinen letzten Willen, den er zu Lebzeiten testamentarisch regelte, kundzutun.

Beiliegend sende ich Ihnen, seinen Anweisungen folgend, ein für Sie bestimmtes Schreiben.

Wenn Sie nach dessen Kenntnisnahme dazu bereit sind, dass darin erwähnte Erbe anzutreten, würde ich Sie bitten, sich zwecks Testamentsvollstreckung mit mir in Verbindung zu setzen.

Hochachtungsvoll

Dr. H. Stiller

Henning entfaltete den von Julius Bachmann mit zittriger Handschrift verfassten Brief und las:

Lieber Henning,

ich weiß nicht, ob du dich noch an mich erinnerst. Es ist zugegebenermaßen lange her, als wir uns das letzte Mal sahen. Du warst damals noch ein Kind. Zusammen mit deiner Mutter verbrachtest du einen Teil des Som-

mers in meinem Haus auf Rügen. Ich bin, wie du dir inzwischen möglicherweise schon denken kannst, dein Patenonkel. Leider brach nach dem Tod deiner Mutter, meiner Cousine, der Kontakt zu dir ab. Ich schrieb noch einige Male an deinen Vater. Aber all meine Briefe blieben unbeantwortet. Du warst damals noch zu klein, als dass ich mich an dich persönlich wenden konnte. Meinem Wissen nach, gingst du noch nicht einmal zur Schule. Sicher wirst du dich nun fragen, weshalb ich dich nach all den Jahren in meinem Testament berücksichtige.

Die Antwort ist denkbar einfach: es gibt sonst niemanden. Als eingeschworener Junggeselle habe ich weder Kinder noch sonstige Verwandte, die als Erben infrage kämen. Um es vorwegzunehmen, ich bin keinesfalls wohlhabend. Ich besitze lediglich etwas Land, ein paar Tiere und ein kleines Häuschen, das ich nun an dich weitergeben möchte. Sicher stellt dieses Anwesen keinen großen materiellen Wert dar, aber mein Herz hängt dennoch daran. Ich könnte den Gedanken nicht ertragen, dass die Arbeit von Jahren umsonst war. Komm doch einfach her und sieh es dir an. Möglicherweise erinnerst du dich dann auch wieder an die unbeschwerten Sommertage deiner Kindheit, die du mit deiner Mutter hier verbrachtest. Du hast damals auf mich einen glücklichen Eindruck gemacht. Leider war es uns nicht vergönnt, uns näher kennen zu lernen. Ich hätte gerne gewusst, was aus dir geworden ist und wie du dich zum Mann entwickelt hast. Vielleicht hätte ich nach der Wende, als erstmals wieder die Möglichkeit dazu bestand, hartnäckiger nachforschen sollen, um dich ausfindig zu machen. Doch nun, da ich diese Zeilen verfasse und fühle, wie meine Kraft merklich schwindet und das Leben aus mir zu weichen beginnt, fürchte ich, es ist zu spät dafür.

Wenn dich dieses Schreiben erreicht, weile ich nicht mehr auf dieser Welt. Tief in meinem Herzen hoffe ich, dass du mein Erbe antrittst. Doch egal wie du dich entscheiden magst, ich wünsche dir für die Zukunft alles erdenklich Gute.

Dein Onkel Julius

Ungläubig ließ Henning den Brief sinken. Schemenhaft tauchten aus den Tiefen seiner Erinnerung längst vergessen geglaubte Bilder auf. Er vermeinte, das Rauschen des Meeres zu hören und die salzige Luft in seinen Lungen zu spüren.

Julius Bachmanns Brief rief Henning die Wärme und Geborgenheit eines längst vergangenen Sommers ins Bewusstsein zurück. Für einen Augenblick war er wieder fünf Jahre alt. Das Geschrei der Möwen drang an sein Ohr und er spürte den wärmenden, feinkörnigen Sand unter seinen nackten Fußsohlen. Unerwartet heftig überkam ihn mit einem Mal eine unendliche Sehnsucht, all das wieder zu sehen. Unbemerkt stahlen sich zwei winzige Tränen aus Hennings Augenwinkeln. Sein Blick verschleierte sich und er versank in ein Universum wohltuenden Vergessens, in eine Zeit in der die Welt, seine kleine Welt, noch heil und in Ordnung gewesen war. Die Erinnerung daran hatte etwas Tröstliches an sich.

Die Abenddämmerung hatte den Raum, in dem er lag, unmerklich in ein sanftes, weiches Licht getaucht. Mit der ganzen Schärfe seines Verstandes wurde Henning in diesen Minuten klar, dass der Brief, den er noch immer in seinen Händen hielt, jenen Strohhalm darstellte, mit dessen Hilfe es ihm gelingen konnte, aus dem Sumpf der teuflischen Abhängigkeit zu entkommen. Ein völlig neues, durchaus verheißungsvolles Leben tat sich vor ihm auf. Er hätte wieder eine Aufgabe, der er sich widmen konnte. Unbewusst war es wohl dieses Gefühl, das ihn sein Leben lang antrieb und erhielt. Zu nichts mehr nütze zu sein, keinen Sinn mehr in seinem Dasein zu sehen, das war das schleichende Gift, das zunächst seine Seele und dann dank Bruder Alkohol auch seinen Körper zu zerstören suchte. Die Antwort war so simpel, dass er sich verwundert fragte, weshalb er nicht schon viel eher darauf gekommen war. Stattdessen hätte er sich um ein Haar kampflos seinem Selbstmitleid ergeben.

Wochen später, an einem grauen und verregneten Frühlingstag, saß er im Zug Richtung Norden. Mit jedem Meter, dem er sich seinem Ziel, der Ostsee, näherte, ließ er ein Stück seiner bisherigen Existenz hinter sich.

Es schien ihm wie ein Wunder, was der Brief seines Patenonkels in der kurzen Zeit, die seither vergangen war, bewirkt hatte.

Hennings erster Schritt war es, dem Alkohol zu entsagen. Sein alter Kampfgeist hatte sich zurückgemeldet. Wieder ein Ziel vor Augen zu haben, beflügelte ihn und verlieh ihm ungeahnte Kräfte. Wenn die Versuchung ihn dennoch überfiel, was anfangs oft geschah, zwang er sich mit eisernem Willen dazu, sich ihr zu widersetzten. Von neu erwachtem Elan erfüllt, kleidete er sich neu ein und ging daran, auch rein äußerlich wieder einen Menschen aus sich zu machen. Er ließ sich die Haare schneiden, rasierte sich wieder regelmäßig und brachte die

Müllhalde, zu der das Haus verkommen war, auf Vordermann. In den Nächten jedoch wandte er sich noch immer schweißgebadet in seinem Bett. Der plötzliche Entzug machte sich neben körperlichen Symptomen in schrecklichen Albträumen bemerkbar, aus denen er meist mehr tot als lebendig erwachte.

Während der Zug angenehm einschläfernd Richtung Norden ratterte, dachte Henning nicht ohne einen gewissen Stolz an die hinter ihm liegenden Wochen, in denen er es trotz harter Tage und Nächte bislang geschafft hatte, trocken zu bleiben.

Als er wieder einmal aus dem Abteilfenster sah, stellte er erstaunt fest, dass er sich bereits auf dem Rügendamm befand. Beim Anblick der gegen die Küste brandenden Wellen breitete sich in Henning eine kindliche Vorfreude aus. Mit einem gedankenverlorenen Lächeln auf den Lippen dachte er an die Ostsee bei Sonnenuntergang, sah sich am Kap Arkona stehen und vom nördlichsten Punkt der Insel aus die Sonne als glutroten Ball am Horizont – der ihm damals als Junge endlos erschien – untergehen.

Nun dauerte es nicht mehr allzu lange, bis der Zug in Bergen, der Inselhauptstadt, einlaufen würde: Bergen mit dem Rugard, ihrem Wahrzeichen, auf dem der Ernst-Moritz-Arndt-Turm ragt. Henning hatte ein weiteres Etappenziel seiner Reise erreicht. Am Bahnhof wurde er von Dr. Stiller, dem Anwalt seines Patenonkels erwartet. Seine Kanzlei lag nur wenige Meter vom Bahnhof entfernt. Henning hatte sein Kommen telefonisch angekündigt. Nach einem kurzen Abstecher in die Kanzlei fuhren die beiden Männer im Wagen des

Anwalts nach Lobbe, einem kleinen Dorf nahe Göhren, wo sich Julius Bachmanns Anwesen befand. Wie ein Schwamm sog Henning die vorbeiziehende Landschaft in sich auf. Selbstvergessen ließ er seinen Blick über gelb blühende Wiesen und Felder schweifen, auf denen friedlich weidende Pferde, hin und wieder eine Kuhherde, zu sehen waren. Über holprige Pflasterstraßen fuhren sie durch von uralten Bäumen flankierten Alleen, deren Blätterdach sich wie die Kuppel eines gewaltigen Doms über ihnen dehnte. Das zarte Grün der frisch belaubten Bäume bildete einen reizvollen Kontrast zu den dunklen, gleichfalls entlang der Strecke liegenden Nadelwäldern. Mit dem würzigen Duft der Kiefern, der gelegentlich ins Wageninnere drang, verbanden sich Kindheitserinnerungen, die nun, verblassten Fotografien gleich, vor Hennings innerem Auge wieder zum Leben erwachten.

Wiederholt kamen sie an kleineren Ortschaften vorbei. Die schmucken riedgedeckten Häuschen mit ihren üppig blühenden Vorgärten boten einen malerischen Anblick. Nahezu an jedem der Grundstücke befand sich ein Schild mit dem Hinweis, dass ganzjährig die Möglichkeit bestand, Ferienzimmer oder -wohnungen zu mieten.

Kurz vor der südöstlich gelegenen Halbinsel Mönchgut, entdeckte Henning das von einem dichten Wald umgebene Jagdschloss Granitz, von dessen Aussichtsturm man, wie ihm der Anwalt versicherte, einen atemberaubenden Blick über den Bodden bis hin zur Ostsee hatte. Das Herannahen einer schnaufenden Dampflok riss ihn aus seinen Betrachtungen. Laut tutend wurden sie vom ›Rasenden Roland‹, einer Schmalspurbahn, die ein Wahrzeichen der Insel darstellt, überholt. Sie verbindet die Stadt Putbus unter anderem mit den Badeorten Binz, Sellin und Göhren. Eine Attraktion, die man sich nicht entgehen lassen durfte, wenn man hier Urlaub machte. Henning hatte verschiedene Reiseführer studiert und war so bestens informiert. Eingehüllt von grauen Nebelschwaden passierten sie wenig später Baabe, einen kleinen Ort, umgeben von dichtem Kiefernwald, weiten Wiesen und Feldern, Dünen, Meer und See. Hier begann Mönchgut. Nunmehr trennten sie nur noch wenige Kilometer von ihrem Ziel. Lobbe war eines der vielen kleinen idyllisch gelegenen Urlauberdörfer. Gleich nach dem Ortseingangsschild bog der Anwalt in einen holprigen Feldweg ein, der sie nach wenigen Metern zu ihrem Ziel brachte, einem Anwesen, dessen scheinbar gewaltige Ausmaße ein Maschendrahtzaun begrenzte. Die letzten paar Meter über Ackerland rumpelnd, hielt Dr. Stiller vor einem hölzernen Tor, das windschief in seinen Angeln hing, sich jedoch ohne Widerstand öffnen ließ. Ein Gürtel aus Riedgras, der entlang des Zaunes verlief, verlieh dem Grundstück etwas Urwüchsiges. Durch knöcheltiefes Gras wandte sich ein schmaler Pfad, dem die beiden Männer folgten. Nach nur wenigen Schritten bot sich ihren Blicken ein Teich, auf dem Enten, Schwäne und Gänse ihre Runden zogen. Meterhohe Gräser und Büsche, aus denen es vielstimmig zwitscherte, bildeten einen natürlichen Schutzwall um ihn und in seiner Mitte erhob sich eine kleine, grasbewachsene Insel. Das, was er bisher gesehen hatte, machte auf Henning, um es gelinde auszudrücken, trotz aller

Reize einen stark verwilderten Eindruck. Doch bevor er dazu kam, dem Anwalt gegenüber seine Bedenken zu äußern, kamen aus dem hinteren Teil des Grundstücks, dem Obstgarten, laut kläffend zwei Hunde auf sie zugerannt. Henning wich erschrocken zurück. Doch Dr. Stiller beruhigte ihn. »Keine Angst, das sind nur Rex und Asta. Die beiden sind völlig harmlos. Ihr Bellen ist lediglich Imponiergehabe«, fügte er belustigt hinzu.

Den Hunden folgend, kam ihnen ein Mann entgegen. Er war klein und untersetzt und besaß ein volles, rundes Gesicht. Auf seinem kahlen Schädel saß eine speckige Schirmmütze. Gutmütig lächelnd streckte er Henning seine Hand entgegen: »Herzlich willkommen«, begrüßte er ihn freundlich. »Ich bin Wilhelm Boström, ein Freund ihres verstorbenen Onkels. Nach seinem Tod habe ich mich um die Tiere gekümmert und hin und wieder nach dem Rechten gesehen.«

Henning bedankte sich. Verstohlen musterte er Wilhelm. Er erinnerte ihn an Heinz Erhardt, den Komiker. Auch er hatte ein so offenes gutmütiges Gesicht und ein so verschmitztes Lächeln wie sein Gegenüber. Henning fand ihn auf Anhieb sympathisch.

Ihnen vorangehend, führte Wilhelm sie zum Wohngebäude. Auf dem Weg dahin kamen sie an mehreren Geflügelställen, aus denen ihnen munteres Gackern und Schnattern entgegenschallte, vorbei.

Der erste Eindruck, den Henning von Julius einstiger Heimstatt gewann, war ernüchternd. Das, was er da vor sich sah, glich vielmehr einer ärmlichen Kate als einem Wohnhaus. Über den einstmals weiß getünchten Mauern lag ein schmutzig grauer Schleier. Das Rieddach überzogen Moose und Flechten. Henning erkannte auf den ersten Blick, dass es dringend einer Erneuerung bedurfte. Fenster, deren blinde Scheiben schon lange nicht mehr geputzt worden waren und an deren Wetterschenkeln sich die Farbe gelöst hatte, ergänzten den traurigen Anblick.

Beklommen folgte Henning den beiden Männern ins Innere des Hauses, dem noch immer die unverkennbare Ausdünstung eines ungewaschenen alten Mannes anhaftete. Als er noch seinen Dienst bei der Polizei versah, war er des Öfteren in Häuser gekommen, in denen es genauso penetrant roch. Er dachte, dass alte Männer besser nie ihre Ehefrauen überleben sollten – vorausgesetzt, sie hatten eine. Doch wer konnte sich das schon aussuchen?

Schaudernd versuchte Henning sich vorzustellen, wie Julius hier gehaust haben musste. Jeder Winkel des Gebäudes atmete beißende Verwahrlosung aus. Überall hatte sich der Schmutz festgesetzt. Der Verfall war unübersehbar.

Die Räume, die sie durchschritten, waren schlicht, beinahe schon karg und ohne jeden Aufwand möbliert. Es gab weder Bilder noch sonstige Hinweise, die etwas über die Persönlichkeit von Julius Bachmann hätten preisgeben können. Hätte Henning die Atmosphäre des Hauses beschreiben müssen, so hätte er sie als sachlich, wenn nicht sogar unpersönlich, bezeichnet. Die Wände mit ihren vergilbten Farben schrien förmlich nach einem frischen Anstrich, so wie das ganze Gebäude einer gründlichen Generalreinigung bedurfte. Bis vor kurzem wäre Henning der bedauernswerte Zustand all dessen gar nicht bewusst geworden. Doch, nachdem er selbst monatelang in einer ähnlich unwürdigen Lage dahinvegetierte, erschienen ihm die vorgefundenen Verhältnisse nun umso unerträglicher. War er vom Regen in die Traufe gekommen?

Wilhelm, der neben ihm stand und seine Gedanken zu erahnen schien, brachte die Sache auf den Punkt: »Ihr Onkel Julius war eine Seele von Mensch. Ein Reinheitsfanatiker hingegen war er nie. Und wie unschwer zu erkennen ist, hat er sich auch nie um Äußerlichkeiten geschert. Vielmehr lag ihm daran, mit seinen Mitmenschen, den Tieren und der Natur in Einklang zu leben. Ich rate Ihnen daher, keine voreiligen Schlüsse zu ziehen. Sie glauben gar nicht, wie viel Wasser und Seife sowie etwas frische Farbe bewirken können. Noch ein paar neue Möbel dazu und ich verspreche Ihnen, dass Sie das Haus bald schon nicht mehr wieder erkennen werden«, bemerkte er mit entwaffnender Sachlichkeit. »Wenn Sie wollen, helfe ich Ihnen gerne beim Entrümpeln. Malen«, fügte er augenzwinkernd hinzu, »kann ich übrigens auch ganz passabel. Von mir aus kann es schon morgen losgehen.«

Henning nickte ihm dankbar zu. »Ich komme bei Gelegenheit darauf zurück. Was mir augenblicklich wesentlich mehr Kopfzerbrechen bereitet«, gestand er offen, »sind die Tiere. Ich habe keine Ahnung, wie man sie versorgt.«

Wilhelm winkte ab: »Halb so wild«, meinte er nur. »Das Geflügelfutter bekomme ich vom ›Lobb'ster‹, einem Restaurant in der Nähe. Die sind froh, wenn sie ihre Küchenabfälle auf diese Art loswerden. Zudem stehen im Schuppen mit Hafer und Weizen gefüllte Säcke.« Henning schien erleichtert.

Hinter ihnen räusperte sich Dr. Stiller: »Darf ich Ihren Worten entnehmen«, erkundigte er sich, »dass Sie bereit sind, Julius Bachmanns Erbe anzutreten?«

»Scheint so, als ob mir nichts anderes übrig bliebe«, bejahte Henning die Frage des Anwalts. Seine Entscheidung fiel rein gefühlsmäßig aus. Denn trotz aller Verwahrlosung hatte der Ort etwas an sich, das ihn anzog, Wärme ausstrahlte, Ruhe und Geborgenheit versprach.

»Dann werde ich noch heute alle notwendigen Schritte in die Wege leiten. Ich rufe Sie in den nächsten Tagen an, um einen Termin zu vereinbaren.« Nach einem Blick auf seine Uhr verabschiedete sich Dr. Stiller von den beiden Männern.

Von früh bis spät damit beschäftigt, Julius arg heruntergekommenes Heim in ein behagliches Zuhause zu verwandeln, vergingen für Henning die kommenden Wochen wie im Flug. Dabei kam ihm das Geld, das er beim Verkauf von Rüdigers Haus erzielte, gerade recht. Er ließ damit das Dach neu decken und die Fenster auswechseln. Danach erneuerte er mit Wilhelms Hilfe den Anstrich und tapezierte der Reihe nach alle Wohnräume.

Von Henning unbemerkt, hielten der Sommer und mit ihm die Urlauber Einzug. Letztere nahm er hauptsächlich durch verstopfte Straßen und überfüllte Einkaufsmärkte wahr. Auch Wilhelm stöhnte. Obwohl das Geschäft mit dem Tourismus der Insel jedes Jahr eine schöne Stange Geld bescherte, konnte er sich nicht so recht darüber freuen. Denn im Gegensatz zu vielen seiner Mitbürger dachte er angesichts der Menschenmassen nicht nur an die sicher wünschenswerten wirtschaftlichen Impulse für die ansonsten eher strukturschwache Region, sondern vielmehr an die Spuren der Verwüstung, welche die einfallenden Horden Jahr für Jahr in der Natur hinterließen.

Dank Wilhelms Unterstützung, mit dem ihn eine von Tag zu Tag tiefer werdende Freundschaft verband, gelang es Henning relativ schnell, sich einzuleben. Vom frühen Morgen an bis spät in die Nacht auf den Beinen zu sein, stellte anfangs eine Umstellung für den pensionierten Kommissar dar. Doch mit dem ihm eigenen, unbezwingbaren Willen schaffte er es in erstaunlich kurzer Zeit, sich dem neuen Rhythmus anzupassen. Er lernte die Tiere zu versorgen und die von seinen Hühnern gelegten Eier an Händler und Restaurants auszuliefern, die vor ihm schon zu Julius Bachmanns Kundschaft zählten.

Nachdem die notwendigsten Renovierungsarbeiten am Haus abgeschlossen waren, begann er das Grundstück zu bewirtschaften.

Hin und wieder, sofern es seine Zeit zuließ, fuhr er mit Wilhelm und dessen Sohn Peer auf den Bodden hinaus, um zu angeln. Bei seinem ersten Zusammentreffen mit den beiden Männern staunte Henning über ihre verblüffende Ähnlichkeit. Wäre da nicht dieser gravierende Altersunterschied gewesen, hätte man Vater und Sohn für Brüder halten können. Auch Peer war klein und untersetzt. Als er Henning begrüßte, tat er das genauso offen und freundlich lächelnd wie sein alter Herr. Bei näherer Betrachtung fiel dem Kommissar jedoch auf, dass Vater und Sohn sich mehr als anfangs wahrgenommen voneinander unterschieden. Peers Augen besaßen einen anderen Farbton. Während sich in seinen das Meer widerzuspiegeln schien, glichen Wilhelms goldbraunem Bernstein. Auch kontrastierte sein krauses, aschblondes Haar, das er in geradezu verschwenderischer Fülle zu besitzen schien, mit dem kahlen Schädel seines Vaters.

Schon bei ihrem ersten Ausflug freundete Henning sich mit Wilhelms Sohn an, der, wie der Zufall es wollte, Kriminalbeamter im Bergener Polizeirevier war. Nachdem die beiden Männer diese Gemeinsamkeit herausgefunden hatten, bot sie ihnen eine schier unerschöpfliche Gesprächsquelle. Henning blühte jedes Mal richtig auf, wenn Wilhelms Sohn ihn wieder einmal ins Vertrauen zog und ihn an einem seiner gerade aktuellen Fälle teilhaben ließ. Im Gegenzug profitierte Peer bei ihren Gesprächen von Hennings Erfahrungsschatz.

3

Schon seit Wochen hielt das hochsommerliche Wetter an. Obwohl Rügen der Ruf vorauseilt, eine der sonnenreichsten deutschen Inseln zu sein, stellte die lang anhaltende Hitzewelle auch für hiesige Verhältnisse eine eher ungewöhnliche Ausnahme dar. Sie verschaffte den Hotels und Gaststätten einen nochmaligen Urlauberzuwachs. Auf der ganzen Insel gab es kaum noch ein freies Hotelzimmer, geschweige denn eine unbelegte Privatunterkunft. Selbst die Zeltplätze waren so gut wie ausgebucht. Von früh bis spät brannte die Sonne von einem wolkenlosen Himmel herab. Und wenn man den Prognosen der Meteorologen vertraute, sollte sich an dem über ganz Deutschland liegendem Hoch auch in nächster Zeit nichts ändern. An den überfüllten Stränden tummelten sich die Touristen. Hoteliers und Ladenbesitzer rieben sich die Hände ob des glänzenden Geschäfts.

Vor zwei Wochen hatte Henning sich einen gebrauchten, zwei Jahre alten Polo zugelegt. Aufgrund ständig verstopfter Straßen hatte er bislang jedoch wenig Lust verspürt, eine Spritztour zu unternehmen.

Es war am Mittwoch, dem sechzehnten Juli, als er am frühen Nachmittag, einer Zeit, zu der er die meisten der Urlauber am Strand vermutete, zu seiner ersten größeren Fahrt aufbrach. Er wollte einen von Julius alten Stammkunden, den Krankheitsgründe daran hinderten, seine von ihm bestellte Ware selbst abzuholen, mit frischen Eiern und Obst aus seinem Garten beliefern. Wie erhofft, waren die Straßen um diese Uhrzeit frei und er kam zügig voran. Dennoch brauchte er mehr als eine Stunde, bevor er sein Ziel erreichte. Insgeheim gratulierte er sich dazu, einen Wagen mit Klimaanlage gewählt zu haben.

Auf seinem Weg nach Juliusruh, das im Norden der Insel lag, wiesen ihn an Straßenbäumen befestigte Plakate auf den ›Theatersommer am Kap‹ hin. Die Ankündigungen darauf weckten sein Interesse. Ans Kap zu fahren, hatte er sich ohnehin schon seit langem vorgenommen. Henning entnahm den Anzeigen, dass die Aufführungen auf der Sommerbühne unter den Leuchttürmen und der Nebelstation stattfanden. Die Vorstellungen, die sonntags bis freitags geboten wurden, begannen jeweils um zwanzig Uhr dreißig. Für den heutigen Abend stand Shakespeares ›Romeo und Julia‹ auf dem Spielplan. Der Gedanke daran hatte etwas Reizvolles an sich. Henning versuchte sich zu erinnern, wann er das letzte Mal im Theater war. Es wollte ihm nicht einfallen. Kurzerhand beschloss er, dass es an der Zeit sei, dieses Defizit auszugleichen.

Nachdem er seine Ware in Juliusruh ausgeliefert hatte, fuhr er nach Putgarten. Er ließ sein Auto auf dem ausgeschilderten Großraumparkplatz stehen und lief die letzten Meter bis zum Kap zu Fuß. Schon von weitem sah er die Leuchttürme aus einem Meer von Bäumen aufragen. Henning erinnerte sich, irgendwo einmal gelesen zu haben, dass dem Bau des kleineren der beiden Türme ein Entwurf Karl Friedrich Schinkels zugrunde lag.

Nach einem ausgedehnten Spaziergang zum nördlichsten Punkt der Insel aß er auf der Terrasse einer kleinen gemütlichen Gaststätte in Vitt eine Portion Schollenfilet mit Bratkartoffeln. Obwohl er Appetit auf ein Bier verspürte, bestellte er sich ein Mineralwasser.

Der Abend war angenehm mild und vom Meer her wehte eine erfrischende Brise, in die sich das Geschrei hungriger Möwen mischte. Sich den Seewind um die Nase wehen lassend, schlenderte er gemächlich zum Kap zurück, um sich eine Eintrittskarte zu kaufen.

In einem urigen Obstgarten unter knorrigen Apfel- und Birnbäumen standen Bänke und Stühle für die Zuschauer bereit. Henning entschied sich für einen Sitzplatz in der zweiten Reihe. Ein steiler, terrassenförmig angelegter Hang bildete die Kulisse zu Shakespeares Klassiker. Kurz vor halb neun waren nahezu alle Plätze belegt. Die Aufführung begann mit dem Auftritt des gesamten in Schwarz gekleideten Ensembles, welches lautstark und vielstimmig den Prolog, die Geschichte der verfeindeten Familien Capulet und Montague zitierte. Henning war über die Professionalität der Schauspieler erstaunt. Es nötigte ihm Respekt ab, dass sie das Publikum trotz kaum vorhandener Bühnendekoration so tief zu beeindrucken vermochten. Allmählich begann es zu dämmern. Das gleichmäßig rotierende, weithin sichtbare Licht des die Szenerie überragenden Leuchtturms begann seine Schatten zu werfen.

Zur Pause war es bereits vollständig dunkel. Es roch nach Gegrilltem. Die Grillen zirpten und in der Luft lag fast schon greifbar noch immer der Zauber jener Nacht von Verona, in der Romeo Julia seiner Liebe versicherte.

Nach der Pause erging an das Publikum die Aufforderung, die Sitzplätze zu verlassen. Einer steilen Treppe nach oben folgend, nahm es Teil an Romeos Reise nach Mantua, dem Ort seiner Verbannung. Das Haus des Apothekers, von dem Romeo das für ihn tödliche Gift erhielt, stellte den nächsten Schauplatz dar. Kurz vor dem Ende des Stückes führte ein von Teelichtern gesäumter Weg die Zuschauer zu Julia, jener blond gelockten, zartgliedrigen Elfe, die, ganz in Weiß gekleidet, in der Gruft der Capulets aufgebahrt ruhte. Die ganze Szene hatte etwas Gespenstisches an sich, das von den langen Schatten des Leuchtfeuers noch verstärkt wurde. Die Nacht schien noch um eine Nuance schwärzer zu werden als Julia, in diesem Punkt abweichend vom Originaltext, sich mit leichenblasser Miene die Kehle durchtrennte und tot auf ihr Lager sank. Das anwesende Publikum war tief beeindruckt. Auch Henning fiel es schwer, sich von dem von flackerndem Fackellicht beleuchten Anblick des Liebespaares zu lösen. Vielleicht lag es auch daran, dass ihr tragischer Tod so erschreckend echt wirkte. Henning wusste es nicht zu sagen. Noch ganz in Gedanken verließ er als einer der Letzten den Schauplatz. Eine Arkonabahn stand bereit, um die Besucher der Veranstaltung zum Parkplatz zu bringen. Henning entschied sich dafür, den Weg zu Fuß zurückzulegen. Er brauchte einfach noch etwas Zeit, um das eben Gesehene in sich nachwirken zu lassen. Das Stück hatte ihn tief ergriffen.

4

Zwei Tage später, am Freitag, dem achtzehnten Juli, brachen Maria Johanson und ihr Mann Frederik am frühen Morgen zu einer Vogelstimmenwanderung auf. Viertel nach vier verließen sie ihre Ferienwohnung, die in der Nähe des Jasmunder Nationalparks lag. Sie schlugen den Weg entlang der Wissower Klinken in Richtung Stubbenkammer ein. Angesichts der frühen Stunde waren sie weit und breit die einzigen Spaziergänger. Sie folgten dem als Wanderstrecke ausgewiesenen Waldweg in Richtung Königsstuhl. Dank ihres täglichen Lauftrainings kamen sie zügig voran. Es war kurz vor sechs, als sie das Hochufer in Höhe der Viktoria-Sicht erreichten, auf dessen mit einem Metallgeländer gesicherten Plattform dereinst schon Kaiser und Könige standen, um den herrlichen Blick auf die Kreideküste und die Wellen der blauen Ostsee zu genießen. Bizarre, vom vielen Regen ausgespülte Kreideformationen fielen aus Schwindel erregender Höhe schroff zum tief unten liegenden Strand hin ab.

Das von diesem Punkt der Insel aus in der Sonne strahlende Weiß der Kreidefelsen und das Grün der Buchenwälder hatten schon etlichen Malern und Schriftstellern als Inspiration für ihre Werke gedient. Wer seinen Blick von hier oben hinab schweifen ließ, dem drängte sich bei der sich bietenden Aussicht unweigerlich Caspar David Friedrichs Gemälde: ›Kreidefelsen auf Rügen‹ ins Bewusstsein. An jenem Sommermorgen jedoch bildete besagter Ort die Kulisse für ein Drama, dessen grausige Wirklichkeit Maria Johanson, die die Leiche als Erste entdeckte, in eine gnädige Ohnmacht fallen ließ.

Mitten auf der Plattform der Viktoria-Sicht, im Licht der Morgensonne, lag eine junge Frau, beinahe noch ein Mädchen. Sie trug ein weißes Brautkleid und in ihrem langen, schwarz gewellten Haar war ein Schleier befestigt. Sie lag nicht einfach da, nein, bei genauerer Betrachtung schien es, als sei sie kunstvoll aufgebahrt worden. Nichts wirkte zufällig.

An ihren zierlichen kleinen Füßen steckten hochhackige weiße Pumps. Ihre Hände waren sorgfältig über der Brust gefaltet worden und hielten eine einzelne weiße Lilie umschlungen. Der Anblick der Frau hatte etwas sonderbar Unwirkliches an sich. Wäre da nicht diese hässlich klaffende Wunde an ihrem Hals gewesen, man hätte meinen können, sie schliefe nur. Doch die Tiefe des Schnittes, die bewirkte, dass ihr Kopf fast vollständig vom Rumpf abgetrennt wurde, und das Blut, das Teile ihres Brautkleides dunkelrot durchdrang, verriet, dass sie bestialisch ermordet worden war. Das Paradies hatte seine Unschuld für immer verloren.

An diesem Abend wartete Henning vergebens auf Peer. Als er beim Frühstück am nächsten Morgen die Ostseezeitung überflog, wurde ihm sogleich klar, weshalb sein junger Freund ihn versetzt hatte. Die fett gedruckte, auf der Titelseite platzierte Schlagzeile: ›Leichenfund im Jasmund‹, war schließlich unmöglich zu übersehen.

Erschüttert las Henning den Artikel, der von dem Mord an einer jungen, bisher noch nicht identifizierten Frau berichtete. Um die Personendaten der Toten festzustellen, bat die Polizei die Bevölkerung um Mithilfe. Der Beschreibung nach war das Opfer, dessen Größe mit einssechzig angegeben wurde, zierlich. Ihr schwarzes Haar und ihr gebräunter Teint ließen auf eine südländische Herkunft schließen.

Der Artikel verriet jedoch nichts über die näheren Umstände, unter denen sie aufgefunden wurde. Henning wusste, dass diese Vorgehensweise typisch für das Anfangsstadium der polizeilichen Ermittlungsarbeit war. Nur zu gut konnte er sich vorstellen, was geschah, wenn der Fall erst von Vertretern der Regenbogenpresse aufgegriffen wurde. Schließlich befand die Branche sich wieder einmal im alljährlich gefürchteten Sommerloch. Da wurde jede ansonsten noch so unbedeutende Kleinigkeit ausgeschlachtet. Dieser Mord würde für die Klatschspalten diverser Zeitschriften das gefundene Fressen sein. Die fehlenden Hintergründe der Tat würden, sofern die Polizei ihre Strategie des Stillschweigens beibehielt, einfach durch zumeist unhaltbare Spekulationen ersetzt. Henning wusste aus eigener Erfahrung, wie schädlich sich dieser Sensationsjournalismus auf die Ermittlungsarbeit auswirken konnte.

Peer tat ihm schon jetzt leid. Gleichzeitig wünschte er sich, ihm helfen zu können. Nach vierzig Jahren Dienst bei der Polizei war es nur natürlich, dass der Fall sein Interesse erweckte.

Mit nur schwer zu unterdrückender Ungeduld wartete Henning darauf, dass der Freund sich melden möge, um mit ihm über das, was nicht in der Zeitung stand, zu reden.

Bis zum Abend des darauf folgenden Tages hatte er jedoch noch nichts von ihm gehört. Erst als er sich zu bereits vorgerückter Stunde mit Pfeife und Tabaksbeutel ausgerüstet auf der Gartenbank vor seinem Haus niederlassen wollte, sah er Peer in der Dämmerung auf sich zu kommen. Er sah müde und erschöpft aus. Im Zwielicht wirkte sein Gesicht aschfahl. Ohne ein Wort zu sagen, setzte er sich neben Henning, zog eine Packung F6 aus seiner Hosentasche, riss sie mit fahrigen Händen auf und zündete sich eine Zigarette an. Begierig nahm er mehrere tiefe Züge.

Um das auf ihnen lastende Schweigen zu brechen, fragte Henning: »Ich dachte du hättest dir das Rauchen abgewöhnt?«

»Das dachte ich auch«, gestand Peer.

»Es ist wegen dieser Toten, die ihr im Jasmund gefunden habt, stimmt's«, mutmaßte Henning.

»So was geht einem ganz schön an die Nieren.«

Peer nickte geistesabwesend. »Obwohl ich schon viel Schreckliches gesehen habe, ist mir so etwas Grauenvolles bisher noch nicht untergekommen. Ich kann ihren Anblick einfach nicht vergessen. Wenn ich daran denke, wie sie da lag, so jung und unschuldig, dann bekomme ich gleich wieder weiche Knie. Ich hätte besser einen anderen Beruf ergreifen sollen.«

»Ging wohl jedem von uns schon einmal so«, versuchte Henning ihn zu trösten. »Bei meinem ersten Toten damals hätte ich auch am liebsten alles hingeschmissen und Reißaus genommen. Der Kerl hatte sich aufgeknüpft. Sein Anblick traf mich wie ein Faustschlag in die Magengrube. Er hing am Ast einer alten Eiche. Wir durchkämmten damals ein Waldgebiet mit Hunden nach dem Vermissten und ausgerechnet ich, der ich damals noch nicht einmal zwei Wochen meinen Dienst versah, musste ihn finden. Das grässliche Bild der schon verwesenden Leiche hab ich heute noch im Kopf. Jeder von uns muss auf seine Art und Weise versuchen damit fertig zu werden.«

Verständnisvoll legte Henning seinem jungen Kollegen den Arm um die Schulter. »Willst du darüber sprechen?«, fragte er behutsam.

Nach einem weiteren tiefen Zug fasste Peer die Geschehnisse der letzten beiden Tage zusammen. Er begann mit dem Fund der Leiche und beschrieb seinen ersten Eindruck. Dann berichtete er von der Art der ihr zugefügten Verletzung bis hin zur Kleidung die sie trug. Als er auf die von ihren Händen umschlungene weiße Lilie zu sprechen kam, unterbrach ihn Henning. Er schien verwundert. »Eine weiße Lilie?«, vergewisserte er sich. Peer nickte. »Was ist daran so ungewöhnlich?«, wollte er wissen.

Anstatt seine Frage zu beantworten, bat Henning ihn um einen Gefallen: »Ihr habt doch sicher Bilder vom Tatort gemacht. Bilder, auf denen auch diese Lilie zu sehen ist. Kannst du mir eins davon besorgen? Keine Angst, ich will es nicht behalten, nur mal einen Blick drauf werfen.«

Peer wand sich verlegen. »Du weißt, dass mir das strengstens verboten ist. Ich bin zu absolutem Stillschweigen verpflichtet. Ich will mir lieber nicht vorstellen, welche Konsequenzen es für mich hätte, wenn einer meiner Kollegen oder Vorgesetzten davon Wind bekäme, dass ich dich eingeweiht habe. Wenn du von mir erwartest, dass ich meinen Kopf für dich hinhalte, dann musst du mir schon erst mal erklären, was es mit dieser Blume auf sich hat.«

Doch Henning hüllte sich in Schweigen. »Besorg mir einfach eines der Tatortfotos. Sollte sich mein Verdacht bestätigen, bist du der Erste, der davon erfährt.«

Schon am Vormittag des nächsten Tages erhielt Henning, wonach er verlangt hatte. In eine Staubwolke gehüllt, kam ein Dienstwagen der Polizei mit quietschenden Bremsen vor seinem Grundstück zum Stehen. Peer, der am Steuer saß, stieg aus und hastete zum Haus. Schweiß lief ihm übers Gesicht. Als sein Freund ihm die Tür öffnete, ging sein Atem noch immer stoßweise. Anstatt etwas zu sagen, zog Peer eine Fotografie aus der Brusttasche seines Hemdes und reichte sie Henning. Dieser warf einen kurzen Blick darauf.

»Und«, fragte Peer. »Was ist nun mit der Lilie? Hat sich dein Verdacht bestätigt?« Henning schien noch zu überlegen. »Ich glaube schon«, entgegnete er vage. Seine nächste Frage kam übergangslos: »Hast du schon mal was vom Theatersommer am Kap gehört?«

»Von was?«, vergewisserte sich Peer verwundert.

»Ich rede von dieser Schauspieltruppe, die oben am Kap auftritt. Ich habe mir erst kürzlich eine ihrer Aufführungen angesehen: Shakespeares ›Romeo und Julia‹. Und nun, nachdem ich mir das Foto betrachtet habe, drängen sich mir gewisse Parallelen auf«, fügte Henning unumwunden hinzu. »Die Aufnahme scheint meinen Verdacht zu bestätigen. Diese Frau hier«, dabei tippte er auf das Bild, »die Art wie sie daliegt; im Brautkleid und mit dieser Lilie in der Hand erinnert mich an Julia in der Gruft der Capulets.«

»An wen?«, hakte Peer nach, den allmählich das Gefühl beschlich, Henning könne die Sonne geschadet haben.

»Ich verstehe nicht, was eine Theateraufführung mit unserem Fall gemeinsam haben könnte ...«

»Wenn du das Stück gesehen hättest, wüsstest du wovon ich rede. Du solltest es dir bei Gelegenheit einmal anschauen. Aber das ist es nicht, was ich meine. Mein Interesse gilt in erster Linie dieser Lilie. Du musst wissen«, fügte er hinzu, als er Peers skeptische Miene bemerkte, »dass ich nach der Vorstellung ungewollt Zeuge eines an sich banalen Gesprächs wurde. Als einer der letzten Zuschauer, die das Gelände verließen, kam ich an einem Gebäude vorbei, dessen offene Fenster hell erleuchtet waren. Die Räumlichkeiten ließen mich vermuten, dass es sich um die Garderobe der Schauspieler handelte. Zwei Männer, mir abgewandt, standen inmitten des Zimmers. Die Lautstärke, mit der sie sich unterhielten, machte mich unbeabsichtigt zum Lauscher. Es ging um drei fehlende Lilien, die Bestandteil der Bühnendekoration waren. Weil diese äußerst spärlich ausfiel, erinnerte ich mich sogleich wieder an besagte Blumen. Sie dienten als Kulisse zu Romeos in Julias Bett verbrachter Nacht. Es waren weit mehr als nur drei Stück. Sie bestanden aus Kunststoff und glichen«, dabei zeigte er auf die Fotografie in seiner Hand, »dieser hier in verblüffender Weise. Ich kann mich zwar auch täuschen«, räumte Henning ein, »trotzdem würde ich dir empfehlen, dieser Spur nachzugehen.«

Peer sah ihn verblüfft an. »Du meinst also«, fasste er zusammen, »dass diese Blume hier eine von insgesamt drei gestohlenen Lilien sein könnte, die ursprünglich als Bühnendekoration für ein Theaterstück dienten?« Henning nickte.

Peers Anruf ein paar Stunden später bestätigte ihm, dass er sich nicht getäuscht hatte. Die entwendeten Plastiklilien stimmten zweifelsfrei mit jener überein, welche die Tote in ihren Händen hielt. Es schien also tatsächlich ein Zusammenhang zu bestehen. Aber welcher? Inzwischen, das wusste Henning von Peer, hatte die Polizei auch die Identität der Ermordeten herausgefunden. Sie hieß Lea Goldbach und war Jurastudentin mit Wohnsitz in Berlin. Ihre Semesterferien verbrachte sie damit, ihre Finanzen aufzubessern. Wie schon in den Jahren zuvor arbeitete sie als Aushilfskraft in einem der Inselhotels. Nachdem sie am Freitag, dem achtzehnten Juli, nicht zur Arbeit erschienen war, hatte einer ihrer Kollegen, ein Kellner namens Siegmar Schreiner, sie als vermisst gemeldet. Die Polizei bat ihn, die Leiche der Ermordeten zu identifizieren. Siegmar erkannte in der Toten eindeutig seine Kollegin wieder.

Nachdem feststand, wer die Frau war, fuhr Kommissar Boström noch einmal zum Kap, um sämtliche Mitglieder der Schauspielgruppe zu vernehmen. Er konfrontierte sie mit Lea Goldbachs Foto. Doch keiner der Anwesenden kannte die Frau, oder konnte sich darauf besinnen, sie schon einmal bei einer der Aufführungen gesehen zu haben. Die Spur der Lilien drohte in einer Sackgasse zu enden.

Peer Boström war ratlos wie selten zuvor. In der Hoffnung, einen weiteren dienlichen Tipp zu erhalten, entschloss er sich nach Feierabend dazu, seinem Freund, dem Kommissar, einen weiteren Besuch abzustatten. Der Hinweis mit den Blumen war schließlich von ihm gekommen.

Henning erwartete ihn bereits. Der Fall ließ auch ihn nicht mehr los. Obwohl er versuchte, sich nichts anmerken zu lassen, brannte er darauf, mehr darüber in Erfahrung zu bringen. Als Erstes erkundigte er sich danach, ob schon ein Obduktionsbericht vorläge. Doch Peer verneinte: »Wie es aussieht, müssen wir noch eine Weile darauf warten«, meinte er. »Dem Rechtsmediziner zufolge, gibt es da noch einige Ungereimtheiten.«

»Ungereimtheiten?«, hakte Henning nach. »Darf ich fragen, was du darunter verstehst?«

»Ich weiß nur, dass die durchgeführte Autopsie noch keinen Befund zur tatsächlichen Todesursache erbrachte.«

»Ich dachte, die wäre offensichtlich«, wunderte sich Henning, »man hat ihr schließlich die Kehle durchgeschnitten.«

»Das war auch meine erste Vermutung. Der zum Tatort gerufene Rechtsmediziner hingegen schien nicht davon überzeugt. Ihn irritierte das aus der Wunde ausgetretene Blut. Er befand, dass es für die vorliegende Verletzung zu wenig sei. Auch hielt er den Radius, in dem es sich verteilt hatte, für zu gering. Er meinte, wenn ihr bei lebendigem Leib die Kehle durchgeschnitten worden wäre, hätte das aus der Halsschlagader pulsierende Blut eine viel größere Fläche bedecken und in weit höherer Menge austreten müssen. Zudem kam es ihm reichlich seltsam vor, dass sie sich allem Anschein nach nicht zu wehren versuchte.«

»Das stimmt«, pflichtete Henning ihm bei. »Das ist mir auch aufgefallen. Wenn du mich fragst, lag sie da wie aufgebahrt. Es mag makaber klingen, aber sie wirkt wie ein Kunstwerk. Ihr Mörder hat anscheinend viel Zeit und Sorgfalt darauf verwendet, sie so zu platzieren. Ich habe das unbestimmte Gefühl, dass er uns damit eine Nachricht übermitteln wollte. Wie du ja bereits weißt, drängte sich mir beim Anblick von Lea Goldbachs Leiche, obwohl ich diese nur vom Foto her kenne, der Vergleich mit Shakespeares Julia auf. Ähnlich eines Déjà-vu-Erlebnisses, schwebt mir seither eine ganz bestimmte Stelle vor Augen. Weil mir die Angelegenheit keine Ruhe ließ, habe ich mir ein Exemplar von ›Romeo und Julia‹ gekauft. Nachdem ich es gelesen hatte, erinnerte ich mich wieder daran, dass die Passage, von der ich spreche, in der fünften Szene des vierten Aufzugs spielte. In ihr tritt Graf Capulet, Julias Vater, auf. Gramgebeugt steht er vor dem Lager seiner Tochter, von der er annimmt, sie sei tot. ›Der Tod liegt auf ihr, wie ein Maienfrost auf des Gefildes schönster Blume liegt‹, klagt er in seinem Schmerz. Nenn es Intuition, doch seit ich Leas Leichnam gesehen habe, spukt mir dieses Zitat samt dazugehöriger Szene im Kopf herum. Ich habe das unbestimmte Gefühl, dass mein Unterbewusstsein mir damit eine ganz bestimmte Botschaft zu übermitteln versucht ...«

Peer hatte nachdenklich Hennings Worten gelauscht. »Von der Warte aus habe ich das Ganze noch gar nicht betrachtet«, gestand er, ohne dabei des alten Kommissars poetischer Randbemerkung Beachtung zu schenken. »Aber du könntest recht haben. Auf alle Fälle geht der Pathologe davon aus, dass sie bewusstlos gewesen sein muss, als man sie getötet hat. Das war auch einer der Gründe, weshalb er sich dafür entschied, sie zu obduzieren. Bislang jedoch liegen uns noch keinerlei gesicherte Fakten zur Todesursache vor. Ich halte dich aber auf dem Laufenden. Sobald es etwas Neues gibt, melde ich mich bei dir.«

5

Am Montag, dem einundzwanzigsten Juli, rief Larissa Sommer, Inhaberin eines Selliner Brautmodengeschäfts, bei der Polizei an, um einen Einbruchdiebstahl in ihr Warenlager zur Anzeige zu bringen. Sie war übers Wochenende verreist und hatte daher erst bei ihrer Rückkehr vor wenigen Stunden den Schaden bemerkt. Ein zum Hof hin liegendes Toilettenfenster, das zu den von ihr angemieteten Räumen gehörte, war eingeschlagen worden. Nachdem der Einbrecher sich auf diese Weise Zutritt verschafft hatte, drang er in den Laden ein. Der Dieb schien zielstrebig vorgegangen zu sein. Bis auf das kaputte Fenster hatte er weder etwas verwüstet, noch aufgebrochen. Sein Augenmerk galt auch nicht dem in der Kasse befindlichen Geld. Larissa Sommer hatte sich sogleich davon überzeugt. Bei einer von ihr daraufhin durchgeführten Bestandsaufnahme in ihrem hinter dem Verkaufsraum liegenden Warenlager fand die Geschäftsinhaberin jedoch schnell heraus, worauf der Einbrecher es abgesehen hatte. Allem Anschein nach interessierte er sich für einige der von ihr gefertigten Brautkleider. Drei von ihnen fehlten. Verwundert stellte Larissa Sommer fest, dass die fehlenden Modelle völlig identisch waren. Selbst die Konfektionsgröße stimmte überein. Ging man von dieser aus, so mussten die Frauen, für die diese Kleider bestimmt waren, allesamt klein und zierlich sein. Passend zu den aus blütenweißer Seide bestehenden Brautgewändern fehlten drei Paar eleganter weißer Absatzpumps der Größe 37. Auch die zur Hochzeitsausstattung gehörenden Schleier schienen sich in Luft aufgelöst zu haben.

Kommissar Boström dachte sofort an die Leiche im Jasmund. Konnte es sein, dass eines der gestohlenen Kleider für sie bestimmt war? Er musste sich Gewissheit verschaffen. Die Kleider, die Lea Goldbach trug, befanden sich in der Asservatenkammer des Bergener Polizeireviers. Er bat Larissa Sommer ihn dorthin zu begleiten. Entsetzen zeichnete sich auf den Zügen der Frau ab, als sie das mit Blut besudelte Gewand samt Schleier und Schuhen als eines der von ihr gestohlenen Modelle erkannte.

»Sind Sie auch völlig sicher«, wollte der Kommissar wissen, »dass es sich hierbei um eines Ihrer Brautkleider handelt?«

»Ganz sicher«, erwiderte die geschockte Boutiqueinhaberin. »Sehen Sie das Etikett?« Mit zitternden Händen wies sie auf einen schmalen Stoffstreifen, der durch die transparente Plastikhülle, in der das Beweisstück aufbewahrt wurde, zu erkennen war. Er trug den Aufdruck: ›Brautmoden L.S.‹

»Das Kleid gehört eindeutig zu einer von mir erst kürzlich erstellten Kollektion. Ich habe dieses Modell persönlich entworfen und es ist nur in meinem Laden erhältlich.«

Die Antwort ließ keine Zweifel mehr offen. Verbunden mit dem Wissen, woher das Kleid der Toten stammte, stellte sich eine erschreckende Erkenntnis ein. Für den Bruchteil einer Sekunde schien des Kommissars

Herzschlag auszusetzen. Konnte es sein …? Er wagte den Gedanken nicht zu Ende zu denken.

Als Peer Boström an diesem Abend die Wache verließ, war es bereits nach zweiundzwanzig Uhr. Obwohl zum Umfallen müde, trieb ihn eine innere Unruhe anstatt in sein Bett zu Henning. Wie erhofft, war dieser noch wach und hocherfreut, ihn zu sehen. Peer kam sogleich auf den Grund seines Kommens zu sprechen. Mit knappen Worten berichtete er, was sich seit ihrem letzten Gespräch ereignet hatte.

»Von dem Augenblick an, als die Ladeninhaberin Leas Kleid eindeutig als eines ihrer Modelle identifizierte, geistert ein beängstigender Verdacht durch meinen Kopf«, beschloss Peer seine Ausführungen. Er wirkte bedrückt.

Henning verstand. »Du siehst einen Zusammenhang zwischen den Lilien und den Kleidern«, brachte er die Bedenken seines jungen Kollegen auf den Punkt. »Gleichzeitig scheust du dich davor, die daraus resultierende Konsequenz zu ziehen. Denn wenn du das tätest, dann müsstest du angesichts der magischen Zahl drei, die sich mit beiden verbindet, in Betracht ziehen, dass der Mord an Lea kein Einzelfall war, sondern vielmehr der Auftakt zu einer ganzen Serie. Du vermutest, dass mit zwei weiteren Opfern zu rechnen ist. Wenn du gekommen bist, um dir deine Annahme von mir bestätigen zu lassen, dann muss ich dir sagen, dass sie auch mir begründet erscheint. Die Aussicht, es mit einem Serienmörder zu tun zu haben, ist mehr als beängstigend. Hoffen wir, dass wir uns täuschen.«

Doch noch während er sprach, wurde Henning bewusst, dass dieser fromme Wunsch nicht in Erfüllung gehen würde. Vielmehr befürchtete er, dass das, was bisher geschah, nichts im Vergleich zu dem war, was auf sie zukommen würde, wenn sich ihre Vermutung bewahrheiten sollte.

Angesichts der Tatsache, dass alle bisherigen Spuren im Sande zu verlaufen schienen, war Eile geboten. Einzig die Zahl drei deutete auf einen möglichen Zusammenhang hin. Und selbst der war mehr als vage. Lea Goldbachs Vergangenheit sowie ihre momentane Lebenssituation boten auch keinerlei Anhaltspunkte in Bezug auf den Täter. Sie lebte allein. Weder ihren Eltern noch den Arbeitskollegen im Hotel war bekannt, ob sie derzeit einen festen Freund hatte. Zeugenaussagen zufolge war sie nie in Begleitung eines Mannes gesehen worden.

Henning überlegte: »Liegt euch mittlerweile der Obduktionsbericht vor?«, erkundigte er sich.

Peer verneinte. »Bisher noch nicht.«

»Um zu wissen, von welcher Art Motiv der Täter getrieben wurde, sollte schnellstmöglich geklärt werden, ob Lea Goldbach möglicherweise Opfer eines Sexualverbrechens wurde. Auch wenn bislang nichts darauf hinweist, solltet ihr diese Variante in Betracht ziehen, zumindest so lange, bis euch das rechtsmedizinische Gutachten vorliegt. Hast du schon mal darüber nachgedacht, einen Profiler hinzuzuziehen?«

»Nachgedacht schon«, gestand Kommissar Boström. »Aber im Augenblick hoffe ich offen gestanden, den Fall aus eigener Kraft und mit unseren Kollegen vor Ort klären zu können. Allerdings befürchte ich, dass sich der Staatsanwalt nicht mehr lange hinhalten lässt. Wenn wir nicht binnen kürzester Zeit mit einer verwertbaren Spur aufwarten können, wird er darauf bestehen, dass wir Hilfe von außerhalb anfordern.«

»Diese Aussicht scheint dir nicht sonderlich zu behagen«, stellte Henning fest.

»Würdest du denn freiwillig einen dir anvertrauten Fall aus der Hand geben?«, konterte Peer mit einer Gegenfrage.

»Natürlich nicht! Du hast völlig recht. Ich würde mich in meiner Ehre gekränkt fühlen. Trotzdem solltest du dich nicht generell gegen fremde Hilfe sperren. Was hältst du davon, wenn ich ein wenig für euch recherchiere?«

Peer sah ihn verwundert an. »Kannst du mir verraten, was du darunter verstehst?«, wollte er wissen.

»Zuerst einmal müsstest du mir Akteneinsicht gewähren, damit ich mir einen Überblick über den Fall verschaffen kann. Außerdem würde ich gerne mit dem zuständigen Rechtsmediziner sprechen. Meinst du, es wäre dir möglich, mir einen Termin bei ihm zu besorgen?«

»Du meinst bei Doktor Probst?«, vergewisserte sich Kommissar Boström. Henning nickte. »Offen gestanden weiß ich nicht, was du dir davon erhoffst. Der Mann steht bereits unter massivem Druck seitens der Polizei. Er weiß, dass wir Ergebnisse von ihm erwarten.«

Doch Henning, die Skepsis in Peers Stimme überhörend, blieb hartnäckig: »Kannst du nun einen Termin vereinbaren oder nicht?«

Kommissar Boström gab nach. »Ich werde sehen, was

sich machen lässt. Allerdings nur unter einer Bedingung: Wenn Doktor Probst einem Gespräch zustimmt, will ich dabei sein.«

Kurz nach acht am nächsten Morgen klingelte Henning Lüders Telefon. Peer war am Apparat. »Bist du bereit für einen Abstecher in die Welt der Katakomben?«, erkundigte er sich scherzhaft. »Ich habe für neun Uhr einen Termin bei Doktor Probst vereinbaren können. Er ist einverstanden, sich mit dir zu unterhalten. In zehn Minuten bin ich bei dir.«

Eine knappe Stunde später standen sich die beiden Kriminalisten und der Pathologe in den sterilen, weiß gekachelten Kellerräumen des rechtsmedizinischen Institutes gegenüber. Kommissar Boström stellte Henning als einen pensionierten Kollegen vor. Gleichzeitig bat er den Pathologen darum, Stillschweigen über seine Anwesenheit zu wahren.

Dem Arzt kam dieses Ansinnen zwar merkwürdig vor, doch er hatte im Moment mehr als genug eigene Probleme, um sich darüber weitere Gedanken zu machen.

Als sie einander begrüßt hatten, bat Doktor Alexander Probst die Besucher in sein Büro. Der fensterlose Raum, in den er sie führte, war winzig, gerade groß genug, um ein Aktenregal und einen von Papieren überquellenden Schreibtisch zu beherbergen. Nachdem der Rechtsmediziner den beiden Beamten einen Platz auf zwei zwischen Tür und Schreibtisch stehenden Plastikstühlen angeboten hatte, ließ er sich, ihnen gegenüber, in einen schwarzen Ledersessel sinken.

Alexander Probst wirkte müde. Unter seinen Augen zeichneten sich dunkle Ringe ab. In einer Geste der Hilflosigkeit raufte er sich sein bereits angegrautes Haar. »Es tut mir leid meine Herren«, eröffnete er das Gespräch, »dass der Obduktionsbericht diesmal so lange auf sich warten lässt. Aber trotz intensiver Bemühungen gelang es mir bisher nicht, die Todesursache zu klären. Der Fall ist mir ein Rätsel«, gestand der Mediziner. »Neben dem Druck, den die Polizei mir macht, weil sie verständlicherweise Ergebnisse erwartet, kommt nun auch noch jener hinzu, den die Familie der Toten auf mich ausübt. Sie verlangen von mir, die Leiche zur Beerdigung freizugeben.«

»Wir wollen Ihre wertvolle Zeit nicht länger als unbedingt notwendig in Anspruch nehmen«, brachte Henning die Sprache auf den Grund seines Hierseins. »Wir sind lediglich hergekommen, um einige noch offene Fragen zu klären.«

Bevor er weitersprach, zückte er einen Stift und zog ein schwarz eingebundenes Notizbuch aus seiner Jackentasche hervor. »Zunächst einmal würde es mich interessieren«, begann er, »ob die Tote Opfer einer Sexualstraftat wurde?«

»Das kann ich definitiv ausschließen«, versicherte ihm der Pathologe. »Und um Ihre nächste Frage vorwegzunehmen, es lag auch keine Schwangerschaft vor. Wie Sie sehen, bin ich gründlich vorgegangen und habe nichts außer Acht gelassen.«

Henning zweifelte keinen Moment daran. »Dann wäre das ja geklärt«, konstatierte er trocken. »Wie sieht es eigentlich mit dem Fundort aus? Weiß man schon, ob er identisch mit jenem Platz ist, an dem die Frau ermordet wurde?«

»Auch diese Frage kann ich definitiv mit Nein beantworten. Lea Goldbach starb zwischen zwei und drei Uhr nachts. Eine von mir durchgeführte Analyse des Mageninhalts wies erhöhte Spuren von Diazepam in ihrem Körper nach. Um die Frau damit zu töten, hätte die Dosis höher angesetzt sein müssen. Das Medikament diente lediglich dazu, sie bewusstlos werden zu lassen. Daraus lässt sich für mich die Vermutung ableiten, dass Opfer und Täter einander kannten. Ich denke es könnte sich so abgespielt haben: Er verabreichte ihr einen Drink, den sie anscheinend arglos, zumindest ohne dazu genötigt zu werden, zu sich nahm. Nachdem die Wirkung des Mittels einsetzte, hatte der Mörder leichtes Spiel. Sein Opfer konnte sich schließlich nicht mehr zur Wehr setzten. Das erklärt auch das Fehlen von Kampfspuren. Trotz allem habe ich vorsichtshalber die Fingernägel der Ermordeten untersucht. Es befanden sich jedoch weder Fremdfasern noch Gewebereste darunter. Was vielleicht noch erwähnenswert wäre, ist die Tatsache, dass die Schuhe, die die Tote trug, ihr mindestens eine Nummer zu klein waren. Auch das Kleid, das sie anhatte, entsprach nicht ihrer Größe. Es war eindeutig zu eng. Der Reißverschluss auf der Rückseite stand offen und klaffte auseinander. Ich schließe daraus, dass der Mörder ihr die, von ihm auf Verdacht besorgten Kleidungsstücke anzog, nachdem sie das Bewusstsein verloren hatte. Nur die Art und Weise, wie er sie dann umbrachte, bleibt mir ein Rätsel. Fest steht, dass sie bereits tot war, als ihr Mörder ihr die Kehle durchschnitt.

Die nachträgliche Verstümmelung der Leiche nahm er erst an der Viktoria-Sicht, dem offiziellen Fundort vor.«

»Weil wir gerade davon sprechen«, unterbrach Henning, der sich eifrig Notizen gemacht hatte, die Ausführungen des Arztes, »es würde mich interessieren, welchen ersten Eindruck Ihnen der Tatort vermittelte, als Sie dort ankamen.«

Doktor Probst schien verwundert: »Ich bin gewohnt, mich an Fakten, statt an Empfindungen zu halten. Diese Frage sollten sie besser einem Psychologen stellen«, empfahl er.

»Ich stelle Sie aber Ihnen. Also, welchen Eindruck hatten Sie?«

Der Arzt dachte nach. »Sie lag da wie aufgebahrt«, gab er nach kurzem Zögern zur Antwort. »Offen gestanden, erinnerte mich ihr Anblick an eine Opferung auf einem Altar.«

»Eine Opferung?«, platzte Henning dazwischen. Es war ihm anzusehen, dass die Interpretation des Rechtsmediziners ihn überraschte. »Wie kommen Sie denn darauf? Und wem glauben Sie, sollte sie geopfert werden?«

»Sie haben nach meinem ersten Eindruck gefragt, und genau den habe ich nun wiederzugeben versucht. Nicht mehr und nicht weniger. Ich habe nicht die leiseste Ahnung, wem dieses Opfer, wenn es denn eines sein sollte, galt. Das herauszufinden ist nicht meine Aufgabe. Diese beschränkt sich darauf, die Todesursache aus medizinischer Sicht abzuklären. Ist Ihnen aufgefallen«, fragte der Arzt nach kurzem Zögern, »dass es sich bei dem Fundort der Leiche, der Viktoria-Sicht, um eines der markantesten Wahrzeichen der Insel handelt? Dem

Mörder lag anscheinend daran, dass sein Opfer möglichst bald gefunden wird. Andernfalls hätte er sich eine weniger auffällige Stelle ausgesucht.«

»Halten Sie es für möglich, dass der Täter uns damit eine Nachricht übermitteln wollte?«

»Das wäre denkbar, ja. Allerdings bin ich auf psychologischem Gebiet nicht sonderlich bewandert«, schränkte Alexander Probst seine Antwort sogleich ein. »Mein Eindruck ist lediglich subjektiver Natur und muss daher gar nichts zu bedeuten haben.«

Henning schien nachzudenken. »Eine Frage hätte ich noch«, meinte er schließlich. »Gehen Sie nur wegen des, aus medizinischer Sicht, zu geringen Blutverlustes davon aus, dass die Frau auf eine andere Art und Weise als durch die Schnittverletzung an ihrem Hals getötet wurde? Oder bezieht sich ihr Verdacht auch noch auf etwas Anderes?«

»Sie können mir glauben, dass ich alle zur Verfügung stehenden Mittel genutzt habe, um Licht in diesen mysteriösen Todesfall zu bringen. Obwohl bisher noch unklar ist, woran die Frau starb, kann ich anhand der bei der Obduktion gewonnenen Erkenntnisse die Schnittwunde als Ursache ausschließen.«

Die Antwort war eindeutig. Auch Kommissar Boström, der die ganze Zeit über als stummer Zuhörer fungierte, hatte keine weiteren Fragen an den Pathologen. Die Männer erhoben sich von ihren Plätzen. Henning bedankte sich. »Wir wissen es zu schätzen, dass Sie uns Ihre wertvolle Zeit geopfert haben.«

Nachdem die beiden Kriminalisten sich verabschiedet hatten, verlangte es sie danach, so schnell wie möglich die düsteren, Formalin geschwängerten Kellergewölbe des rechtsmedizinischen Institutes zu verlassen. Während sie zum Auto gingen, pumpten sie frische Luft in ihre Lungen.

Auf der Rückfahrt erkundigte sich Peer: »Und bist du nun schlauer?«

»Nicht unbedingt«, gestand Henning. »Aber zumindest ist mir eines klar geworden. Der Mörder wollte, dass sein Opfer gefunden wird. Deshalb stellt er es regelrecht zur Schau. Da nicht auszuschließen ist, dass er erneut zuschlägt, würde ich an deiner Stelle umgehend die Polizeipräsenz auf alle touristischen Attraktionen der Insel ausweiten.«

Kommissar Boström ließ Hennings Worte in sich nachwirken. »Was du sagst, klingt plausibel. Nur habe ich gar nicht so viele Männer, um sämtliche von dir angesprochenen Orte überwachen zu lassen. Das ist ein Ding der Unmöglichkeit.«

»Dann setz Prioritäten! Wenn du nur die markantesten Wahrzeichen einbeziehst, müsste es doch machbar sein. Komm, lass uns mal nachzählen, welche Örtlichkeiten dafür in Betracht kämen. Die Kreidefelsen und das Naturschutzgebiet Jasmund können wir, glaube ich, getrost ausschließen. Ich halte es für wenig wahrscheinlich, dass der Täter zweimal an derselben Stelle zuschlägt. Was bliebe, wären sämtliche Seebrücken entlang der Bäderküste, das Gebiet um den Dornbusch auf Hiddensee, Kap Arkona, der Fährhafen von Sassnitz, die Naturbühne von Ralswieck …« Mit jeder weiteren, von Henning erwähnten Attraktion schwand ein Teil ihrer Zuversicht. Das gewaltige Ausmaß ihres Vorhabens schien dessen Umsetzung schon vorher unmöglich zu machen.

Dennoch ließ Kommissar Boström keine Möglichkeit ungenutzt, alle an anderer Stelle entbehrlichen Kräfte zu mobilisieren, um sie auf die auf seiner Liste stehenden Orte zu verteilen. Am Ende musste er jedoch resigniert feststellen, dass es mindestens doppelt so vieler Leute bedurft hätte, um auch nur annähernd die wichtigsten strategischen Punkte abzusichern. Nicht mehr Personal angefordert zu haben, sollte sich im Nachhinein als verhängnisvolle Fehlinterpretation der Lage herausstellen. Denn der Mörder schlief nicht. Vorausschauend wie er war, wusste er, dass das um ihn gezogene Netz engmaschiger wurde. Noch während die Vorbereitungen zu einer der großflächigsten Überwachungsaktion, die die Insel je gesehen hatte, anliefen, bereitete er sich auf sein nächstes Verbrechen vor.

6

Andächtig bewunderte er ihre prächtigen, in den Farben des Regenbogens schillernden Flügel, die so transparent und zerbrechlich wirkten, dass er sie nicht zu berühren wagte. Einem elfenhaften Wesen gleich, kam sie auf ihn zugeschwebt.

Dabei umspielte ihr langes, tiefschwarzes Haar auf unschuldige Art und Weise ihr herzförmiges Gesicht. Sie bedachte ihn mit ihrem schönsten Lächeln. Als sich ihre sinnlichen Lippen leicht öffneten, kam dahinter eine Reihe perfekt gewachsener Zähne zum Vorschein. Müsste er ihre Haut beschreiben, so hätte er sie als maurisch bezeichnet. Der Art, wie sie sich gab, haftete etwas Majestätisches an. Ihre dunklen, mandelförmigen Augen leuchteten ihm glutvoll entgegen.

Er schenkte ihr ein rasches, nervöses Lächeln. Automatisch erinnerte er sich an ihr erstes Zusammentreffen, das sich für ihn als schicksalhaft erwies. Seither verging kein Tag, an dem er nicht an sie dachte, oder wie heute, von ihr träumte. Wie heiße Lava pulsierte leidenschaftliche Erregung durch seine Adern. Eine Erregung, die nur ein Ziel kannte: sie mit Haut und Haaren zu besitzen.

Nachdem er sich reichlich an ihrem Anblick geweidet hatte, eilte er ihr mit weit geöffneten Armen entgegen. Doch je näher er kam, desto verschwommener nahm er ihre Züge wahr. Ein erschreckender Wandel vollzog sich mit ihr. Von einem Moment auf den anderen mutierte sie vor seinen Augen vom Engel zum Dämon. Ihres Liebreizes beraubt, gebot sie ihm hämisch grinsend Einhalt. »Du Narr! Hast du nicht begriffen, dass ich unerreichbar für dich bin? Genügt es nicht, was ich dir angetan habe?«, wollte die Gestalt, die nunmehr mit dem Antlitz des Teufels zu ihm sprach, wissen. Als er betroffen schwieg, fuhr sie fort: »Erinnere dich! Ich habe dich gedemütigt, deine Liebe ausgenützt und dich betrogen. Dieser drei Sünden machte ich mich schuldig. Deshalb wirst du deinen Frieden erst finden«, flüsterte Satan ihm verheißungsvoll ins Ohr, »wenn du jede Einzelne dieser drei Schmähungen gesühnt hast. Räche dich!«, befahl er ihm. »Ich werde dir beistehen, wie ich dir schon einmal beistand. Du bist nicht allein!«

Noch während er die Worte vernahm, vollzog sich wiederum ein Wandel im Äußeren seines Gegenübers. Schlagartig wurde ihm klar, wer zu ihm sprach. Kaum durchdrang diese Erkenntnis sein Unterbewusstsein, fiel es ihm wie Schuppen von den Augen …

Schweißgebadet schreckte er aus seinem Albtraum hoch. Nachdem sich sein Herzschlag normalisiert und die Erregung nachgelassen hatte, begann er, seinen Verstand zu gebrauchen. Um sich zu konzentrieren, schloss er die Augen. Im selben Moment erwachte ihr Bild zu neuem Leben. Zum wohl tausendsten Mal fragte er sich, ob es sein konnte, dass sie von den Toten wiederauferstanden war. Doch da er ein rational denkender Mensch war, erschien es ihm lächerlich, diese Möglichkeit in Betracht zu ziehen. Dennoch war er davon überzeugt, dass ihrer Rückkehr eine Bedeutung innewohnte. Die ihn seit dieser Nacht heimsuchenden Albträume waren für ihn die logische Konsequenz auf ihr unverhofftes Erscheinen. Ihr Anblick setzte in seinem Kopf eine tödliche Maschinerie in Gang.

Nachdem er mit dem Mord an Lea Goldbach die Jagdsaison eröffnet hatte, brauchte er ein neues Opfer.

Das anhaltend hochsommerliche Wetter verleitete ihn dazu, an die Schaabe, einen kilometerlangen waldumsäumten Strandabschnitt, zu fahren. Er stellte seinen Wagen nahe Juliusruh ab. Sein Weg, den er als Strandläufer getarnt einschlug, führte ihn zunächst durch einen schmalen Streifen Kiefernwald zum dahinter liegenden Sandstrand. Der zwischen dem Kap und dem Jasmund liegenden Schaabe eilte nicht nur der Ruf voraus, einer der längsten, sondern wegen seines weißen, feinkörnigen Sandes auch einer der schönsten Strände Rügens zu sein.

Nur mit Shorts und einem Achselshirt bekleidet, joggte er gemächlich durchs knöcheltiefe Wasser. Mit einer Sonnenbrille getarnt, konnte er die Umgebung unbemerkt nach dem nächsten Opfer absuchen. Verteilt auf bunte Badetücher, aalten sich die Menschenmassen träge in der Sonne. Die hitzeflirrende Luft war erfüllt vom Geschrei spielender Kinder. Während er den Strand entlanglief, hielt er zwischen den Sonnenschirmen und Sandburgen Ausschau nach einem ganz bestimmten Typ Frau: schwarzhaarig und südländisch, dazu klein und zierlich. All diese zwingend erforderlichen Kriterien in einer Person vereint zu finden, erwies sich jedoch schwieriger als zunächst angenommen. Zwar gab es genügend dunkelhaarige Frauen, doch entweder entsprach ihre optische Erscheinung nicht seinen Anforderungen, oder sie waren in Begleitung. Allmählich geriet er außer Atem. Der Schweiß rann in Strömen an ihm herab. Obwohl er einen durchtrainierten Körper besaß, war er es nicht gewohnt, sich unter solch extremen Temperaturbedingungen zu verausgaben. Schließlich lag der Wert, den das Quecksilber anzeigte, schon seit Tagen jenseits der dreißig Gradmarke. Kurz davor, seine Suche abzubrechen, entdeckte er, wonach er die ganze Zeit Ausschau gehalten hatte.

Das junge Mädchen, auf den sein Blick gefallen war, lag bäuchlings auf einer zitronengelben Badestola und las in einem Taschenbuch. Sie trug einen pinkfarbenen Bikini, der notdürftig ihre überaus reizvollen, genau an den richtigen Stellen vorhandenen Rundungen verhüllte. Ihr sonnengebräunter Body entsprach exakt den Maßen, die ihm vorschwebten. Aufgrund ihrer Lage blieb es ihm jedoch versagt, einen Blick auf ihr Gesicht werfen zu können. Dieses zu erkunden, musste warten. Weitaus wichtiger erschien es ihm zu wissen, ob sie in Begleitung war. Nachdem er die nähere Umgebung nach Hinweisen, die darauf schließen ließen, abgesucht und erleichtert festgestellt hatte, dass sie allem Anschein nach allein war, verlangsamte er sein Tempo, um den nächstgelegenen Strandzugang anzusteuern. In dem dahinter liegenden Waldabschnitt staute sich die Hitze. Den von der Sonne aufgeheizten Kiefern entströmte ein betörendes Aroma. Doch seine Sinne schienen dafür unempfänglich zu sein, vielmehr waren sie darauf gerichtet, sich die vor ihm liegende Wegstrecke einzuprägen. Entlang der Straße lief er zu seinem Wagen zurück. Als er ihn erreicht und sich hinter dem Steuer niedergelassen hatte, wendete er, um zu der Stelle, wo er aus dem Wald gekommen war, zurückzufahren. Auf der Suche nach einem freien Platz ließ er seinen Blick über die beidseits der Fahrbahn geparkten Autos schweifen. Nachdem es ihm gelungen war, seinen Wagen in eine der wenigen, noch vorhandenen Lücken zu zwängen, schnappte er sich seine im Kofferraum liegende Sporttasche und sprintete denselben Waldweg zurück, den er erst unlängst in entgegengesetzter Richtung verlassen hatte. Schon von weitem erspähte er jenes zitronengelbe Laken, auf dem sein nächstes Opfer noch immer in unveränderter Position lag. Wenige Schritte von ihr entfernt räumte ein junges Pärchen soeben seinen Platz. Sein Badetuch auf der frei gewordenen Stelle ausbreitend, ließ er sich in angemessenem Abstand dem Objekt seiner Begierde gegenüber nieder. Seiner verschwitzten Sachen entledigt, begann er sich einzucremen. Geschützt durch die dunkel getönte Brille, ließ er seine Beute nicht einen Moment lang aus den Augen. Als hätte das Mädchen gespürt, dass es beobachtet wird, legte es seine Lektüre beiseite und setzte sich auf. Den Kopf in den Nacken werfend, fuhr sie sich mit beiden Händen durch ihr volles, schwarz gelocktes Haar. Obwohl ihr der Sonne zugewandtes Gesicht nicht die von ihm erhofften klassischen Züge aufwies, gab er sich damit zufrieden. Ausschlaggebend war, dass sie dem von ihm gesuchten Typ entsprach.

Als sie sich wenig später in die angenehm kühlen Fluten der Ostsee stürzte, folgte er ihr unauffällig. Gleich ihr schwamm er in kräftigen, ausholenden Zügen aufs offene Meer hinaus. Seine Schwimmposition vom Bauch auf den Rücken verlagernd, steuerte er ihre Richtung an, um nach ein paar Metern einen mutwilligen Zusammenstoß zu provozieren. Ohne seine Absicht zu durchschauen, ließ sich das junge Mädchen auf ein scheinbar harmloses Wortgeplänkel mit ihm ein. Sie schien einem Flirt nicht abgeneigt. Seine mit einem verlegenen Lächeln hervorgebrachte Entschuldigung quittierte sie mit einem koketten Augenaufschlag.

Während sie Seite an Seite zum Strand zurückschwammen, gelang es ihm, sie mithilfe geschickt gestellter Fragen auszuforschen. Kurz bevor sie das Ufer erreichten, hatte er alles, was er über sie wissen musste, in Erfahrung gebracht. Sie hieß Lisa Ahrens und war neunzehn Jahre alt. Ihren zweiwöchigen Urlaub verbrachte sie allein in einer kleinen Pension nahe Juliusruh. Zudem gab das junge Mädchen ihm zu verstehen, dass es zurzeit solo sei – es hätte nicht besser laufen können.

Um im Nachhinein nicht von einem neugierigen Beobachter mit Lisa Ahrens in Verbindung gebracht zu werden, vermied er es, gemeinsam mit ihr das Wasser zu verlassen. Die Rückenlage einnehmend, ließ er sich stattdessen noch einmal aufs Meer hinaustreiben. Die so gewählte Position ermöglichte es ihm, seine Beute die ganze Zeit über im Blick zu behalten. Als er sah, dass das junge Mädchen zum Aufbruch rüstete, schwamm er ohne erkennbare Eile an Land zurück. Nachdem er sich abgetrocknet, angezogen und seine Sachen zusammengepackt hatte, folgte er Lisa, die sich Minuten vorher mit einem verführerischen Lächeln und einem kaum wahrnehmbaren Kopfnicken von ihm verabschiedet hatte. Um kein Aufsehen zu erregen, ließ er ihr einen kleinen Vorsprung. Im Schutz des Kiefernwaldes angelangt, erhöhte er jedoch sein Tempo, um sie einzuholen. Mit aufreizend wiegenden Hüftbewegungen, bekleidet mit einem Hauch von nichts, sah er sie bereits nach der nächsten Wegbiegung vor sich laufen. Nachdem er sich vergewissert hatte, dass weit und breit niemand zu sehen war, schloss er zu ihr auf. »Hatten wir nicht ein Date?«, wollte er, alles auf eine Karte setzend, von Lisa wissen.

»Kann schon möglich sein«, meinte sie vielsagend.

Es lag nun an ihm, den von ihr zugespielten Ball gekonnt zurückzugeben: »Für den Fall, dass du heute Abend noch nichts vor hast, würde ich dich gerne zum Essen einladen.« Gespannt wartete er auf eine Antwort.

Wie erhofft, zeigte Lisa Ahrens sich erfreut. Wie hätte das junge Mädchen auch ahnen sollen, dass es damit sein Todesurteil besiegelte.

Was nun kam, war für ihn ein Kinderspiel. Galant erbot er sich, sie mit seinem Wagen nach Hause zu bringen. Nachdem er ihr Gepäck verstaut hatte, öffnete er ihr die Wagentür und ließ sie einsteigen. Ihren Blicken entzogen, beförderte er zwei eisgekühlte Colaflaschen aus einer im Kofferraum befindlichen Kühlbox zum Vorschein. Mit den entkronten Flaschen in der Hand ging er zur Fahrerseite, öffnete die Tür und ließ sich hinter dem Steuer nieder. Lächelnd reichte er seiner Begleiterin das für sie bestimmte Getränk. Arglos nahm diese einen tiefen Schluck. Wie hätte sie auch wissen sollen, dass ihre Cola K.O.-Tropfen enthielt. Entgegen seiner sonst gewählten Strategie hatte er sich für diese

Variante entschieden. Zum einen wirkten die Tropfen schneller als das sonst von ihm angewandte Sedativum und senkten somit sein Risiko, dass etwas schief gehen konnte. Zum anderen gefiel ihm die Vorstellung, die Polizei durch das Abweichen von seiner bisherigen Vorgehensweise zu irritieren. Bevor er den Wagen startete, legte er eine CD von Enya ein. Entspannt ließ sich das Mädchen neben ihm in den weichen Sitz zurücksinken. Eine bleierne Müdigkeit, aus der sie nie mehr erwachen sollte, breitete sich unmerklich über ihr aus. Schon nach wenigen Metern war Lisa Ahrens eingeschlafen.

Ein abfälliges, grausames Lächeln umspielte seine Mundwinkel, als er von der Straße in den nächsten Waldweg einbog. Um kein Wagnis einzugehen, hievte er das bewusstlose Mädchen in den Kofferraum seines Wagens. Der Schweiß lief ihm in Strömen übers Gesicht, als er wieder einstieg und auf die Straße fuhr.

Ein Blick auf seine Armbanduhr verriet ihm, dass es kurz vor achtzehn Uhr war. Peinlich darauf bedacht, keine der vorgegebenen Geschwindigkeitsbegrenzungen zu überschreiten, steuerte er gemächlich sein vorerst nächstes Ziel an.

Das per Fernsteuerung nach oben gleitende Garagentor öffnete sich nahezu lautlos. Er parkte seinen Wagen neben einem dunkelgrünen Transporter. Auf einen weiteren Knopfdruck schloss sich das Tor wieder. Kaum war es eingerastet, flammte helles Deckenlicht auf. Bevor er die Kofferraumklappe öffnete, zog er sich ein paar Latexhandschuhe über. Lisa Ahrens war noch immer ohnmächtig. Doch als seine kräftigen Arme sie umschlossen und heraushoben, stöhnte sie kaum merklich auf.

Um zu verhindern, dass sie vorzeitig erwachte, entschied er sich, unverzüglich Teil zwei seines Planes in die Tat umzusetzen. Nachdem er das Mädchen auf dem kalten Betonboden der Garage abgelegt hatte, öffnete er die Tür des Transporters, dessen, mit einer eingebauten Versenkung versehene Ladefläche, eine Plastikplane bedeckte. Im Wageninneren befand sich eine Box, der er eine von mehreren verschweißten Einwegspritzen und ein kleines bauchiges Behältnis, das mit einem Gummiverschluss abgedichtet war, entnahm. Mit geschickten Handgriffen entfernte er die eingeschweißte Verpackung. Nachdem er die Plastikkappe von der Kanüle abgezogen hatte, kam eine hauchdünne Injektionsnadel zum Vorschein. Während er die Spritze aufzog, beobachtete er fasziniert, wie sie sich mit der glasklaren Flüssigkeit füllte. Als er seine Vorbereitungen abgeschlossen hatte, ließ er die Nadel in die hinter Lisa Ahrens Haaransatz verborgene Kopfhaut gleiten, um ihr mittels sanften Kolbendrucks das ihm in seiner Wirkung bestens bekannte Mittel zu injizieren. Ihre daraufhin folgenden Reaktionen überwachend, registrierte er, dass sich ihr Brustkorb noch ein paar Mal hob und senkte. Doch schon bald blieb ihr gleichmäßiges Atmen aus. Triumphierend sah er zu, wie sämtliche Farbe aus ihrem eingefallenen Gesicht wich. Ihre Nase wurde spitz und ihre Augen sanken ein. Um sicher zu gehen, dass sie auch wirklich tot war, tastete er nach ihrem nicht mehr vorhandenen Puls. Seine zweite Schmach war gesühnt.

Einen Blick auf seine Armbanduhr werfend, vergewisserte er sich, dass ihm noch jede Menge Zeit zur Verfügung stand, um den bereits erkaltenden Leichnam herzurichten und sich seiner zu entledigen.

Zu diesem Zweck bettete er die sterblichen Überreste der jungen Frau auf die Ladefläche des Transporters. Dann zog er sie aus. Nach nur wenigen Handgriffen lag sie splitternackt vor ihm. Sie betrachtend, nahm sein Blick einen lüsternen Ausdruck an. Ihre kleinen festen Brüste erregten ihn. Einem Reflex folgend, barg er sein Gesicht an ihrem Busen. Begehrlich nahm er den zarten Duft und die noch immer vorhandene Wärme des Frauenkörpers in sich auf. Dabei entrang sich seiner Kehle ein animalisch anmutender Laut: ein Laut, der von explodierender Lust und unsäglicher Pein gespeist wurde.

Wieder bei Sinnen begann er damit, ihr die für sie bereitgelegten Sachen anzuziehen. Die Tote, als Braut hergerichtet, den Augen der Öffentlichkeit zu präsentieren, war dabei für ihn von unverzichtbar ritueller Bedeutung.

Zunächst streifte er ihr ein blütenweißes Hochzeitskleid über, das ihren nackten Körper wie eine zweite Haut umschloss. Es passte perfekt. Selbst der Reißverschluss ließ sich mühelos schließen. Auch die hochhackigen Pumps, in die er im Anschluss daran ihre Füße presste, schienen diesmal die richtige Größe zu besitzen. Der Spitzenschleier, den er dann in ihrem Haar befestigte und die Lilie zwischen ihren Händen vervollständigten sein Meisterstück. Bevor er Lisa Ahrens Leichnam in der Vertiefung versenkte, warf er einen letzten prüfenden Blick auf sein Kunstwerk. Damit zufrieden schlug er die Folie, mit welcher der Hohlraum, in dem sie sich nun befand, ausgelegt war, über ihr zusammen. Um seine makabere Fracht fremden Blicken zu entziehen, hatte er eine passende Sperrholzplatte angefertigt, die er nun auf der Ladefläche des Transporters befestigte. Perfekter hätte er die Leiche nicht tarnen können.

Kurz vor Mitternacht verließ er die Garage. Um diese Uhrzeit herrschte auf den Straßen noch immer so viel Verkehr, dass er davon ausgehen konnte, mit seiner Fuhre nicht aufzufallen.

Diesmal steuerte er den Südosten des knapp eintausend Quadratkilometer großen Eilands an. Eine reichliche Stunde später parkte er seinen Wagen am Fuße des Tempelberges, um im Schutz üppiger Laub- und Nadelwaldungen seinen Beobachtungsposten zu beziehen. Weit und breit waren keinerlei Geräusche zu vernehmen. Lediglich die nachtschwarze Unendlichkeit des von funkelnden Sternen bedeckten Firmaments dehnte sich über der seeumsäumten Granitz. Mithilfe eines Nachtglases erforschte er die Umgebung. Der sich durch den hügeligen Buchenwald nach oben schlängelnde Pfad, der zum Jagdschloss führte, das sich einst einer aus der Fürstenfamilie derer zu Putbus für sich und seine Gesellschaft errichten ließ, lag einsam und verlassen vor ihm. Er wartete bis kurz nach drei. Dann fuhr er los, um sich Lisa Ahrens sterblicher Überreste auf der von ihm vorbestimmten Weise zu entledigen.

Am Morgen des dreiundzwanzigsten Juli, genau eine Woche nach dem Mord an Lea Goldbach, fand Gero Hauser, ein pensionierter Revierförster aus Lancken-

Granitz die nächste Leiche. Weil er seit dem Tod seiner Frau unter Schlaflosigkeit litt, war er schon in aller Herrgottsfrühe mit seinen Jagdhunden, zwei braunen Irish Settern mit prächtig glänzendem Fell, zu einem Spaziergang aufgebrochen. Es war kurz nach sechs Uhr früh, als er nach einem langen beschwerlichen Aufstieg den achtunddreißig Meter hohen Turm des 1837 von Karl Friedrich Schinkel geplanten Jagdschlosses Granitz vor sich aufragen sah. Als er aus dem Wald heraustrat, ließ die Morgensonne das in der Blütezeit des Klassizismus errichtete Bauwerk, eines der begehrtesten Ausflugsziele für Gäste aus nah und fern, in seiner ganzen Schönheit erstrahlen.

Seinen Hunden, die, Witterung aufnehmend, plötzlich wie wild an ihren Leinen zu zerren begannen, folgend, erreichte Gero Hauser nach wenigen Metern den Vorplatz des Schlosses. Von dort führte eine breite Treppe nach oben zum Hauptportal, das gleichzeitig als Museumseingang diente. In den für den Publikumsverkehr freigegebenen Räumen befanden sich die Geweih- und Waffensammlungen der Fürsten von Putbus. Im Anschluss an den Rundgang bot sich die Möglichkeit, den mit Zinnen bestückten Mittelturm über eine kunstvoll gefertigte gusseiserne Wendeltreppe zu erklimmen. Gipfelstürmer, die sich von dem beschwerlichen Aufstieg nicht abschrecken lassen, werden, oben angelangt, mit einer faszinierenden Panoramasicht belohnt. Sie umfasst die Bäderküste und reicht bis hinein ins Inselinnere nach Bergen oder Putbus, ja sogar bis zum Vilm, einer kleinen Insel, die vor der Putbuser Mole im Wasser ihre Umrisse zeigt.

Ungeachtet der ihn umgebenden Pracht steuerte Gero Hauser das Eingangspodest des Schlosses an. Der Anblick, der sich ihm dort oben bot, ließ ihm den Atem stocken. Mit letzter Kraftanstrengung gelang es ihm, seine völlig wild gewordenen Hunde zur Räson zu bringen. Dann versagten des pensionierten Revierförsters Beine den Dienst. Unter Schock stehend, sank er neben seinen winselnden Vierbeinern in die Knie. Nachdem er sich halbwegs vom ersten Schreck erholt hatte, tastete er mit zitternden Händen nach seinem Mobiltelefon, zog es aus der Tasche seiner Jacke und rief die Polizei.

Das Bild, das sich den Beamten, die wenig später am Tatort eintrafen, bot, glich auf erschreckende Weise dem, welches sie von der Viktoria-Sicht noch bestens in Erinnerung hatten.

Der einzige Unterschied bestand darin, dass diesmal das Podest vor dem in der Morgensonne hell und freundlich erstrahlenden Jagdschlosses mit all seinen Türmchen und Zinnen als Kulisse für das effektvoll in Szene gesetzte Kunstwerk diente.

Ansonsten schien alles identisch. Wieder war es eine zierliche junge Frau mit schwarzem Haar und südländischem Aussehen, die, als Braut gekleidet, mit durchgeschnittener Kehle und der mittlerweile obligatorischen weißen Lilie in der Hand auf den kalten Betonboden aufgebahrt, ruhte.

7

Aufmerksam verfolgte Leona Pirell die Ausführungen des aus München kommenden Gastdozenten, die sich mit den Möglichkeiten der Rechtsmedizin bei der Verbrechensbekämpfung befassten. Seit Anfang der Woche weilte sie auf einem der alljährlich stattfindenden Kongresse der Gesellschaft für Rechtsmedizin. Obwohl sie keine Möglichkeit versäumte, sich weiterzubilden, war sie in ihrem ursprünglichen Bestreben, die Todesursache im Fall Austen / Küster aufzuspüren, noch keinen Schritt weitergekommen.

Die nach dem Mittagessen angekündigte Rede des Professors Eduard Hagen bildete den Abschluss des viertägigen Symposiums. Leona rechnete damit, am späten Abend wieder daheim zu sein. Vor ihr lagen drei wundervolle Wochen des Nichtstuns. Sie hatte sich vorgenommen, ihren Jahresurlaub diesmal zu Hause zu verbringen. Neben ihrem Hobby, dem Wandern, wollte sie sich wieder einmal Zeit für die Lektüre einiger spannender Taschenbücher nehmen. Zudem warteten etliche medizinische Dissertationen, die schon seit längerem auf ihrem Schreibtisch lagen, darauf, von ihr durchgesehen zu werden. Sie hatten sich dort im Laufe der Monate angesammelt, weil sie während ihrer regulären Arbeitszeit einfach nicht dazu kam, sich fachlich auf dem Laufenden zu halten.

Eine männliche Stimme riss sie aus ihren Gedanken. »Hätten Sie einen Moment Zeit für mich?«, wollte Professor Hagen, ihr die Hand reichend, wissen.

Gleichermaßen geehrt wie irritiert nickte Leona. Auf einen der Stühle neben sich weisend, meinte sie: »Bitte setzen Sie sich doch!« Während sie sprach, blickte sie gespannt in das charismatische, von schlohweißem Haar umrahmte Gesicht ihres Gegenübers. Sie konnte sich beim besten Willen nicht vorstellen, was eine, zu den Koryphäen der Rechtsmedizin gehörende Persönlichkeit, mit ihr besprechen wollte. Doch ihre Neugier wurde bald gestillt.

»Sie haben mich«, eröffnete, nachdem er der jungen Frau gegenüber Platz genommen hatte, Professor Hagen das Gespräch, »vor Jahren einmal um Rat ersucht. Wenn mein Erinnerungsvermögen mich nicht im Stich gelassen hat, ging es bei Ihrer Anfrage um die Obduktion zweier Leichen, deren offensichtliche Verletzungen nicht der tatsächlichen Todesursache entsprachen. Ich meine mich zu besinnen, dass Sie den Fall von Ihrem Großvater, gleichfalls einem Kollegen, der mir leider nur namentlich bekannt war, übernommen haben. Bin ich soweit richtig informiert«, vergewisserte sich der Arzt bevor er weiter sprach.

»Das stimmt«, bestätigte ihm Leona. Sie war verwundert, gleichzeitig aber auch geehrt, dass dem promovierten Wissenschaftler nach dieser langen Zeit ihr Gespräch und dessen Inhalt noch präsent war.

»Nach wie vor suche ich Licht in das Dunkel dieser mysteriösen Mordfälle zu bringen. Ein Kollege brachte mich vor Jahren auf die Idee, mich an Sie zu wenden.

Ich ließ Ihnen eine von meinem Großvater erstellte Aktenkopie zukommen. Sie schickten Sie mir wenig später mit dem Vermerk versehen zurück, dass Sie sich, nach gründlichem Studium der Unterlagen, außerstande sähen, mir bei der Klärung des Falles behilflich zu sein.«

»Ich weiß! Es ging darum, dass die Opfer mit gravierenden Schnitt- beziehungsweise Stichverletzungen aufgefunden wurden. Der Obduktionsbericht hingegen erbrachte, dass diese ihnen erst nachträglich zugefügt worden und somit nicht als Todesursache in Betracht gezogen werden konnten. Äußerlich ansonsten unversehrt, ergaben sich keinerlei stichhaltige Anhaltspunkte, die ein Ableben aus medizinischer Sicht erklärlich erscheinen ließen.«

Leona nickte und fragte sich insgeheim, worauf der Professor mit seinen Fragen abzielte. Doch schon sein nächster Satz brachte ihr diesbezüglich Klarheit.

»Sicher wundern Sie sich«, fuhr der Arzt in seinen Ausführungen fort, »weshalb ich mich nun, nach all der Zeit an Sie wende. Um es vorweg zu nehmen, ich tue es nicht, um Ihnen die Lösung des Falles zu präsentieren, sondern vielmehr, um Sie um Hilfe zu bitten.«

Leona war erstaunt und sprach das auch aus. »Ich wüsste nicht, wie ich Ihnen von Nutzen sein könnte«, warf sie ein. »Schließlich bin ich selbst noch immer auf der Suche nach einer plausiblen Erklärung.«

»Das ist mir durchaus bewusst. Der Grund, weshalb ich mich dennoch an Sie wende, liegt mehr in den äußeren Umständen der Tat begründet. Um zu verstehen was ich meine, ein Satz vorweg: ich erhielt gestern Abend einen Anruf. Am Apparat war ein gewisser Doktor Probst. Er stellte sich mir als Kollege vor und bat mich um meine Meinung zu einem, besser gesagt zwei seiner aktuellen Fälle. Der arme Mann schien mit seinen Nerven am Ende zu sein.

Im Laufe unseres Gesprächs erzählte er mir, dass man ihn mit der Obduktion der erst kürzlich im Jasmund gefundenen Frauenleiche beauftragt hatte. Nachdem vor wenigen Tagen ein weiteres Opfer, das gleichfalls wieder auf seinem Tisch landete, zu beklagen war, nimmt die Polizei nun an, dass es sich in beiden Fällen um den Beginn einer Serie von Frauenmorden, vermutlich sogar Ritualmorden, handeln könnte. Vielleicht haben Sie in der Zeitung darüber gelesen. Falls nicht, dann sollten Sie wissen, dass die bisher gefundenen Leichen mehrere Gemeinsamkeiten verbanden: nachdem ihr Mörder sie getötet und ihnen Brautkleider angelegt hatte, schnitt er ihnen die Kehle durch. Auch dem Typ nach glichen sich die Opfer. Sie waren beide klein und zierlich, hatten schwarzes Haar und ein südländisches Aussehen. Polizei und Rechtsmedizin stehen vor einem Rätsel.«

Leona glaubte sich vage daran zu erinnern davon gelesen zu haben. Ihren Fall mit dem der Toten auf Rügen in Verbindung zu bringen, darauf allerdings wäre sie nie und nimmer gekommen. Professor Hagen besaß ihre ungeteilte Aufmerksamkeit.

»Nachdem ich das Telefonat beendet hatte«, fuhr der Mediziner in seinen Ausführungen fort, »konnte ich lange Zeit nicht einschlafen. Irgendetwas an dem von Doktor Probst geschilderten Sachverhalt kam mir bekannt vor. Gegen Morgen signalisierte mir mein Unterbewusstsein dann die Lösung, indem es mir unser Gespräch in Erinnerung rief. Der Zufall wollte es, dass ich heute Morgen bei der Durchsicht der Teilnehmerliste dieser Tagung auf Ihren Namen stieß. Wie Sie sehen, suchte und fand ich Sie.«

»Was Sie mir da eben erzählt haben, lässt tatsächlich auf einen möglichen Zusammenhang zwischen dem damaligen und den jetzigen Vorfällen schließen. Wenn dem so wäre, würde ich gerne mehr darüber erfahren.«

»Das hoffte ich«, gestand Professor Hagen. Noch während er sprach, zog er aus der Innentasche seines Jacketts einen Zettel hervor, der Anschrift und Telefonnummer des in Stralsund lebenden Pathologen enthielt und übergab ihn Leona. »Angesichts der Situation denke ich, dass Sie sich sofort mit Doktor Probst in Verbindung setzen sollten. Wer weiß, vielleicht gelingt es Ihnen ja, mithilfe der jetzigen Ereignisse das Rätsel von damals zu lösen. Ich wünsche es Ihnen und würde mich freuen, wenn Sie mich diesbezüglich auf dem Laufenden hielten. Leider habe ich momentan nicht die Zeit, mich persönlich um die Angelegenheit zu kümmern. Ich werde morgen zu einem Fachkongress in Boston erwartet.«

Professor Hagen stand auf, gab seiner Kollegin die Hand und verabschiedete sich von ihr.

Leonas Gedanken überschlugen sich und sie bemühte sich um einen klaren Kopf.

Um ungestört nachdenken zu können, beschloss sie, den Tagungsort zu verlassen und zum Hotel zurückzukehren.

Auf ihrem Zimmer angelangt, wählte sie die Nummer von Doktor Probst. Nachdem die Verbindung zustande gekommen war und Leona sich vorgestellt hatte, setzte sie ihren Gesprächspartner von ihrer Unterhaltung mit dem Professor in Kenntnis. Danach tauschten sie sich über ihre Fälle und deren Gemeinsamkeiten aus. Als Leona das Telefonat beendet hatte, stand ihre Entscheidung fest. Sie würde nach Stralsund fahren.

Kaum war ihr Entschluss gefasst, räumte sie das Zimmer, beglich die Rechnung und verließ das Hotel. Mit ihrem in der Tiefgarage geparktem Ford Fiesta fuhr sie nach Netzschkau zurück, jener kleinen vogtländischen Stadt, die nunmehr seit sieben Jahren ihr Zuhause bildete. Das von ihr bewohnte Mietshaus, in dem sie in einer gemütlichen Mansardenwohnung Quartier bezogen hatte, befand sich am Ortsrand. Vor ihrer Haustür war in den letzten Jahren ein altersgerechter Wohnpark in Regie der Diakonie entstanden. Jedes Mal, wenn Leona die an einen bewaldeten Hang geduckte Anlage, die sich über mehrere Wohnblocks erstreckte, betrachtete, wünschte sie sich, auch einmal so liebevoll umsorgt alt zu werden. Die von Burgen und Schlössern geprägte Landschaft, die eng mit der Geschichte der dem Vogtland seinen Namen verleihenden Vögte zusammenhängt, war dazu angetan, sich wohlzufühlen. Netzschkau Höhen, bis weit in den Herbst hinein von farbenprächtigen Bergwiesen und Mischwäldern umgeben, boten einen atemberaubenden Blick auf die im Tal liegende Göltzschtalbrücke. Von ihrem Arbeitszimmer aus konnte Leona ein Teilstück dieses monumentalen, weit über die Grenzen des Vogtlands hinaus bekannten Bauwerkes bewundern. Dieser Ausblick gab letztendlich auch den Ausschlag, dass Leona und ihr damaliger Freund, ein aus Netzschkau stammender Rechtsanwalt, sich für diese Wohnung entschieden. Ein melancholischer Ausdruck trat in ihre Augen, als sie sich an den Tag ihres Einzugs erinnerte. Das alles schien eine Ewigkeit her zu sein. Rüdigers wegen hatte sie ihre Zelte in der sächsischen Landeshauptstadt abgebrochen, um ihm in seinen Heimatort zu folgen. Sie hatte Rüdiger Ortmann während eines Wanderurlaubs auf den Kanaren kennen gelernt. Es war Liebe auf den ersten Blick. Seinetwegen war sie bereit gewesen, alles, was ihr bisheriges Leben ausgemacht hatte, aufzugeben. Einem glücklichen Zufall war es zu verdanken, dass sie bereits kurz nach ihrem Umzug wieder eine Stelle in der Rechtsmedizin fand. Das Glück schien perfekt zu sein. Zumindest bis zu dem Tag, an dem Rüdigers Arzt ihm mitteilte, dass ein bösartiger Tumor schuld an seinen in letzter Zeit gehäuft auftretenden Kopfschmerzen sei. Was folgte, waren Jahre der Ungewissheit und Qual. Die ganze Zeit über hielt die Hoffnung auf Genesung sie aufrecht. Es war ein beständiges Wechselbad der Gefühle. Doch am Ende hatte die Krankheit gesiegt. Es hatte lange gedauert, bis Leona sich mit ihrem Schicksal abfinden und ins Leben zurückkehren konnte. Die beiden hinter ihr liegenden Jahre hatten ihre Spuren hinterlassen. In der Zeit nach Rüdigers Tod hatte sie oft erwogen, nach Dresden zurückzukehren, weil sie glaubte, hier immer wieder aufs Neue von der Vergangenheit eingeholt zu werden. Doch irgendwann bemerkte sie verwundert, dass die Erinnerung auch etwas Tröstliches sein konnte. Leona fühlte sich hier wohl. Sie konnte sich noch genau ihres ersten Eindrucks besinnen, den sie von dem kleinen verschlafenen Ort, dessen Mittelpunkt der Marktplatz bildete, gewonnen hatte. Nie würde sie vergessen, wie verwundert sie über die mittels Einbahnstraßenregelung getroffene Verkehrsführung war. Es war ihr wie ein Paradoxon erschienen. Sie hätte damals einen Eid darauf geschworen, von allein nie wieder dem für sie im ersten Moment unentwirrbaren Geflecht von Straßen und Gassen entfliehen zu können. Doch mit der Zeit stellte sie fest, dass es gar nicht so schlimm war, wie es auf den ersten Blick schien. Sah man von dieser Besonderheit ab, hatte Netzschkau durchaus auch seine Reize. Leona brauchte dabei nur an das aus dem fünfzehnten Jahrhundert stammende Schloss zu denken, an dem sie soeben vorbeigefahren war. Auch ohne großes Kunstverständnis war zu erkennen, dass es sich dabei um ein Kleinod der Baukunst handelte. Geprägt von den Stilelementen der sächsischen Spätgotik bot das weiß getünchte Residenzschloss der einstigen wettinischen Landesherren mit seinen rot abgesetzten Fenstern ein beeindruckendes Bild. Leona besann sich noch genau darauf, welche Empfindungen der Anblick des kunstvollen Giebels und des malerischen Rundturms in ihr ausgelöst hatten. Jedes Mal, wenn sie ihr Weg am Schloss vorbeiführte, erschien ihr dieser Ort als der ideale Ausgangspunkt, um die Märchen ihrer Kindheit wiederauferstehen zu lassen. Von ihren Erinnerungen eingeholt, bog sie von der Hauptstraße ab. Nun trennten sie nur noch wenige Meter von ihrer Wohnung.

Der kurze Abstecher bei ihr zu Hause diente lediglich dazu, die Koffer aus- und gleich darauf wieder einzupacken. Nachdem Leona mit der Bitte, sich um ihre Post und die Grünpflanzen zu kümmern, den Schlüssel bei ihrer Nachbarin hinterlegt hatte, brach sie am nächsten Morgen, ihrem ersten Ferientag, gen Norden auf.

Bis zur Autobahnabfahrt Rostock kam sie zügig voran, danach nur noch im Schritttempo. Als sie das Stadtzentrum von Stralsund erreicht und sich in Richtung des Rügendamms eingeordnet hatte, kam der Verkehr beinahe zum Erliegen. Allmählich begannen Leonas Nerven blank zu liegen. Zur Untätigkeit verurteilt im Stau zu stehen, war das Letzte, was sie jetzt gebrauchen konnte. Zudem litt sie unter der brütenden Hitze. Sie nahm sich vor, beim nächsten Autokauf darauf zu achten, dass der Wagen eine Klimaanlage besaß.

Vom Pech verfolgt, verfuhr sie sich dann auch noch. Niedergeschlagen steuerte sie die nächste Parklücke an. Dort griff sie sich ihr Handy, um sich bei Doktor Probst nach dem Weg zu erkundigen und ihm ihre, wie sie hoffte, baldige Ankunft anzukündigen. Es war bereits später Nachmittag, als sie sichtlich geschafft, die angenehm kühlen Kellergewölbe, in denen die Rechtsmedizin untergebracht war, betrat. Der Pathologe erwartete sie bereits. Nachdem sie einander begrüßt hatten, bat er die junge Frau in sein Büro.

Doch Leona zögerte: »Bevor wir die Unterlagen bemühen, würde ich einen Blick auf das Opfer werfen wollen. Nennen Sie es Intuition, aber ich habe das unbestimmte Gefühl, dass der erste Eindruck von eminenter Bedeutung sein könnte«, bekannte sie.

Alexander Probst konnte die Ungeduld seiner Kollegin nachvollziehen. Schließlich war sie nicht hunderte von Kilometern gefahren, um sich über bloße Theorien mit ihm auszutauschen. Er verstand, dass sie sich mit eigenen Augen ein Bild über den vorliegenden Fall verschaffen wollte.

»Na dann kommen Sie mal mit«, forderte er sie auf, ihm zu folgen. Gemeinsam gingen sie einen sterilen, weiß gekachelten Gang entlang, an dessen Ende sich der Kühlraum der für die Rechtsmedizin bestimmten Leichen befand.

Leona fröstelte, als sie ihn betrat. Nachdem sich ihre Augen an das grelle Neonlicht gewöhnt hatten, fiel ihr Blick auf eine Reihe Edelstahl glänzender Schließfächer. Zielgerichtet steuerte Doktor Probst eines davon an, öffnete es und zog die dahinter befindliche Bahre hervor. Nachdem er das Laken, das den darauf liegenden Leichnam verhüllte, bis in Brusthöhe zurückgeschlagen hatte, trat er einen Schritt zur Seite.

Leonas Blick fiel auf das totenblasse Antlitz einer hübschen jungen Frau. Krauses schwarzes Haar umgab ein schmales Gesicht mit einem zart geschwungenen Mund und hohen Wangenknochen. Ein hässlicher tiefer Schnitt, der ihren Kopf fast vollständig vom Rumpf abgetrennt hatte, zog sich quer durch ihre Kehle.

Noch während sie wie hypnotisiert auf die sterblichen Überreste von Lisa Ahrens starrte, drängte sich ihr der Vergleich mit Carmen Austen auf. Jener Toten, die sie nur dem Bild nach kannte. Selbst für einen Laien wären die, beide Fälle verbindenden Gemeinsamkeiten – die Art der Verletzung und der gleiche Frauentyp – unübersehbar gewesen.

Dieser Meinung schloss sich auch Doktor Probst an, nachdem er sich mit Leona in sein Büro zurückbegeben und das Tatortfoto, auf dem Carmen Austen zu sehen war, betrachtet hatte. »Diese Ähnlichkeit ist erstaunlich, wirklich erstaunlich«, pflichtete er seiner Kollegin nachdenklich bei.

Noch während er sprach, entnahm Leona ihrer Aktenmappe einen Umschlag und reichte ihn dem Arzt: »Um die Befunde abgleichen zu können«, sagte sie, »habe ich Ihnen eine Kopie des von meinem Großvater erstellten Autopsieberichts mitgebracht.«

Der Pathologe nahm die Unterlagen dankend in Empfang. Im Gegenzug schob er ihr einen Stapel vor sich auf dem Schreibtisch liegender Akten zu. »Diese Ordner beinhalten die vorläufigen Befunde der beiden von mir obduzierten Opfer. Der Leichnam von Lea Goldbach wurde auf Anweisung der Staatsanwaltschaft zur Bestattung freigegeben. Wie Sie festgestellt haben dürften, stehen unserem Institut augenblicklich nur noch Lisa Ahrens sterbliche Überreste zur Verfügung. Es wird gemunkelt, dass das Bundeskriminalamt plant, sich in den Fall einzuschalten. Wenn Sie die Leiche also noch einmal obduzieren wollen, würde ich vorschlagen, es jetzt gleich zu tun.«

»Ich glaube, das hätte wenig Sinn«, gab Leona zur Antwort. »Davon ausgehend, dass Sie bereits alle zur Verfügung stehenden Möglichkeiten ausgeschöpft haben, würde ich sicher nur Ihre und meine Zeit vergeuden. Aber eine Bitte hätte ich trotzdem: Sie haben doch bestimmt wie üblich die Autopsie der beiden Leichen auf Ihrem Diktafon dokumentiert. Wenn Sie mir davon einen Mitschnitt anfertigen lassen könnten, wäre ich Ihnen dankbar.« Ihren Wunsch begründend fügte Leona hinzu: »Meiner bisherigen Erfahrung nach ist ein auf

Band gesprochenes Protokoll zumeist aussagefähiger, als die zu Papier gebrachte Quintessenz daraus.«

Doktor Probst griff nach dem Telefonhörer, wählte die Nummer seiner Sekretärin und bat sie, ihm schnellstmöglich Kopien der beiden Bandansagen zu erstellen. »Das wäre geregelt«, meinte er lächelnd.

Leona bedankte sich. »Da wäre noch etwas«, gestand sie. »Um die Opfer miteinander vergleichen zu können, würde ich gerne einen Blick auf die Tatortfotos werfen wollen. Meinen Sie, das wäre möglich?«

»Ich dachte mir schon, dass Sie diese Bitte äußern würden. Leider liegen mir die Aufnahmen nicht vor. Sie befinden sich unter polizeilichem Verschluss.«

Der Rechtsmediziner erzählte ihr von den beiden Kriminalbeamten, die ihm kürzlich einen Besuch abgestattet hatten. »Einer davon, ein bereits pensionierter Kommissar, schien nicht abgeneigt, bei der Klärung des Falls auch außergewöhnliche Wege zu beschreiten. Nach unserem gestrigen Telefonat habe ich mich mit ihm in Verbindung gesetzt, ihm von ihrem Anruf erzählt und ihn gebeten, uns Einsicht in die ihm zur Verfügung stehenden Unterlagen einschließlich der Tatortfotos zu gewähren.«

Doktor Probst warf einen Blick auf seine Armbanduhr: »Er müsste schon längst hier sein, wir waren für achtzehn Uhr verabredet.«

»Vielleicht steckt er ja im Stau«, gab Leona zu bedenken.

»Das könnte gut möglich sein. Schließlich muss er über den Rügendamm, was bedeutet, Zeit einzuplanen.«

Leona nickte. »Wem sagen Sie das! Allein von der Autobahnabfahrt Rostock bis hierher habe ich über zwei Stunden gebraucht. Normalerweise würde ich nicht einmal die Hälfte der Zeit benötigen.«

Bevor Doktor Probst sich zu diesem leidigen Thema äußern konnte, klopfte es an der Tür. Henning Lüders betrat den Raum. »Es tut mir leid, dass ich mich verspätet habe«, entschuldigte er sich, nachdem er sich Leona vorgestellt und den beiden Rechtsmedizinern die Hand gereicht hatte. »Aber auf den Straßen war mal wieder der Teufel los«, ergänzte er, als er auf dem noch freien Stuhl neben der jungen Frau Platz nahm. Verstohlen musterte er sie. Was er sah, gefiel ihm. Leona war apart. Sie besaß ein schmales Gesicht voller Sommersprossen und unergründlich grün schimmernder Augen. Auf reizvolle Weise kontrastierte ihre auffallend helle Haut mit ihrem rötlich glänzenden Haar, das sich in krauser Lockenpracht über ihre Schultern ergoss.

Nachdem es Henning gelungen war, sich von ihrem Anblick loszureißen, öffnete er seinen Aktenkoffer und entnahm ihm einen Ordner. Während er ihn aufschlug, stellte er klar, dass sich rein rechtlich gesehen diese Unterlagen gar nicht in seinem Besitz befinden dürften. »Dass ich dennoch darüber verfüge, ist allein dem guten Willen einer mir nahestehenden Person zu verdanken. Ich möchte sie beide daher bitten, Stillschweigen über unser Gespräch zu wahren. Wenn irgendetwas davon nach außen durchsickern sollte, riskiert mein Freund eine Strafanzeige. Was das für ihn für Konsequenzen hätte, können Sie sich sicher denken.«

»Sie können sich auf uns verlassen«, versprach Leona. »Wir haben nicht vor, Ihre Hilfsbereitschaft, die wir durchaus zu schätzen wissen, auszunutzen. Aber um den Fall zu lösen, sind wir schlicht und einfach auf Unterstützung angewiesen. Selbst wenn wir herausfinden sollten, woran die Frauen starben, würde das noch lange nicht ausreichen, einen möglichen Zusammenhang zwischen einem dreizehn Jahre zurückliegenden Verbrechen und den jetzigen Morden nachzuweisen. Deshalb erachte ich es für sinnvoll, nicht nur die Obduktionsberichte, sondern auch die Tatortfotos miteinander zu vergleichen. Sie haben Sie doch dabei?«, vergewisserte sie sich.

Henning, dem die Argumentation der Rechtsmedizinerin einleuchtete, entnahm dem Ordner eine durchsichtige Plastikhülle, welche die von Lea Goldbach und Lisa Ahrens gemachten Aufnahmen enthielt. Er reichte sie Leona, die sie sogleich mit dem vor sich liegenden Bild von Carmen Austen verglich. Interessiert neigten sich die beiden Männer nach vorn, um gleichfalls einen Blick auf die Fotos werfen zu können.

Das was sie sahen, verschlug ihnen einen Moment lang den Atem. Der Kommissar fand als Erstes die Sprache wieder. »Offen gestanden«, bekannte er, »erschien mir Ihr Verdacht bislang gewagt. Aber jetzt, wo ich mich mit eigenen Augen von den nicht zu übersehenden Gemeinsamkeiten überzeugen konnte, fange auch ich an, einen möglichen Zusammenhang in Betracht zu ziehen.«

»Heißt das, dass Sie uns unterstützen werden?«, erkundigte sich die Rechtsmedizinerin. »Wäre ich sonst hier?«, fragte Henning, seine Brille abnehmend und damit beginnend, sich seine Nasenwurzel zu massieren.

Eine Geste, derer er sich stets dann bediente, wenn er angestrengt über etwas nachdachte. »Als Doktor Probst mich gestern anrief, erwähnte er, dass Sie über Unterlagen des damals für die Autopsie zuständigen Pathologen verfügen. Stimmt das?«

Leona nickte. »Die Papiere stammen aus dem Nachlass meines Großvaters. Wollen Sie sie sehen?«

Nachdem der Kommissar darum gebeten hatte, sich die Dokumente für ein paar Tage ausleihen zu dürfen, reichte ihm die Ärztin einen umfangreichen Aktenstapel. Gleichzeitig verwies sie ihn darauf, dass es sich um Kopien handele, die er behalten könne, so lange er wolle.

»Wie geht es nun weiter?«, erkundigte sich Doktor Probst.

»Das weiß ich selbst noch nicht«, gestand Henning offenherzig. »Aber auf die Schnelle wird sich dieser Fall bestimmt nicht lösen lassen.« Einen Blick auf seine Armbanduhr werfend, fügte er hinzu: »Ich würde vorschlagen, unser Gespräch für heute erst einmal zu beenden. Ich melde mich, sobald ich die Unterlagen durchgesehen habe.«

Bevor sie sich voneinander verabschiedeten, erkundigte sich der Kommissar bei Leona danach, wo er sie erreichen könne. Diese schien überrascht. Gleichzeitig durchfuhr sie die Erkenntnis, dass sie schlicht und einfach vergessen hatte, sich um eine Unterkunft zu kümmern. Sie war losgefahren, ohne einen Gedanken daran zu verschwenden, wo sie die Nacht verbringen sollte. Erst die Frage des Kommissars rief ihr dieses Versäumnis ins Bewusstsein. »Darüber habe ich noch gar nicht nachgedacht«, gestand sie errötend. »Ist es schwierig, um diese Zeit noch ein Zimmer zu bekommen?«

Die beiden Männer warfen sich einen kurzen, dafür aber viel sagenden Blick zu. »Es geht nicht um die Uhrzeit«, belehrte sie Doktor Probst. »Es geht darum, dass weit und breit sämtliche Privatquartiere und Pensionen belegt sind. Selbst die großen Hotels sind schon seit Wochen ausgebucht – schließlich ist Ferienzeit. Das lang anhaltend schöne Wetter hat zu einem zusätzlichen Ansturm geführt. Selbst bei mir daheim gibt es kein einziges freies Bett mehr, das ich Ihnen zur Verfügung stellen könnte. Schon seit Tagen belagern Freunde meiner Kinder jeden freien Winkel in unserem Haus. Sogar im Garten haben sie ihre Zelte aufgeschlagen. Tut mir leid.«

Leona glaubte ihren Ohren nicht zu trauen. »Sieht ganz danach aus, als hätte ich ein Problem«, stellte sie niedergeschlagen fest. In Gedanken schalt sie sich eine Närrin.

Um sie aus ihrer misslichen Lage zu erlösen, bot ihr der Kommissar an, bei ihm zu wohnen. »Sie können mein Gästezimmer haben«, schlug er vor.

Angesichts der Umstände schien Leona keine andere Wahl zu bleiben, als seine Einladung anzunehmen. Die Situation war ihr peinlich. »Ich fürchte, Ihre Frau wird kaum davon begeistert sein, wenn Sie plötzlich mit mir vor der Tür stehen«, gab sie zu bedenken.

»Wenn ich es nicht wollte, hätte ich es Ihnen kaum angeboten«, hielt Henning dagegen. »Und was meine Frau betrifft – ich bin schon seit Jahren Witwer. Wenn Sie sich daran nicht stören, würde ich vorschlagen, jetzt zu fahren. Immerhin liegt noch ein nicht unbeträchtliches Stück Weg vor uns.« Um auch ihre letzten Bedenken zu zerstreuen, fügte er hinzu: »Im Grunde genommen, konnten wir gar keine bessere Lösung finden. Sie hat nämlich den Vorteil, dass ich mich mit allen die Akten betreffenden Fragen direkt an Sie wenden kann. Also zögern Sie nicht länger – es gibt ohnehin keine Alternative.«

Leona musste ihm recht geben. Nachdem sie sich von Doktor Probst verabschiedet hatten, folgte sie dem Kommissar in ihrem Wagen nach Lobbe. Erleichtert stellte sie fest, dass sich zu vorgerückter Stunde die Verkehrssituation entkrampft zu haben schien. Problemlos passierten sie den Rügendamm und kamen auch auf der Insel zügig vorwärts. Nach einer knappen Stunde, es ging auf zweiundzwanzig Uhr zu, hatten sie Mönchgut erreicht. Leona staunte über das große Grundstück ihres Gastgebers. Neugierig folgte sie ihm zu seinem inmitten des Gartens liegenden Häuschen, das mit seinem neuen Anstrich und dem frisch gedeckten Strohdach einem Kleinod glich. Es war von verschiedenfarbig blühenden Malven und einem Spalier aus Sonnenblumen umgeben. Gleich neben der Tür, umrahmt von all der Blütenpracht, stand eine Gartenbank. Ein tiefer Friede lag über dem im Dämmerlicht liegenden Stück Erde. »Schön haben Sie es hier«, zeigte Leona sich beeindruckt.

Während Henning die Haustür aufschloss, fragte er sich, ob sie auch noch so begeistert gewesen wäre, wenn sie das Haus in seiner ursprünglichen Form gesehen hätte.

Ihr vorangehend, führte der Kommissar die junge Frau in das unterm Dach liegende Gästezimmer – einer schmalen Kammer mit schrägen Wänden, die neben Bett und Schrank kaum Platz für weitere Möbelstücke bot. Anschließend zeigte er ihr, wo sich das Badezimmer befand. Bevor er nach unten ging, um das Abendessen vorzubereiten, bat er sie, sich ganz wie zu Hause zu fühlen.

Als sein Gast wenig später zu ihm in die Küche trat, hatte er bereits eine Kanne Kräutertee gekocht, Brot abgeschnitten und mit Aufschnitt und Käse belegt. Nachdem Henning die mit Petersilie garnierten Scheiben auf einer Platte arrangiert und diese zusammen mit Tellern und Tassen auf ein Tablett geschichtet hatte, ging er Leona voran nach draußen. Im Garten angekommen, begann er den vor der Gartenbank aufgestellten Klapptisch einzudecken. Als alles gerichtet war, bat er seinen Gast Platz zu nehmen. Mittlerweile war die Dämmerung der Dunkelheit der Nacht gewichen. Um etwas sehen zu können, hatte Henning ein Windlicht aufgestellt. Es sorgte für romantische Stimmung, zog allerdings auch zu Scharen die Mücken an. Aufgrund der lästigen Quälgeister hielt es sie nicht allzu lange im Freien. Als sie gegessen hatten, schlug der Kommissar vor, sich zur Ruhe zu begeben.

Gemeinsam gingen sie nach oben. Während Leona augenblicklich in einen tiefen traumlosen Schlaf fiel, vertiefte Henning sich in Albert Pirells Unterlagen. Von ihrem Inhalt gefesselt, bemerkte er gar nicht, wie die Zeit verging und draußen bereits ein neuer Tag heraufzugrauen begann.

Blass und hohläugig, sein Aussehen der durchwachten Nacht geschuldet, nahm der Kommissar am nächsten Morgen seinem Gast gegenüber am Frühstückstisch

Platz. Bei seiner zweiten Tasse Kaffee eröffnete er der jungen Frau, dass er sich nach Einsicht der Akten zu einem Entschluss durchgerungen habe. »Ich werde in die Sächsische Schweiz fahren«, ließ er sie wissen.

Leona zeigte sich erstaunt. »Glauben Sie wirklich, dass das nach all der Zeit noch irgendeinen Sinn ergibt?«

»Um mir genau darüber Klarheit zu verschaffen, will ich mich ja an den Schauplatz des vor dreizehn Jahren verübten Verbrechens begeben.«

»Aber weshalb? Ich meine, gibt es einen Grund, der Sie davon ausgehen lässt, mehr zu erreichen als mein Großvater? Glauben Sie, er könnte etwas übersehen haben?«

»Nicht doch! Ich würde mir niemals anmaßen, die Kompetenz Ihres Großvaters in Frage zu stellen. Allerdings war er Arzt und kein Kriminologe. Alles was ich will ist, mich vor Ort noch einmal umzuhören. Ich denke, wir sollten nichts unversucht lassen.«

8

Nachdem er Leona davon überzeugen konnte, für die Zeit seiner Abwesenheit bei ihm wohnen zu bleiben, ging Henning mit ihr noch einmal Punkt für Punkt die Akten durch. Danach packte er ein paar Sachen zusammen und machte sich reisefertig. Bevor er aufbrach, rief er seinen Freund Wilhelm an, um ihn zu bitten, sich um die Tiere zu kümmern. Ein weiteres Telefonat galt Peer. Der Kommissar unterrichtete ihn von seinen Plänen und versprach, in Kontakt mit ihm zu bleiben. Noch am selben Tag fuhr er nach Lohmen, einer am nordwestlichen Rand der Sächsischen Schweiz gelegenen Gemeinde.

Nach seiner Ankunft in dem zwischen Pirna und dem Nationalpark gelegenen Ort, mietete Henning sich im Dorfgasthof ein. Obwohl der Tag sich bereits dem Abend entgegenneigte, brach er noch einmal auf, um die Gegend zu erkunden. Der Dorfstraße folgend, führte ihn sein Weg zu dem aus massiven Sandsteinquadern im Stil der Dresdener Frauenkirche gebauten Gotteshaus. Inmitten des Friedhofs gelegen, wurde in seiner unmittelbaren Nähe jenes dreizehn Jahre zurückliegende Verbrechen begangen, welches ihn hierher geführt hatte. Anhand des Tatortfotos gelang es dem Kommissar recht schnell, die Stelle auszumachen, an der die Leichen damals aufgefunden wurden. Gedankenversunken ließ er seinen Blick über die Gräberreihen schweifen. Hinter einer Hecke verborgen, so dass nur noch der mit Efeu bewachsene Giebel zu sehen war, lag das Pfarrhaus. Einer Eingebung folgend, schlug Henning den Weg dorthin ein. Dem Namensschild neben der Tür konnte er entnehmen, dass der Gemeindepfarrer Jacob Glück hieß. Auf sein Klingeln erschien dessen Frau. Als der Kommissar darum bat, mit ihrem Mann sprechen zu dürfen, erhielt er die Auskunft, dass sich Jacob Glück in der Kirche aufhalte.

Nachdem Henning sich bedankt hatte, ging er zu dem, wie ihm ein Schild verriet, unter Denkmalschutz stehendem Bauwerk zurück. An der Eingangspforte hielt er einen Moment lang inne. Vergeblich versuchte er sich zu erinnern, wann sein Fuß das letzte Mal die Schwelle eines Gotteshauses überschritten hatte. Zögerlich betrat der Kommissar den ganz in Weiß, mit zarten Goldverzierungen gestalteten Innenraum. Augenblicklich drang Orgelmusik an sein Ohr. Obwohl für geistliche Musik wenig empfänglich, lauschte Henning andächtig den Tönen, die der Organist seinem Instrument zu entlocken vermochte. Noch bevor er dazu kam, den Titel des ihm vage bekannten Stücks zuzuordnen, brach das Spiel abrupt ab. Schritte näherten sich. Wenig später stand dem Kommissar ein großer stämmiger Mann mit Vollbart und einer Nickelbrille gegenüber, der sich ihm als der von ihm Gesuchte zu erkennen gab. Auf die Frage nach dem Grund seines Hierseins stellte Henning sich dem Pastor als pensionierter Kriminalbeamter vor.

»Vor dreizehn Jahren wurden auf dem Friedhofsgelände zwei Menschen ermordet«, kam er ohne Umschweife auf den Grund seines Besuchs zu sprechen. »Ich nehme an, Sie erinnern sich«, vergewisserte er sich vorsichtshalber.

Jacob Glück wirkte betroffen. Nachdenklich nickte er. »Sicher ist mir der Fall bekannt – allerdings nur aus der Überlieferung. Zu jener Zeit versah Pfarrer Güldner hier noch seinen Dienst. Ich bin erst nach seinem Tod, der nunmehr zehn Jahre zurückliegt, hierher beordert worden. Darf ich nach dem Grund fragen, weshalb Sie sich nach all der Zeit noch immer mit diesem Verbrechen befassen? Meinem Wissen nach, wurde es doch aufgeklärt. So viel mir bekannt ist, war der Täter ein kurzzeitig in der Stadt weilender Geistlicher …«

»Das war die offizielle Version, ja. Allerdings gab es damals schon anders lautende Verdachtsmomente. Nur nahm die an offizieller Stelle scheinbar niemand zur Kenntnis. Der Fall wurde abgeschlossen und zu den Akten gelegt. Der von der Polizei hinzugezogene Rechtsmediziner hingegen vertrat bis zu seinem Tod die Ansicht, dass Carmen Austen und David Küster bereits tot waren, bevor ihnen die äußerlich sichtbaren Verletzungen zugefügt wurden. Woran die beiden starben, ist bis heute nicht geklärt. Doch aufgrund seiner Erkenntnisse ging Albert Pirell, der Pathologe, davon aus, dass der Geistliche nicht wie angenommen der Täter sondern gleichfalls eines der Opfer war. Schließt man sich, so wie ich, dieser Vermutung an, dann ist davon auszugehen, dass es dem wahren Mörder gelang, bis heute unerkannt zu bleiben. Und da dieser Zustand für mich inakzeptabel ist, bin ich hier, um den Fall noch einmal gründlich unter die Lupe zu nehmen. Jedoch hoffte ich, mit dem damaligen Pfarrer persönlich sprechen zu können. Sein Tod erschwert die Sache.«

Es war dem Kommissar anzusehen, wie es hinter seiner Stirn arbeitete. »Aber«, so bemerkte er nach einer Weile, »vielleicht können Sie mir ja in einem anderen Punkt weiterhelfen und mir sagen, wo ich folgende Personen antreffen kann.« Sein Notizbuch aufschlagend, nannte er dem Geistlichen eine Reihe von Namen, die in Albert Pirells Aufzeichnungen als Zeugen vermerkt waren. Der Pfarrer verfügte über ein hervorragendes Personengedächtnis und so gelang es ihm recht schnell die Liste abzuarbeiten. Nachdem Henning sich sämtliche Adressen notiert und sich bei Jacob Glück für dessen Hilfe bedankt hatte, verabschiedete er sich.

Als er die Kirche verließ, war die Sonne bereits untergegangen. Sein soeben geführtes Gespräch noch einmal überdenkend, ging er zum Gasthaus zurück, aß eine Kleinigkeit zu Abend und begab sich danach auf sein Zimmer.

Am nächsten Morgen führte ihn sein Weg zum Anwesen von Pascal Austen, Carmens Ehemann. Wie er vom Pastor erfahren hatte, betrieb dieser auf dem ihm von Carmen vermachten Grund und Boden eine gut gehende Immobilienfirma. Vorbei an dem, in unmittelbarer Nähe zur Kirche, hoch oben auf einem mächtigen Sandsteinfelsen thronenden Schloss, welches neben dem Gemeindeamt die Touristeninformation und die Bücherei unter seinem Dach vereinte, gelangte er schon nach wenigen hundert Metern zu der angegebenen Adresse. Das Grundstück, wonach er suchte, lag etwas abseits der Dorfstraße und war von einem schmiedeeisernen Zaun umgeben. Ein gepflegter Rasen, mit kunstvoll gestutzten Hecken und Sträuchern bewachsen, gab den Blick auf ein herrschaftliches Anwesen frei. Dem im Villenstil errichteten Gebäude sah man an, dass bei seiner erst kürzlich erfolgten Sanierung weder Geld noch Kosten gescheut wurden, um seinen ursprünglichen Glanz wieder herzustellen. Eine Kiesauffahrt führte zum Eingangsportal, das von einer geschwungenen Freitreppe beherrscht wurde. Henning sah sich beeindruckt um. Der Handel mit Immobilien schien ein einträgliches Geschäft zu sein. Nachdem der Kommissar feststellen musste, dass das schmiedeeiserne Tor verschlossen und ihm somit der Zutritt zum Grundstück verwehrt war, klingelte er. Einem Rauschen in der Gegensprechanlage folgte die Stimme einer Frau, die sich als Herrn Austens Sekretärin zu erkennen gab und sich bei ihm nach dem Grund seines Besuches erkundigte. Henning stellte sich vor und bat darum, mit ihrem Arbeitgeber sprechen zu dürfen.

»Herr Austen ist momentan außer Haus. Darf ich fragen worum es geht?«

»Das würde ich gerne persönlich mit Herrn Austen besprechen wollen«, erwiderte Henning. Sich auf diese Art und Weise zu verständigen, hatte ihm noch nie sonderlich gefallen. Um einen unverbindlichen Ton bemüht, setzte er hinzu: »Richten Sie ihrem Chef aus, dass ich ihn dringend sprechen muss. Sagen Sie ihm, dass es mit seiner Frau und deren Tod vor dreizehn Jahren zu tun hat.«

»Sind Sie von der Polizei?«, fragte die Sekretärin mit veränderter Stimme.

»Sie haben es erfasst«, gab Henning sarkastisch zur Antwort. Untertänig notierte sich daraufhin die Sekretärin seine Handynummer und versprach, ihren Chef umgehend von ihrem Gespräch zu unterrichten.

Nach diesem kurzen Zwischenspiel zückte Henning sein Notizbuch, um die Adresse der Kronstedts nachzuschlagen: jener mit David Küster befreundeten Familie.

Die von Pfarrer Glück in Erfahrung gebrachte Anschrift lag, wie er seinen Aufzeichnungen entnehmen konnte, am anderen Ende des Ortes. Nach einer knappen Viertelstunde hatte der Kommissar das mehrgeschossige Wohnhaus, in dem die Kronstedts lebten, erreicht. Auf sein Läuten hin erschien eine ältere, stark geschminkte Frau an der Wohnungstür, die sich ihm als Christabelle Kronstedt vorstellte. Als sie hörte, weswegen der Kommissar sie sprechen wollte, bat sie ihn herein. Während Henning ihr ins Wohnzimmer folgte, versuchte er sich ein Bild von ihr zu machen. Er schätzte sie auf Anfang siebzig. Passend zu ihrem sorgfältig frisierten Haar, auf dem ein lila Schimmer lag, trug Christabelle Kronstedt ein auberginefarbenes Kleid. Der Wert, den sie auf ihr Äußeres zu legen pflegte, schien sich jedoch nicht auf die Einrichtung ihrer Wohnung übertragen zu lassen. Dazu fehlte es dem Raum, in dem Henning auf einer mit Häkeldeckchen und Kissen überladenen Plüschcouch einen Platz angeboten bekam, an Stil und Geradlinigkeit. Bunt zusammengewürfelt reihten sich auf einer Anrichte unzählige Figuren und Nippes, darunter auch einige Stücke aus echtem Meissener Porzellan, aneinander. Auf dem Couchtisch stand ein Strauß dunkelroter Rosen, die kraftlos die Köpfe hängen ließen. Um Unauffälligkeit bemüht, sah Henning sich um. Dabei fiel sein Blick auf ein Sammelsurium gerahmter Fotografien, unter denen sich auch eine Reihe äußerst billiger Kunstdrucke befanden. Christabelle Kronstedts Stimme riss ihn aus seinen Betrachtungen. »Darf ich Ihnen etwas anbieten? Eine Tasse Kaffee oder ein Mineralwasser?«, erkundigte sie sich bei ihrem Gast. Doch Henning lehnte dankend ab. »Ich habe nur ein paar Fragen. Ich hoffe, es wird nicht allzu lange dauern. Wie ich bereits erwähnte, ermittle ich im Mordfall Austen/Küster. Sagt Ihnen der Name Albert Pirell etwas?« Christabelle Kronstedt, die es sich ihm gegenüber in einem gleichfalls mit Häkeldeckchen dekorierten Plüschsessel gemütlich gemacht hatte, dachte angestrengt nach. Nach einer Weile zuckte sie mit den Achseln. »Der Name sagt mir nichts. Tut mir leid.«

»Herr Pirell hatte damals in seiner Eigenschaft als Rechtsmediziner mit dem Fall zu tun. Laut seinen Aufzeichnungen stattete er Ihrer Familie ein paar Wochen später einen Besuch ab, um sie noch einmal zu den Hintergründen der Tat zu befragen«, half der Kommissar der Frau auf die Sprünge. »Erinnern Sie sich nun?«

»Nicht das ich wüsste. Mich hat niemand befragt. Womöglich sprach Herr Pirell mit einem meiner beiden Männer.«

»Könnten Sie die beiden danach fragen? Es wäre wichtig«, fügte Henning hinzu. Bedauern machte sich auf Christabelle Kronstedts Zügen breit. »Das wird leider nicht möglich sein«, entgegnete sie. »Mein Mann verstarb vor drei Jahren und Micha, mein Sohn, ist für mich momentan nicht erreichbar.«

»Das mit ihrem Mann tut mir leid«, versicherte ihr Henning. »Aber vielleicht kann Ihr Sohn uns ja weiterhelfen. Wäre es nicht möglich, sich telefonisch mit ihm in Verbindung zu setzten?«

»Das geht leider nicht. Zurzeit ist er verreist. Zwar ruft er ab und zu einmal an, aber diese Telefonate sind sporadisch. Vor zwei Tagen habe ich das letzte Mal etwas von ihm gehört. Ich weiß noch nicht einmal, wie das Hotel heißt, in welchem er abgestiegen ist. Micha ist ein guter Junge«, beteuerte Frau Kronstedt. »Aber welcher Sohn möchte schon, dass seine Mutter ständig hinter ihm her telefoniert – noch dazu im Urlaub. Als er mir sagte, dass er vorhabe, für drei Wochen nach Stralsund zu reisen, war ich erleichtert. Ich habe mich mit ihm gefreut, dass er es endlich geschafft hatte, seine Lethargie zu durchbrechen. Sie müssen wissen, dass er nach Carmens Tod ein anderer Mensch geworden ist: wortkarg und in sich zurückgezogen. Zwar ging er wie gewohnt seiner Arbeit nach. Doch nach Feierabend verkroch er sich in sein Zimmer. Micha ließ all die Jahre niemanden an sich heran und ging auch nie aus. Doch wie es aussieht, scheint diese Phase nun glücklicherweise vorüber zu sein. Ich wäre schon froh, wenn er endlich mal ein nettes Mädel anbrächte. Mit Ausnahme von Carmen interessierten ihn andere Frauen bislang nämlich herzlich wenig.«

Aufmerksam geworden, hakte Henning nach: »Wollen Sie damit sagen, dass die beiden einmal ein Paar waren?«

»Sie waren miteinander befreundet«, stellte Christabelle Kronstedt klar. »Mein Micha kannte Carmen schon seit der Schulzeit. Sie spielten oft zusammen und als sie dann heranwuchsen, stellte sich heraus, dass sie viele gemeinsame Interessen verbanden. Die beiden verbrachten einen Großteil ihrer Freizeit zusammen. Micha himmelte Carmen an. Sie war ja auch ein bildhübsches Mädchen, stets fröhlich und gut gelaunt. Obwohl er nie darüber sprach, stand für mich außer Frage, was er für sie empfand.«

»Und Carmen? Erwiderte sie seine Gefühle?«

»Ich dachte es. Offen gestanden sah ich die beiden schon als Paar vor dem Traualtar stehen. Es traf mich daher völlig unerwartet, als ich davon hörte, dass sie quasi über Nacht zu heiraten plante – noch dazu einen Mann, den sie gar nicht kannte! Bei Micha hätte sie gewusst, worauf sie sich einlässt.«

»Wie meinen Sie das?«

»Wie ich das meine? Na so wie ich es gesagt habe. Sie kannte Micha in- und auswendig. Die beiden waren ein eingespieltes Team. Aber dann kommt so ein wildfremder Kerl daher und schon verliert sie den Kopf.«

»Wie hat Ihr Sohn denn darauf reagiert?«

»Micha? Der war fix und fertig. Er wollte es einfach nicht wahrhaben. Immer wieder hat er gesagt, wenn ich ihr doch nur einen Antrag gemacht hätte. Ich bin sicher, sie hätte nicht nein gesagt. Aber ich Trottel war zu feige und nun muss ich damit leben, dass ein anderer mir zuvorkam. Das werde ich mir nie verzeihen.«

»Ihr Sohn war demnach verzweifelt?«

»Das kann man wohl sagen. Aber so richtig dreckig ging es ihm erst nach dem Mord.«

»Womit wir bei Ihrem Gast, David Küster, angelangt wären«, warf der Kommissar ein. »Können Sie mir noch einmal schildern, was genau damals geschah? Wann er ankam und wie es sich ergab, dass er die Trauung übernahm?«

Christabelle Kronstedt überlegte kurz. »Er kam völlig überraschend«, berichtete sie. »Wir hatten lange nichts von ihm gehört. Wie er uns erzählte, lebte er einige Zeit als Missionar in Afrika. Unmittelbar nach Abschluss seines Theologiestudiums ging er ins Ausland. An jenem Tag kehrte er von einem mehrere Monate dauernden Einsatz zurück. Sein Besuch war als Zwischenstopp auf dem Weg zu seinen in Köln lebenden Eltern gedacht. Als Micha am nächsten Morgen vom Bäcker kam, berichtete er davon, dass Pfarrer Güldner über Nacht schwer erkrankt sei. Weil sich auf die Schnelle kein Ersatz für ihn finden ließ, schlug mein Sohn vor, die Trauung von David Küster übernehmen zu lassen.«

Henning, der interessiert zugehört hatte, machte sich hin und wieder einige Notizen. An dieser Stelle jedoch hielt er es für angebracht, Christabelle Kronstedts Bericht zu unterbrechen. Verwundert fragt er: »Habe ich das jetzt richtig verstanden? Ihr Sohn machte den Vorschlag?«

»Allerdings.«

»Wäre die Erkrankung des Pfarrers nicht vielmehr der ideale Grund für ihn gewesen, die Hochzeit wenn nicht zu verhindern, so doch hinauszuschieben und somit Zeit zu gewinnen? Warum ließ er den Dingen nicht einfach ihren Lauf? Haben Sie sich darüber jemals Gedanken gemacht?«

»Das habe ich nicht«, gestand Frau Kronstedt. »Wozu auch? Schließlich hatten sich die beiden bereits tags zuvor auf dem Standesamt das Jawort gegeben. Was glauben Sie, hätte Micha damit erreicht, wenn die kirchliche Trauung noch um einige Zeit verschoben worden wäre? Die Würfel waren gefallen. Es gab kein Zurück mehr. Micha niedere Beweggründe zu unterstellen, halte ich für schäbig! Er wollte Carmen lediglich einen Gefallen erweisen, so wie er stets versuchte, ihr alles recht zu machen. Wenn schon, dann wäre selbstlos der richtige Ausdruck für sein Handeln. Diese Sichtweise passt im Übrigen auch viel besser zu meinem Micha. Oder können Sie mir sagen, wie viele erwachsene Söhne heutzutage zu dem Opfer bereit sind, sich tagein, tagaus um ihre alte Mutter zu kümmern? Mein Micha jedenfalls gehört dazu. Er sorgt sich aufopfernd um mich.«

»Ich wollte Ihrem Sohn keineswegs zu nahe treten«, entschuldigte sich Henning.

Das, was er bisher herausgefunden hatte, vor allem die Tatsache, dass sich Micha Kronstedt zurzeit in Stralsund aufhielt, veranlassten ihn, die Befragung fürs Erste zu beenden. Er rechnete ohnehin nicht damit, noch viel mehr Neues in Erfahrung zu bringen. Auf keinen Fall wollte er, dass seine Gesprächspartnerin argwöhnisch wurde. Ihren Worten zufolge war ihr Sohn schließlich ein Ausbund an Ehrenhaftigkeit und Nächstenliebe. Ob dem wirklich so war, oder ob diese Wunschvorstellung nur im Kopf seiner Mutter bestand, das wollte Henning selbst herausfinden.

Konnte es ein Zufall sein, dass Carmens langjähriger Freund ausgerechnet jetzt seinen Urlaub so nahe den Verbrechensschauplätzen auf Rügen verbrachte? Auszuschließen war es nicht. Doch das reichte Henning nicht. Er musste Gewissheit haben. Also rief er, nachdem er ins Gasthaus zurückgekehrt war, Peer an, um ihn über den neuesten Stand seiner Ermittlungen zu informieren. Er bat ihn, herauszufinden, in welchem Hotel Micha Kronstedt abgestiegen war. Gleichzeitig beauftragte er ihn, seine Vergangenheit zu durchleuchten.

Als Henning jedoch darauf bestand, Micha wegen eines Alibis hinsichtlich der Mordnächte befragen zu lassen, stieß er auf Widerstand. »Du kannst nicht allen Ernstes von mir verlangen«, hielt ihm sein Freund entgegen, »dass ich aufgrund äußerst fadenscheiniger Verdachtsmomente diesen Herrn Kronstedt einem Verhör unterziehe. Hast du mal darüber nachgedacht, welche Konsequenzen es für mich hätte, wenn sich das Ganze als Irrtum herausstellt? Wenn du mir stichhaltige Beweise liefern kannst, können wir noch einmal darüber reden – eher nicht. Was seinen Aufenthaltsort betrifft, so will ich sehen, was ich machen kann. Wenn du glaubst, sein Alibi überprüfen zu müssen, dann tue das. Aber bitte schön in eigener Regie! Ich melde mich bei dir, sobald ich herausgefunden habe, wo er abgestiegen ist. Tut mir leid, aber mehr kann ich im Augenblick wirklich nicht für dich tun.« Mit diesen Worten beendete Peer das Telefonat.

Henning war frustriert. Zwar wusste er selbst, dass er kaum mehr als den Hauch eines Verdachts gegen Micha Kronstedt in Händen hielt, aber irgendwo musste er doch schließlich ansetzen, wenn er diesen Fall aufklären wollte.

Das Klingeln seines Handys riss ihn aus seinen Überlegungen. Pascal Austen war am Apparat. Nachdem Henning ihn in wenigen Sätzen vom Grund seines Anliegens in Kenntnis gesetzt hatte, verabredeten sich die beiden Männer für den Nachmittag im Hause des Immobilienmaklers.

Pünktlich zur vereinbarten Zeit traf der Kommissar dort ein. Auf sein Klingeln hin, glitt das schmiedeeiserne Tor mit leisem elektronischem Summen auf. Die Kieseinfahrt, auf deren rechten Seite sich eine geräumige Garage befand, deren geöffnetes Tor den Blick auf eine Reihe äußerst kostspieliger Nobelkarossen freigab, entlang gehend, näherte sich Henning dem Haus. Carmens Mann erwartete ihn am Fuß der Freitreppe. Nachdem sie einander begrüßt hatten, bat er seinen Gast ihm zu folgen. Die mit Marmor ausgelegte Eingangshalle durchschreitend, führte der Hausherr Henning in sein im hinteren Teil des Hauses gelegenes Arbeitszimmer. Der Raum wurde von einem breiten Panoramafenster beherrscht, das den Blick auf den Garten freigab. Die sich anschließenden Wände waren holzgetäfelt. Der Boden des Zimmers war mit einem flauschigen Teppichbelag ausgelegt, der jeden ihrer Schritte schluckte. Gegenüber dem Schreibtisch stand eine elegante schwarze Ledercouch. Auf Pascal Austens Aufforderung hin, ließ sich Henning darauf nieder. Nachdem er sich bei seinem Gast erkundigt hatte, ob dieser etwas trinken wolle, was der Kommissar jedoch dankend ablehnte, umrundete der Hausherr seinen Schreibtisch und ließ sich in den dahinter stehenden Ledersessel gleiten. Kaum saß er, winkelte er die Arme an und verschränkte die Hände übereinander. Auf seiner hohen Stirn bildete sich eine steile Falte. Sie ließ sein schmales, von dichtem dunklem Haar umrahmtes Gesicht besorgt aussehen. Henning musterte ihn verstohlen. Neidlos musste er eingestehen, dass Pascal Austen von der Natur mit allen Vorzügen ausgestattet worden war. Seine Züge waren markant, sein Körper wirkte durchtrainiert. Er trug ein weißes Tennishemd, das die Bräune seiner Haut noch unterstrich. Ein auffälliger Siegelring zierte den Ringfinger seiner rechten Hand. Henning fand, dass er nicht so recht zu seinem Träger passte. Doch das war sicher Geschmacksache. Unbestritten hingegen war, dass der Immobilienmakler zu jener Sorte Mann gehörte, deren Anblick Frauenherzen automatisch höher schlagen ließ. Der Kommissar konnte sich gut vorstellen, dass Carmen sich Hals über Kopf in ihn verliebt hatte. Pascal Austen, dem das Interesse seines Gastes an seinem Siegelring nicht entgangen war, fühlte sich wohl genötigt, ein paar erklärende Worte zu sagen. Andächtig über die eingearbeitete Gravur streichend, sagte er: »Gehe ich recht in der Annahme, dass Sie sich fragen, wie jemand wie ich zu einem solchen Ring kommt?«

»Das habe ich mich tatsächlich gefragt«, gab der Kommissar zu.

Mit nicht zu überhörendem Stolz in der Stimme beschied ihm Pascal Austen, dass es sich bei dem Ring um ein Familienerbstück handele. »Ursprünglich ließ mein Großvater ihn für sich anfertigen. Nach seinem Tod ging er an meinen Vater über. Der wiederum schenkte ihn mir an meinem Hochzeitstag.«

»Womit wir beim Thema wären«, kam Henning auf den Grund seines Besuchs zu sprechen. Pascal Austen hörte ihm zu, ohne ihn zu unterbrechen. Als der Kommissar seinen Bericht beendet hatte, zeigte er sich verwundert. »Ich kann Ihnen natürlich gerne noch einmal meine Sicht der Geschehnisse von vor dreizehn Jahren schildern«, sagte er. »Aber offen gestanden verstehe ich nicht, was Sie damit bezwecken. So viel mir bekannt ist, wurde der Fall doch ad acta gelegt.«

»Sind Sie wirklich davon überzeugt, dass der Mord seinerzeit aufgeklärt wurde?«, hielt Henning dagegen. »Schließlich gab es damals schon Stimmen, die da anderer Ansicht waren. Sie wissen von wem ich spreche?«

Pascal schien nachzudenken. »Meinen Sie etwa diesen verschrobenen Rechtsmediziner mit seiner abenteuerlichen Behauptung?« Mit einem Kopfnicken bestätigte ihm der Kommissar die Richtigkeit seiner Annahme.

»Sie glauben doch wohl nicht, dass ich diesen Spinner ernst genommen habe«, entrüstete sich Carmens Ehemann. »Die Polizei vermochte er schließlich auch nicht zu überzeugen.«

»Sie erinnern sich aber schon noch daran, dass er mit an Sicherheit grenzender Wahrscheinlichkeit davon ausging, dass Ihre Frau und dieser David Küster schon tot gewesen sein müssen, als man ihnen die äußerlich sichtbaren Verletzungen zufügte?«

»Das schon. Aber ich habe nie daran geglaubt. Dieser Arzt konnte ja noch nicht einmal beweisen, wie sie, wenn sein Verdacht zutreffend sein sollte, umgebracht wurden. Soweit ich das mitbekommen habe, waren das alles nur Spekulationen. Daran wollte ich mich keinesfalls beteiligen. Mir lag daran, endlich meinen Seelenfrieden wieder zu finden. Können Sie sich vorstellen, wie man sich fühlt, wenn einem das Liebste genommen wird? Noch dazu auf so unvorstellbar grausame Art und Weise. Dieser Tag hätte der schönste und glücklichste meines, unseres Lebens sein sollen. Stattdessen ist er für immer zum Albtraum geworden. Es ist schon schlimm genug, wenn man damit klarkommen muss, dass die eigene Frau kaltblütig ermordet worden ist. Wenn ich den Worten dieses Mannes Glauben geschenkt hätte, dann hätte mich das womöglich meinen Verstand gekostet. Denn das würde ja bedeuten, dass Carmens Mörder noch immer unerkannt herumliefe. Erwarten Sie allen Ernstes, dass ich mit diesem Wissen jemals die Chance gehabt hätte, wieder ein halbwegs normales Leben zu führen? Dass ich bisher nicht wieder geheiratet habe, zeugt allein davon, dass ich Carmens Verlust bis heute nicht verwinden konnte.« Während der Immobilienmakler sprach, strich er mit den Fingerspitzen zärtlich über das Bild seiner Frau, das vor ihm auf dem Schreitisch stand und Henning erst jetzt, da er Pascal Austens Geste verfolgte, auffiel. »Ich habe meine ganze Kraft und Energie in den Aufbau meines Unternehmens gesteckt und war, wie ich mit Fug und Recht sagen darf, erfolgreich darin. Und nun, wo ich die Schatten der Vergangenheit hinter mir gelassen habe, kommen Sie, um alte Wunden wieder aufzureißen …«

»Es tut mir leid«, bedauerte Henning, »diese Reaktion bei Ihnen hervorgerufen zu haben. Aber solange die

Möglichkeit besteht, den Fall doch noch aufzuklären, fühle ich mich verpflichtet, mit allen mir zur Verfügung stehenden Mitteln dazu beizutragen.«

An diesem Punkt des Gesprächs angekommen, hielt der Kommissar es für angebracht, Carmens Ehemann von den neuerlichen Mordfällen auf Rügen in Kenntnis zu setzen. Nachdem er ihn auf mögliche, die Fälle verbindende Gemeinsamkeiten hingewiesen hatte, war der Immobilienmakler ganz blass geworden. »Diese Zusammenhänge konnte ich ja nicht ahnen«, stammelte er fassungslos. »Angesichts dieser Entwicklung können Sie meiner Unterstützung gewiss sein.«

»Zunächst einmal bräuchte ich eine Liste aller Hochzeitsgäste, um sie mit Albert Pirells Angaben vergleichen und etwaige Unstimmigkeiten ausschließen zu können.«

Pascal versprach ihm die Liste zukommen zu lassen.

Ihm die Hand reichend, erhob sich Henning. »Ich denke, ich habe Ihre wertvolle Zeit lange genug in Anspruch genommen. Ich danke Ihnen für Ihre Hilfe.«

9

Nachdem Pascal Austen seinen Gast noch bis zum Tor begleitet hatte, und dieser nun wieder auf der Straße stand, umfing ihn die Hitze des Hochsommertages mit voller Wucht. Schutz vor der Sonne suchend, überquerte Henning die Fahrbahn, um auf dem gegenüberliegenden Bürgersteig unter Schatten spendenden Bäumen seinen Weg fortzusetzen. Plötzlich hörte er, wie jemand nach ihm rief. Verwundert drehte er sich um. Die Stimme die er vernommen hatte, kam aus einem, hinter einer dichten Ligusterhecke versteckt liegenden Garten. Sie gehörte einer älteren ausgemergelten Frau, die im Rollstuhl saß und sich nun mit ihrem Gefährt mühselig in Hennings Richtung schob. Einen mit Rosen bewachsenen Torbogen durchquerend, betrat der Kommissar das Grundstück. Etwa zwei Schritte von der Frau entfernt blieb er stehen. »Sie wollten mich sprechen?«, vergewisserte er sich.

»Wenn Sie von der Polizei sind, dann ja.« Henning war verblüfft. »Woher wissen Sie das?«, fragte er.

»Wir befinden uns hier nicht in einer Großstadt, sondern auf dem Dorf. Da sieht und erfährt man so manches, wenn man die Augen und die Ohren offen hält.« Abwartend sah die Alte den Kommissar an. Als dieser keine Anstalten machte etwas zu sagen, ergriff sie wieder das Wort. »Und wie sieht es aus, daran interessiert, etwas über diese feine Gesellschaft, die sich da drüben eingenistet hat, zu erfahren?«

Neugierig geworden trat Henning einen Schritt näher. »Das klingt aber nicht gerade nach Nachbarschaftsliebe«, äußerte er mit fragendem Unterton.

»Das soll es auch nicht. Ich habe nicht vor, aus meinem Herzen eine Mördergrube zu machen. Also, wenn Sie interessiert sind, dann setzten Sie sich und wir unterhalten uns ein wenig.« Kaum war der Kommissar der Aufforderung der Frau, die sich ihm im Laufe des Gesprächs als Almut Miersch vorstellte, gefolgt, und hatte sich auf einen der weiß gestrichenen Gartenstühle niedergelassen, stellte ihm die Frau anstatt der in Aussicht gestellten Informationen eine Frage. »Sie sind also gekommen, um herauszufinden, wer Carmen auf dem Gewissen hat, stimmt's?« Henning nickte.

»Wurde aber auch allmählich Zeit. Würde mich mal interessieren, wieso die Kripo sich neuerdings ihrer bereits pensionierten Beamten bedient, wenn sie in einem Mordfall ermittelt?«

»Wie ich sehe, sind Sie bestens informiert«, warf Henning belustigt ein. »Allerdings verhält sich die Sache etwas anders, als Sie vermuten. Ich ermittle auf eigene Faust und ich kann mir nicht vorstellen, dass die Polizei erfreut wäre, wenn sie davon Wind bekäme. Wie Sie sehen, bin ich dafür, mit offenen Karten zu spielen. Ich gehe mal davon aus, dass sich das auch bei Ihnen so verhält.«

»Wäre ich sonst auf Sie zugekommen?«

Noch während die Frau sprach, holte Henning sein Notizbuch hervor und schlug es auf. Er las die Liste der von Albert Pirell benannten Zeugen durch, suchte aber vergebens nach Almut Mierschs Namen. Als er sie daraufhin ansprach, winkte sie nur gelangweilt ab. »Ich hab davon gehört, dass dieser Mann, ein Rechtsmediziner, wie mir gesagt wurde, sich hier umgehört haben soll. Zu der Zeit jedoch lag ich im Krankenhaus. Wenige Tage bevor Carmen ermordet wurde, musste ich mich einer komplizierten Hüftgelenkoperation mit anschließender Reha-Behandlung unterziehen. Als ich ein knappes halbes Jahr später nach Hause entlassen wurde, sprach kaum noch jemand über den Fall. Damals gab es für die Leute hier im Ort wesentlich brisantere Themen: die ersten Fabriken schlossen und die Leute standen von heute auf morgen auf der Straße. Der Euphorie über die Wiedervereinigung und der Freude über die DM folgte nun die Ernüchterung. Existenzängste griffen um sich ...«

Henning war enttäuscht. Aufgrund des Gehörten ging er davon aus, dass Almut Miersch ihm keine große Hilfe sein würde. Wahrscheinlich langweilte sie sich nur und suchte nach einem Vorwand, um ihn in ein Gespräch zu verstricken. Der Kommissar überlegte schon wie er sich, ohne unhöflich zu wirken, zurückziehen konnte. Um die Sache abzukürzen, stellte er fest: »Wenn Sie zur Tatzeit gar nicht hier waren, ist wohl kaum damit zu rechnen, dass Sie über Erkenntnisse verfügen, die mich weiterbringen könnten.«

»Was die Tat betrifft, so mögen Sie recht haben. Dafür weiß ich von anderen Dingen.«

»Die da wären?«, erkundigte sich Henning gelangweilt.

»Hat Pascal Austen Ihnen erzählt, wie seine Ehe mit Carmen zustande kam?«, vergewisserte sich Almut Miersch ohne auf des Kommissars Frage einzugehen.

»Wie soll es schon dazu gekommen sein: die beiden heirateten, weil sie ineinander verliebt waren.«

»Dachte ich mir doch, dass er Ihnen diesen Schwachsinn auftischen würde. Davon ist kein Wort wahr.«

»Darf ich fragen, was Sie da so sicher macht?«, erkundigte sich der Kommissar mit plötzlich neu erwachtem Interesse.

»Sie sollten wissen, dass Carmen und ich uns nahestanden. Nachdem ihre Mutter im Wochenbett verstarb, nahm ich mich der armen Kleinen an. Es war damals schon abzusehen, dass unsere Ehe aufgrund meines angeschlagenen Gesundheitszustandes kinderlos bleiben würde. Obwohl ich zu der Zeit noch nicht im Rollstuhl saß, war ich in meiner Bewegungsfreiheit stark eingeschränkt. Wie Sie sich sicher denken können, schenkte ich da nur allzu bereitwillig meine Liebe diesem hilflosen kleinen Mädchen. Eine Zeit lang befürchtete ich sogar, dass Carmen auch noch ihren Vater verlieren würde. Nach dem Tod seiner Frau schien er sich aufgeben zu wollen. Es ging ihm damals so schlecht, dass ich schon das Schlimmste befürchten musste und mit dem Gedanken spielte – sollte es soweit kommen – Carmen zu adoptieren. Ich weiß nicht, was aus den beiden geworden wäre, wenn ich mich ihrer damals nicht angenommen hätte. Letztendlich fing Aaron, ihr Vater, sich dann aber wieder. Ich schätze mal, die Sorge um sein kleines Mädchen gab ihm die dazu notwendige Kraft. Er vergötterte Carmen. Bei ihm fand sie mit all ihren

Sorgen und Nöten stets ein offenes Ohr. Es war anrührend, zu beobachten, wie liebevoll die beiden miteinander umgingen. Aber manchmal, vor allem dann, als sie älter wurde, brauchte Carmen eben auch diesen typisch weiblichen Beistand. Dann kam sie herüber und schüttete mir ihr Herz aus.«

Während Almut tief aufseufzte, huschte ein Schatten über ihr knochiges Gesicht. »Wissen Sie«, fuhr sie bekümmert fort: »Ich habe Carmen geliebt, als wäre sie mein eigen Fleisch und Blut. Sie war stets fröhlich und gut gelaunt. Es vergeht kein Tag, an dem ich sie nicht schmerzlich vermisse. Trotz all der seither vergangenen Zeit, fällt es mir schwer über die Vergangenheit zu reden. Ich habe mich einzig deshalb dazu durchgerungen, weil es mir darum geht, der Gerechtigkeit Genüge zu tun. Denn ich weiß Dinge, über die ich bisher mit niemandem gesprochen habe. In der Annahme, dass dieses Wissen für Sie von Bedeutung sein könnte, entschied ich mich dazu, mein Schweigen zu brechen und Ihnen zu sagen, was Carmen mir kurz vor ihrem Tod anvertraute. Lassen Sie mich dazu etwas ausholen: mit der Wende 1990 brach für uns alle hier eine andere Zeit an.« Ihren Bericht fortsetzend, wies Almut Miersch auf das gegenüberliegende Grundstück. »Bis dahin lenkten die Kelchs dort drüben äußerst erfolgreich die Geschicke eines kleinen Gärtnereibetriebes. Die Geschäfte liefen gut und das, obwohl es zu DDR-Zeiten gewiss kein Zuckerschlecken war, sich als Selbstständiger über Wasser zu halten. Aber da die beiden mit Leib und Seele an ihrer Gärtnerei hingen, fanden sie irgendwie immer einen Weg, um zu überleben. Ihr Laden wurde als Geheimadresse gehandelt. Selbst von den umliegenden Gemeinden kamen die Leute, um sich bei ihnen mit Pflanzen und Schnittblumen einzudecken. Die Kelchs waren dafür bekannt, ihre Kunden auch dann noch zufriedenstellen zu können, wenn in den staatlichen Gärtnereien und Blumenläden gähnende Leere herrschte. Natürlich war das unseren Parteifunktionären ein Dorn im Auge. Immer wieder versuchten sie das kleine Unternehmen zu verstaatlichen, doch ohne Erfolg. Aaron wusste sich stets mit Erfolg dagegen zur Wehr zu setzen. Und das wäre mit Sicherheit auch so weitergegangen, wäre da nicht, wie eingangs schon erwähnt, die Wende dazwischengekommen. Denn kaum war der eiserne Vorhang gefallen, stand Pascal Austen vor Carmens Tür, um sein, wie er behauptete, rechtmäßiges Eigentum zurückzuverlangen.«

»Wie das denn?«, wunderte sich Henning. »Was hatte denn Pascal Austen mit den Kelchs zu tun?«

Einen Augenblick lang, schien Almut Miersch irritiert. Die Frage des Kommissars hatte sie aus dem Konzept gebracht. »Ich vergaß wohl, dass Sie das ja gar nicht wissen können«, entschuldigte sie sich. »Da werde ich Sie wohl erst einmal aufklären müssen.« Um das Versäumte nachzuholen, berichtete sie, dass die Austens schon seit Generationen hier ansässig seien: »Unter den männlichen Vorfahren dieser Linie, befanden sich auch einige handwerklich äußerst begabte Personen. Einer davon war der Baumeister Anton Austen, Pascals Großvater. Kurz vor Ausbruch des Zweiten Weltkrieges errichtete dieser für sich und seine junge Familie jene Villa, die sie dort drüben sehen. Aufgrund seiner Vergangenheit siedelte er nach fünfundvierzig in den Westen über. Vorher jedoch vermachte er Aaron Kelch, dem Bruder seiner Frau, seinen Besitz. Dass er ihm sein Hab und Gut überschrieb, geschah jedoch nicht unbedingt aus freien Stücken. Morgenluft witternd, kam nach der Wende sein Enkel, um – wie er es bezeichnete – das Erbe seines Großvaters, für sich zu beanspruchen. Wie er das bewerkstelligt hat, ist mir heute noch schleierhaft. Auf alle Fälle verfügte er über Papiere, die eindeutig belegten, dass sein Anspruch auf den Grund und Boden der Kelchs einschließlich der darauf befindlichen Immobilien berechtigt war. Wie Sie sich vorstellen können, bekam Carmen einen fürchterlichen Schreck, als sie davon erfuhr. Die Aussicht, alles, wofür sie und ihr Vater ein Leben lang hart gearbeitet hatten, von heute auf morgen zu verlieren, war an sich schon ein Schock. Doch weitaus größeres Kopfzerbrechen bereitete ihr die Sorge um ihren Vater, der erst kurz vorher einen Schlaganfall erlitten hatte. Sein Arzt hatte ihr eindringlich eingeschärft, jegliche Aufregung zu vermeiden. Carmen musste davon ausgehen, dass ihr Vater diese Hiobsbotschaft nicht überleben würde. In ihrer Verzweiflung erbat sie sich von Pascal Austen einen Tag Bedenkzeit. Ihr war aufgefallen, wie begehrlich er sie angesehen hatte. Auf dieser Beobachtung basierend, reifte dann über Nacht ihr Plan. Gegen Morgen, als sie glaubte, einen Weg gefunden zu haben, der es ihr ermöglichte, ihren Vater aus der Sache heraus zu halten, stand ihr Entschluss fest. Das, was sie vorhatte, war ein gewagtes Unterfangen. Es bestand darin, sich Pascal Austen anzubieten; ihm in Aussicht zu stellen, dass sie bereit sei, ihn zu heiraten, wenn er ihr dafür verspräche, ihren Vater bei der ganzen Angelegenheit außen vor zu lassen. Als Gegenleistung bot sie Pascal an, ihm am Tag ihrer Eheschließung die Villa samt Grundstück zu überschreiben. Falls er nicht wie erhofft darauf eingehen sollte, wollte Carmen sämtliche gerichtliche Instanzen anrufen, um für ihr Recht zu kämpfen. Ihrer Überzeugung nach hätte es Jahre gebraucht, um ein rechtsgültiges Urteil zu erzielen. Einzelheiten dieses Gespräches sind mir jedoch nicht bekannt. Carmen informierte mich nur in groben Zügen darüber. Offenbar war es ihr peinlich. Ich weiß daher nicht, inwieweit sie mit offenen Karten spielte: ob sie Pascal ihr Angebot geschäftsmäßig unterbreitete, oder ihn in dem Glauben ließ, dass sich aus der von ihr in Aussicht gestellten Ehe eine tiefer gehende Beziehung entwickeln könnte. Das zu beurteilen, wäre rein spekulativ.«

»Das klingt aber ganz schön abenteuerlich«, wandte Henning skeptisch ein, als Almut Miersch ihren Bericht beendet hatte.

»Das sagen Sie nur, weil Sie Carmen nicht kannten. Davon, was sie sich einmal in den Kopf setzte, konnte sie kein Mensch abbringen, noch dazu, wenn es um das Wohlergehen ihres Vaters ging. Die Sorge um ihn überwog all ihre Bedenken.«

»Meinen Unterlagen zufolge, war Carmen damals doch gerade einmal achtzehn. Ich nehme an, dass die meisten Mädchen in diesem Alter eine romantische Vorstellung von der Ehe haben. Daher ist es für mich schwer nachvollziehbar, dass sie so einfach dazu bereit gewesen sein soll, ihre Zukunft – all ihre Träume – zu opfern. Angesichts seines guten Aussehens halte ich es für wahrscheinlicher, dass sie sich in Pascal Austen verliebte. Vielleicht war dieser Handel ja gar kein so großes Opfer für Carmen ...«

»Von diesem Gedanken können Sie sich getrost verabschieden«, stellte Almut Miersch klar. »Als sie Pascal damals kennenlernte, war ihr Herz bereits vergeben.«

»Wollen Sie mich zum Narren halten?«, entrüstete sich Henning.

»Keinesfalls. Hätten Sie mich ausreden lassen, wüssten Sie, wovon ich spreche. Davon nämlich, dass Carmen in ihrem damals noch jungen Leben bereits eine herbe Enttäuschung erlebte. Sie war verliebt, wohlgemerkt unglücklich verliebt. Diese Tatsache hatte ihr ganzes Leben von Grund auf verändert. Jenes tiefe Gefühl, dass sie für ihre erste Liebe entwickelte, begleitete sie fortan wie ein Schatten, es ging nie vorbei. Egal was sie tat, in Gedanken war jener Mann immer bei ihr. Sie konnte ihn einfach nicht vergessen. Für sie war er der einzig Richtige und würde es für alle Zeit bleiben.«

Erneut wollte der Kommissar einen Einwand geltend machen. Doch Almut Miersch gab ihm deutlich zu verstehen, dass sie nicht unterbrochen werden wollte. »Bevor Sie mir ins Wort fallen«, wies sie ihn zurecht, »lassen Sie es mich erklären: eines Tages, ich schätze, es war etwa zwei Jahre vor ihrem Tod, nahm ich eine Veränderung an Carmen wahr. Ihre Augen hatten plötzlich einen ganz besonderen Glanz angenommen und ihr Blick schweifte des Öfteren sehnsuchtsvoll in die Ferne. Das waren für mich die typischen Anzeichen dafür, dass Amors Pfeil sie getroffen haben musste, wie man so schön sagt. Es wäre mir jedoch nicht eingefallen, sie daraufhin anzusprechen. Ich ging davon aus, dass sie sich mir über kurz oder lang anvertrauen würde. Doch leider wartete ich vergebens. Stattdessen musste ich mit ansehen, wie sie von Tag zu Tag schweigsamer und in sich gekehrter wurde. Carmen lachte kaum noch. Entgegen meinen guten Vorsätzen stellte ich sie eines Tages zur Rede. Ich machte mir Sorgen, konnte es einfach nicht mehr ertragen, sie so verzweifelt zu erleben. Deshalb sagte ich ihr auf den Kopf zu, was ich vermutete. Anstatt etwas zu erwidern, sah Carmen mich nur an. Dabei lag in ihrem Blick so viel unausgesprochene Qual, dass es mir noch jetzt eiskalt den Rücken herunter läuft, wenn ich daran denke. Meine Worte bewirkten, dass sie in Tränen ausbrach. Bestürzt nahm ich sie in die Arme und ließ ihr Zeit, sich zu beruhigen. Endlich brach sie ihr Schweigen und bestätigte meinen Verdacht. Indem sie mir ihr Geheimnis anvertraute, ließ mein kleines Mädchen mich an der wohl rührendsten Liebesgeschichte teilhaben, die ich jemals zu hören bekam.« In Gedanken versunken berichtete Almut Miersch dem Kommissar in groben Zügen, was sich damals zugetragen hatte …

»Das, was in jener Sommernacht geschah, prägte sich ihr so tief und nachhaltig ein, dass sie felsenfest davon überzeugt war, niemals wieder so intensiv für einen anderen Mann empfinden zu können. Carmen gehörte zu den wenigen Menschen, die ihr Herz nur einmal verschenken. Ihre Gefühle unerwidert zu sehen, war daher eine bittere Erkenntnis für sie. Aus dieser Einsicht heraus beschloss sie, unverheiratet zu bleiben. Allenfalls wäre sie bereit gewesen, eine Vernunftehe einzugehen. Damit war für sie alles gesagt. Eines jedoch hatte Carmen mir verschwiegen: es war die Identität des Mannes, der ihr das Herz brach. Sie erwähnte lediglich, dass sie, da es sich um einen Auswärtigen handelte, einander schreiben wollten. Von jener Nacht an, versandte mein kleines Mädchen einen Brief nach dem anderen. Sie können sich nicht vorstellen, wie verzweifelt sie war, keine Antwort darauf zu erhalten. Carmen tat mir unsagbar leid. Um zu helfen, riet ich ihr, ihr Schicksal selbst in die Hände zu nehmen. Ich schlug ihr vor, den großen Unbekannten aufzusuchen und ihn zur Rede zu stellen. Mein Ratschlag ließ sie jedoch in Tränen ausbrechen. Wenn das so einfach wäre, sagte sie zu mir, dann hätte ich das mit Sicherheit schon längst getan. Aber genau das geht leider nicht – es ist unmöglich. Als ich sie daraufhin fragte, weshalb es denn unmöglich sei, bat sie mich, nicht weiter in sie zu dringen. Carmen meinte, es sei manchmal besser, nicht alles zu wissen. Sie müsse selbst sehen, wie sie damit fertig werde. Helfen könne ihr ohnehin niemand.«

»Haben Sie je darüber nachgedacht, was Carmen dazu bewogen haben könnte, Ihnen den Namen des Mannes zu verschweigen?«, wollte Henning wissen.

»Und ob ich das habe«, bestätigte ihm Almut Miersch. »Ich vermute noch immer, dass der Mann verheiratet war. Welchen Schluss hätten ihre Worte denn sonst zulassen sollen?«

»Genau diese Frage stelle ich mir gerade«, bekannte der Kommissar.

Einer ihm plötzlich in den Sinn kommenden Eingebung folgend, erkundigte er sich, ob Ende der Achtzigerjahre für Carmen die Möglichkeit bestand, in die

Bundesrepublik zu reisen. »Um meine Frage noch einmal zu verdeutlichen: sie bezieht sich auf die Zeit vor der Wiedervereinigung. Als ehemaliger Bundesbürger weiß ich, dass man, aus dem Westen kommend, zumeist problemlos in die DDR einreisen konnte. Umgekehrt war das aber sicher nicht so einfach, oder?«

»Nicht so einfach!«, höhnte Almut. »Das ist die Untertreibung des Jahrhunderts! Für den normalen DDR-Bürger war das schlichtweg unmöglich. Es sei denn, man hatte drüben Verwandte ersten Grades. Und selbst dann musste ein triftiger Grund vorliegen, wie etwa ein Trauerfall oder eine Hochzeit, um eine zeitlich befristete Ausreisegenehmigung zu erhalten. Carmen, um auf Ihre Frage zurückzukommen, gehörte leider nicht zu diesen Auserwählten.«

»Sind Sie sich da auch ganz sicher?«

»Absolut!«

»Dann«, so schlussfolgerte Henning, »wäre es rein theoretisch ja auch denkbar, dass es sich bei dem großen Unbekannten um einen Westdeutschen handelte. Er könnte zu Besuch hier gewesen sein und dabei Carmen kennengelernt haben. Als sie sagte es sei ihr unmöglich, könnte sie damit genauso gut gemeint haben, dass die Lage seines Wohnortes sie daran hinderte, ihn zur Rede zu stellen.«

Verwunderung zeichnete sich auf den Zügen der alten Frau ab. »Diese Möglichkeit habe ich noch gar nicht in Betracht gezogen«, gestand sie. Es war ihr anzumerken, wie es hinter ihrer Stirn arbeitete.

»Darf ich fragen, was Sie zu einer solchen Vermutung veranlasst?«

»Ich kam auf den Gedanken, als mir einfiel, das David Küster, Albert Pirells Aufzeichnungen zufolge, aus Köln stammte.«

»Sie glauben doch nicht etwa, dass er der große Unbekannte sein könnte?«

»Warum nicht? Immerhin würde das die bisher fehlende Verbindung zwischen Carmen und ihm erklären. Seit ich mich mit diesem Fall beschäftige, vermutete ich, dass die beiden Opfer anstatt wahllos, wie bisher angenommen, ganz bewusst ausgewählt wurden. In der Hoffnung, genau diese Zusammenhänge aufzudecken, kam ich her. Wenn es mir gelänge herauszufinden, welche Beziehung zwischen den beiden bestand, brächte mich das mit Sicherheit schon ein ganzes Stück weiter.«

Als er die zunehmende Skepsis auf Almut Mierschs Zügen bemerkte, zog der Kommissar das ihm von Leona überlassene Tatortfoto aus der Innentasche seines Leinenblazers, um es ihr zu reichen. Dabei bemerkte er, dass Almuts Hand leicht zitterte, als sie nach der Aufnahme griff. All ihren Mut zusammen nehmend, warf die alte Frau einen Blick darauf. Betroffen registrierte der Kommissar, wie dabei der letzte Rest Farbe aus ihrem, von der Krankheit gezeichnetem Gesicht wich. »Oh mein Gott!«, stammelte sie tief betroffen.

Aufgrund der von ihm hervorgerufenen Reaktion bekam Henning augenblicklich ein schlechtes Gewissen. »Es tut mir leid«, entschuldigte er sich zerknirscht, »Ihnen diesen Anblick zumuten zu müssen. Aber angesichts Ihrer Skepsis erschien es mir erforderlich, Sie mit diesem polizeilichen Beweismittel zu konfrontieren. Sie müssen doch zugeben, dass etwas Geheimnisvolles von dieser Fotografie ausgeht. Nachdem ich sie sah, stand für mich fest, dass es irgendeine Beziehung zwischen den beiden geben musste. Gleichzeitig vermutete ich, dass ihrem Mörder diese Tatsache bekannt war. Sonst hätte er seine Opfer nicht so sorgfältig in Szene gesetzt. Ich gehe davon aus, dass er uns damit eine ganz bestimmte Nachricht übermitteln wollte. Es erschien mir wichtig, dass Sie sich mit eigenen Augen davon überzeugen können.«

Nachdenklich geworden, gab Almut Miersch dem Kommissar das Bild zurück. Ihr Kopf mit den grau gewordenen Resten einer einst wohl üppigen Haarfülle, wog bedächtig auf ihrem dünnen Hals hin und her. »Sie haben recht«, gestand sie betroffen. »Von diesem Foto scheint irgendetwas Übersinnliches auszugehen. Die beiden liegen tatsächlich da wie ein Liebespaar. Bislang kannte ich diesen David Küster ja nur vom Hörensagen. Daher hatte ich auch keine Ahnung wie er aussah. Ich muss zugeben, dass die beiden unter normalen Umständen ein schönes Paar abgegeben hätten. Jetzt wo ich die Aufnahme gesehen habe, neige ich dazu, mich Ihrer Annahme anzuschließen …«

»Noch ist nichts bewiesen«, schränkte Henning ein. »Zunächst einmal muss ich herausfinden, ob David und Carmen Ende der Achtzigerjahre schon einmal aufeinander getroffen sein könnten. Um das in Erfahrung zu bringen, werde ich wohl oder übel noch einmal bei den Kronstedts vorbeischauen müssen.«

»Ihren Worten zufolge kennen Sie die beiden bereits?«, erkundigte sich Almut.

Henning nickte: »Ich sprach heute morgen mit Frau Kronstedt.«

»Haben Sie bei der Gelegenheit auch ihren Sohn angetroffen?«

»Leider nein. Ich erfuhr lediglich, dass er verreist sei. Warum fragen Sie?«

»Nur so. Es hätte mich interessiert, was Sie von dem Jungen halten. Ich bin nämlich nie so ganz schlau aus ihm geworden. Ich weiß noch, dass er schon bei der kleinsten Meinungsverschiedenheit davor zurückscheute, einen eigenen Standpunkt zu vertreten. Vielmehr zog er es vor, sich der Mehrheit anzuschließen. Und so viel ich weiß, hat sich daran bis heute nichts geändert. Für meine Begriffe war er charakterlos.«

»Das klingt ja nicht gerade viel versprechend, was Sie da sagen«, resümierte Henning nachdenklich. »Halten Sie es für möglich, dass er etwas mit den Morden zu tun haben könnte?«

»Ich weiß nicht, ob ihm so etwas zuzutrauen wäre. Schließlich war er mit Carmen befreundet, seit ich zurückdenken kann. Zu sehen, wie er ihr auf Schritt und Tritt folgte, ihr alles recht zu machen versuchte, grenzte für mich schon an Besessenheit. Ich fand sein Verhalten unterwürfig und es stieß mich ab. Von Carmen weiß ich, dass sie genauso empfand, es jedoch nicht übers Herz brachte, ihm das zu sagen. Sie war nicht der Typ, ihn wissentlich zu verletzen, da nahm sie lieber seine ständige Anwesenheit in Kauf. Eines jedoch muss ich dem Jungen zugute halten. Er kümmerte sich rührend um Carmen. Dass sie sich während ihres Liebeskummers nicht daheim vergrub, um Trübsal zu blasen, ist Micha zu verdanken.«

»Wussten Sie, dass es für seine Mutter anscheinend schon beschlossene Sache war, dass die beiden eines Tages heiraten würden?«, warf Henning ein.

Almut Miersch lachte unfroh auf. »So etwas zu sagen, ist typisch für diese Frau. In dieser Beziehung war die Mutter genauso unrealistisch wie der Sohn. Der nämlich hat sich tatsächlich Hoffnungen auf Carmen gemacht. Ich möchte nicht wissen, welcher Schock es für ihn gewesen sein muss, sie an einen anderen zu verlieren.«

»Wäre es nicht denkbar, dass er in dieser Situation die Kontrolle über sich verloren haben könnte? Vielleicht tötete er die beiden ja in einer Art Kurzschlussreaktion?«

Almut Miersch ließ des Kommissars Worte nachwirken. »Vorstellbar wäre es wohl schon«, räumte sie ein. »Aber warum rächte er sich dann nicht an Pascal Austen? Schließlich war er es doch, der ihm Carmen nahm.«

»Da muss ich Ihnen beipflichten. Das Ganze ergibt tatsächlich keinerlei Sinn. Aber vielleicht befinde ich mich ja auch auf dem Holzweg. Solange ich nicht beweisen kann, dass Carmen und David sich von früher her kannten, entbehren all diese Gedanken ohnehin jeglicher Grundlage.«

»Möglicherweise unterliegen Sie tatsächlich einem Irrtum. Aber je länger ich mir ihre Vermutung durch den Kopf gehen lasse, umso einleuchtender erscheint sie mir. Mal angenommen ihre Theorie, dass Carmen und David einander kannten, würde sich bewahrheiten. Hätte dann nicht auch Pascal Austen ein nachvollziehbares Motiv gehabt? Es wäre doch denkbar, dass er durch Zufall herausfand, in welch emotional enger Beziehung die beiden zueinander standen. Soviel ich weiß, ist Eifersucht doch ein gern gewähltes Mordmotiv! Und wenn dieser feine Herr da drüben, wie anzunehmen, auch nur ein paar der Gene seines Großvaters geerbt hat, dann traue ich ihm jede Schandtat zu.«

»Was hat denn sein Großvater damit zu tun?«, wunderte sich Henning.

»Der war ein Verbrecher, ein ganz verabscheuungswürdiger obendrein! Oder wie würden Sie jemanden bezeichnen, der seine Familie auf dem Gewissen hat?«

»Was meinen Sie damit?«

»Ich meine, dass er sie seinem Machtstreben und seiner Ideologie opferte. Sie müssen nämlich wissen, dass Anton Austen mit einer Jüdin verheiratet war. Die Hochzeit der beiden fand noch vor Kriegsausbruch statt. Bei seiner Braut handelte es sich um Sarah Kelch, die Schwester von Carmens Vater. Sie war nicht nur eine bildhübsche, sondern zudem auch äußerst warmherzige Frau. Carmen glich ihr in vielerlei Hinsicht. Wenn ich sie ansah, dachte ich oft so für mich, dass sie Sarah stark ähnelte. Es war nicht zu übersehen, dass sie deren Schönheit geerbt hatte.«

Ein wehmütiges Lächeln huschte über das Gesicht der alten Frau. Ihren Erinnerungen nachhängend fügte sie hinzu: »Zudem konnte ihre Tante wunderschön zeichnen. Ein von ihr gemaltes Aquarell, das einen Strauß Alpenveilchen darstellt, hängt noch heute über meinem Sofa. Wenn ich es betrachte, muss ich an Sarah denken und dann wird mir ganz weh ums Herz. Die beiden hatten auch zwei allerliebste Töchter, richtige Engelchen, genau wie ihre Mutter. Die Ehe der Austens erweckte jedoch nur nach außen hin den Anschein, glücklich zu sein. In Wahrheit litt Sarah unter dem Jähzorn ihres Mannes. Anton Austen war schon damals unberechenbar und neigte zu spontanen Gewaltausbrüchen. Nach Hitlers Machtergreifung trat er der NSDAP bei. Mit diesem Schritt erhoffte er sich, lukrative Aufträge für seine Baufirma zu sichern. Sein Plan ging auch tatsächlich auf. Die Geschäfte liefen blendend. Mit seiner Ehe jedoch, ging es von Tag zu Tag mehr bergab. Die Abstammung seiner Frau stand der Durchsetzung seiner Interessen im Wege. Anton Austens braune Gesinnung trat immer deutlicher zum Vorschein und er ließ Sarah für ihre Herkunft büßen. Eines Tages stellte man ihm einen Großauftrag in Aussicht. Es wurde gemunkelt, dass es sich dabei um den Bau von so genannten Arbeitslagern handelte. Dieses Projekt hätte ihn schlagartig zum reichen Mann gemacht. Allerdings waren Hitlers Schergen nur dann dazu bereit, ihm den Auftrag zukommen zu lassen, wenn er sich dazu verpflichtete, sich im Gegenzug seiner Familie zu entledigen. Nach Ansicht der Nazis hatten Juden damals schließlich keinerlei Daseinsberechtigung. Stellten Sarah und die beiden Kinder bisher nur einen Makel dar, so wurden sie nun zum unüberwindbaren Hindernis für ihn. Wie Sie sich möglicherweise denken können, erfüllte Anton die Bedingungen der braunen Brut. Eines Tages lud er Sarah und seine beiden kleinen Mädchen in sein Auto und brachte sie nach Schloss Sonnenstein in Pirna. Auf seine Veranlassung hin wurden die drei dort vergast …«

Betroffen ließ Henning Almut Mierschs Worte in sich nachwirken. Er konnte nicht glauben, was er da zu hören bekam. Es erschien ihm unglaublich, wie ein Mensch zu solch einer Tat fähig sein konnte. Schon der Gedanke, die eigene Frau kaltblütig zu opfern war für ihn unerträglich. Dass aber jemand sogar den Tod der eigenen Kinder seiner Machtinteressen wegen billigend in Kauf nahm, überstieg die Grenze seiner Vorstellungskraft. Allein schon der bloße Gedanke daran jagte ihm eisige Schauer den Rücken hinab.

Ihn fröstelte. Die Sonne schien plötzlich ihre wärmende Kraft verloren zu haben. Henning schluckte. Sein Mund fühlte sich mit einem Mal ganz trocken an. Er hatte das Empfinden, das seiner Zunge der bittere Beigeschmack des Todes anhaftete.

Wie aus weiter Ferne vermeinte Henning das Wehklagen Abertausender gepeinigter, in einen engen Raum zusammengepferchter Menschen zu vernehmen. Ihre Leiber waren ausgemergelt und nackt. Mit weit geöffneten Mündern und angstvoll aufgerissenen Augen, wohl wissend dass das Ende bevorstand, rangen sie verzweifelt nach Luft während das unsichtbare Gift sich in ihre Lungen fraß und sie eines jämmerlichen Erstickungstodes sterben ließ.

Almut, die sein Entsetzen erahnte, ließ ihm Zeit, ihre Worte zu verdauen. Eine Zeit lang hingen sie beide ihren Gedanken nach. Mit, von der Erinnerung überwältigter, kaum mehr zu verstehender Stimme, in der ein leichtes Zittern mit schwang, sagte die alte Frau: »Es ist kaum zu glauben, wozu Menschen aus fehlgeleiteter Ideologie fähig sein können. Für mich ist es unfassbar, dass dieses Verbrechen bis heute ungesühnt blieb. Aus dem Untergrund heraus agierend, fand Aaron zwar heraus, was mit seiner Schwester und deren Kindern geschehen war. Aber solange Hitler noch an der Macht war, konnte er seiner jüdischen Abstammung wegen nicht gegen seinen Schwager vorgehen. Hätte die Gestapo ihn zu fassen bekommen, wäre sein Leben keinen Pfifferling mehr wert gewesen. Später dann, als sich ihm die Möglichkeit bot, Anton Austen zur Rechenschaft zu ziehen, stellte sich heraus, dass die einzige Zeugin – eine zur damaligen Zeit im Schloss angestellte Dienstmagd – bei den Bombenangriffen auf Dresden ums Leben kam. Sicher können Sie sich vorstellen, wie bitter es für Aaron gewesen sein muss, sich durch den Tod dieser Frau all seiner Beweise für Antons Schuld beraubt zu sehen. Denn nun hatte er nichts mehr in der Hand, womit er seinen Schwager zwingen konnte, ein Geständnis abzulegen. Anton Austen musste fortan jedoch damit rechnen, dass ruchbar würde, welches Verbrechens er sich schuldig gemacht hatte. Aus Angst vor den sich daraus ergebenden Konsequenzen fürchtete er verständlicherweise um sein Leben und versuchte unterzutauchen. Aaron gelang es, seine Flucht zu vereiteln. Ich glaube, wenn es ihm möglich gewesen wäre, hätte er Anton eigenhändig erwürgt. Aber Carmens Vater war kein gewalttätiger Mensch. Er konnte keiner Fliege etwas zuleide tun, geschweige denn einem Menschen. Ich denke, aufgrund seines Glaubens vertraute er darauf, dass sein Schwager eines Tages seine gerechte Strafe schon noch bekommen würde. Ganz ungeschoren wollte er Anton dennoch nicht davon kommen lassen. Sich von ihm in die Enge getrieben fühlend, überschrieb Pascals Großvater Aaron die Villa samt Grundstück. Was genau sich damals zwischen den beiden abspielte, entzieht sich meiner Kenntnis. Ich weiß nur, dass Aaron nach Antons Verschwinden, die sich als Flucht in den Westen herausstellte, im Besitz von Papieren war, die ihn als neuen Eigentümer auswiesen. Über vierzig Jahre lang sah sich niemand dazu veranlasst, die Echtheit dieser Schriftstücke anzuzweifeln. Das änderte sich erst, als Antons Enkel in Erscheinung trat, um sein Erbe einzufordern. Pascal Austen berief sich darauf, dass sie unter Zwang zustande gekommen und somit nichtig seien. Skrupellos, wie ich ihn von Anfang an einschätzte, wird er schon eine Gesetzeslücke auszunützen gewusst haben. Schließlich war er ja Immobilienmakler und somit vom Fach. Und er war ja auch beileibe nicht der Einzige, der die Gunst der Stunde für sich zu nutzen wusste. Pascal gehörte zu denen, die glaubten, sich nach der Wende hier bei uns mühelos eine goldene Nase holen zu können. Schließlich sprach es sich schnell herum, wie billig man hier im Osten an lukrative Grundstücke kommen konnte. Ich möchte lieber nicht wissen, wie viele unserer Leute in ihrer Naivität und Unwissenheit auf derlei krumme Geschäfte und falsche Versprechungen hereinfielen. Oder glauben Sie wirklich, dass sich dieser feine Herr da drüben seinen nicht zu übersehenden Reichtum mit ehrlicher Arbeit verdient hat?« Verächtlich fügte sie hinzu: »Das allerdings dürfte er Ihnen kaum auf die Nase gebunden haben, stimmt's?«

»Das ist mir zugegebenermaßen neu«, bekannte Henning. Gedankenverloren nahm er seine Brille ab und massierte seine Nasenwurzel.

»Dachte ich mir's doch!« In Almut Mierschs Stimme schwang Genugtuung mit. »Etwas anderes habe ich auch nicht erwartet. Spätestens jetzt dürfte Ihnen klar geworden sein, weshalb ich Sie sprechen wollte …«

»Das war auch gut und richtig so!«, pflichtete der Kommissar ihr bei. Die Antwort auf die Frage über sein weiteres Vorgehen musste er der alten Frau zunächst jedoch schuldig bleiben. Es war einfach zu viel, was in der letzten Stunde an neuen Erkenntnissen auf ihn eingestürmt war. Er brauchte jetzt erst einmal etwas Zeit und Ruhe, um Ordnung in das in seinem Kopf herrschende Chaos zu bringen. Nachdem Henning Almut Miersch zugesichert hatte, sie, den Fall betreffend, auf dem Laufenden zu halten, reichte er ihr zum Abschied die Hand. Der alten Frau unerwartet fester Händedruck zwang ihn, ihr in die Augen zu sehen. Etwas in ihrem Blick veranlasste ihn zu dem Versprechen, den Fall aufzuklären. Henning tat dies einem Reflex folgend, ohne sich der Konsequenzen seines Handelns bewusst zu sein. Almut Miersch nickte ihm in stillem Einverständnis zu. Gleichzeitig spürte der Kommissar, wie sich ihr Griff lockerte. Die Gelegenheit nutzend entzog er ihr seine Hand, wandte sich wortlos ab und verließ den Garten. Auf dem Weg zu seiner Unterkunft, fragte er sich verwirrt, welcher Teufel ihn geritten haben mochte, der Frau so leichtfertig sein Ehrenwort zu geben. Voller Unbehagen fiel ihm Dürrenmatts Kriminalroman ›Das Versprechen‹ ein. In Gedanken schalt er sich einen Narren, weil er sich immer wieder darauf einließ seinen Gefühlen anstatt seinem Verstand zu folgen. Obwohl er es zu verdrängen suchte, wusste er, dass es daran lag, wie Almut Miersch ihn angesehen hatte. Es war dieses stumme Flehen, diese Qual in ihrem Blick. Genauso mochte jener Kommissar in Dürrenmatts Geschichte auch empfunden haben. Egal ob leichtsinnig oder nicht, er war eine moralische Verpflichtung eingegangen. Doch auch, wenn dem nicht so gewesen wäre, der Fall hatte ihn längst schon viel zu sehr in seinen Bann gezogen, als dass er sich ihm noch entziehen konnte. Er würde ihn aufklären – nun erst recht. Dass er auch daran zerbrechen könnte, zog er dabei nicht in Betracht.

10

Kurz nach achtzehn Uhr traf Henning wieder im Gasthaus ein. Nachdem er eine Kleinigkeit zu Abend gegessen hatte, ging er auf sein Zimmer. In seinem Kopf herrschte ein heilloses Durcheinander. Der Kommissar zog sein Notizbuch hervor, um seine Aufzeichnungen noch einmal in aller Ruhe durchzugehen. Als er damit fertig war, versuchte er sich einen Plan zurechtzulegen. Zuallererst einmal musste er herausfinden, ob es möglich sein konnte, dass Carmen und David sich von früher her kannten. Die Telefonnummer von Christabelle Kronstedt nachschlagend, nahm er sein Handy zur Hand. Trotz mehrfacher Wählversuche nahm am anderen Ende der Leitung niemand ab. Gegen einundzwanzig Uhr beschloss Henning schweren Herzens, den Anruf auf den nächsten Tag zu verschieben. Unverrichteter Dinge ging er ins Bad, um sich unter die Dusche zu stellen und die Zähne zu putzen. Kurze Zeit später lag er in seinem Bett. Die Hände unter dem Kopf verschränkt, ließ er seinen Blick gedankenverloren durch das weit geöffnete Fenster nach draußen schweifen. Ab und an hörte Henning auf der Straße ein Auto vorbeifahren. Irgendwo zirpte eine Grille. Es dauerte nicht lange und er dämmerte ein. Von beängstigenden Visionen heimgesucht, wälzte der Kommissar sich unruhig im Bett hin und her. Ein Albtraum ließ ihn schweißgebadet aus dem Schlaf schrecken. Sein Herz schlug schnell und hart in seiner Brust. Henning hatte von Anton Austen geträumt. Auf den Part des stillen Beobachters beschränkt, musste er mitansehen, wie Pascals Großvater seine Familie in die Gaskammer schickte. Die Grausamkeit dieses Verbrechens ließ ihn nicht los. Dabei bestimmte das Bild einer, von zwei kleinen Kindern umgebenen Frau, seinen Albtraum. Bei näherer Betrachtung nahm ihr Gesicht Carmens Züge an. Ihre großen haselnussbraunen Augen, die sie in stummer Anklage auf ihn gerichtet hielt, schienen sich unauslöschlich in seine Seele einbrennen zu wollen. Schwer atmend knipste Henning die kleine Nachttischlampe an, die neben dem Bett stand, und sah auf die Uhr. Es war kurz vor vier. Obwohl er genau wusste, dass er keinen Schlaf mehr finden würde, blieb er noch für eine halbe Stunde liegen. Während er versuchte, seine aufgewühlten Gedanken zu ordnen, wurde es draußen langsam hell. Wild entschlossen, den Fall, der ihn hierher geführt hatte, aufzuklären, stand der Kommissar auf, zog sich an und ging nach unten. Im Haus war es still. Ein Blick auf seine Uhr verriet ihm, dass er um diese Zeit kaum damit rechnen konnte, ein Frühstück serviert zu bekommen. Hunger verspürte er zwar keinen, sehnte sich aber nach einer Tasse heißem schwarzen Kaffee. Doch da musste er sich wohl gedulden. Nach kurzem Überlegen, entschloss sich Henning, die frühe Stunde zu einem Spaziergang zu nutzen. Schließlich lag die Sächsische Schweiz nur einen Steinwurf entfernt. Schon als er noch in Auerbach wohnte, reizte es ihn, dem Elbsandsteingebirge einen Besuch abzustatten. Leider kam es nie dazu. Während die Aussicht, Versäumtes nachzuholen, seine Laune schlagartig verbesserte, erinnerte er sich daran, dass ihm gestern in der Nähe des Schlosses eine Informationstafel aufgefallen war.

Wenig später stand er davor, um die darauf angegebenen Wanderrouten zu studieren. Schon kurz nachdem er den Ort verlassen und den Wald betreten hatte, sah er sich einer einzigartigen Landschaft aus Stein gegenüber. Durch die Schwedenlöcher, schroff bizarre Felsreviere mit zerklüfteten Schluchten, führte ihn sein Weg über grob behauene, zum Teil mit Moos und Flechten überzogene Steinstufen zur Bastei hinauf. Die vom Gesang der Vögel erfüllte Luft war zu dieser frühen Uhrzeit noch angenehm kühl. In ein paar Stunden würde sie einer drückenden Schwüle gewichen sein. Wenn es soweit wäre, wollte er jedoch schon lange von seinem Spaziergang zurückgekehrt sein. Er schwitzte jetzt schon, was jedoch weniger an der Temperatur als an dem Höhenunterschied, den es zu überwinden galt, lag. Immer wieder blieb Henning beeindruckt stehen, um sich die Landschaft zu betrachten, die sich im Laufe von Jahrmillionen von einem mehrere hundert Meter mächtigem Sandpaket zu Sandstein verfestigt hatte. Zusammen mit dem Wasser der Elbe, das in Jahrtausenden den Stein abtrug, erschuf die Natur eine Felsenlandschaft von faszinierender Einzigartigkeit. Während er sich seinen Weg durch die steinerne Wildnis bahnte, besann sich Henning eines Gedichtes von Caspar David Friedrich. Nach einigem Überlegen fiel ihm auch dessen Anfang wieder ein: *Ich kletterte auf einem schmalen, schwindelnden Pfad, der sich über einem fürchterlichen Abgrund hinzog, einsam und freute mich meiner Kühnheit …*

Wie das Gedicht weiterging, daran konnte er sich nicht erinnern. Doch das war ihm im Moment gleichgültig. Vielmehr kam es ihm darauf an, wie vom Dichter beschrieben, zu empfinden. Sich seiner Vorliebe für diesen Künstler bewusst, hatte Anouschka, seine verstorbene Frau, ihm vor Jahren ein wertvolles in Leder gebundenes Buch mit Arbeiten Caspar David Friedrichs geschenkt. Unter anderem enthielt der Band auch den Abdruck eines Bleistichs vom Lilienstein, einem der wuchtigen Tafelberge des Elbsandsteingebirges. Unwillkürlich musste Henning an die Kreidefelsen auf Rügen denken, denen der Künstler mit einem seiner wohl berühmtesten Werke gleichfalls ein unvergessliches Denkmal schuf. Die sich für ihn daraus ergebende Verbindung seinen Fall betreffend, ließ ihn schmunzeln. Er hoffte, dass dies ein gutes Omen war. Seit langer Zeit wieder einmal gestattete er sich, ungestört seinen Gedanken nachzuhängen. Bergauf über vom Regen ausgespülte Pfade wandernd, die wild wuchernde Farne und ausuferndes Strauchwerk säumten, näherte er sich der Bastei. Auf ihrem Wahrzeichen, der steinernen Brücke, angekommen, die in mehreren Bögen eine felsige Schlucht überspannt, bot sich ihm ein atemberaubender Ausblick über das Elbtal und die Tafelberge des Elbsandsteingebirges. Mehrere Aussichtsplattformen, über abzweigende Stege zu erreichen, gaben den Blick auf gähnende Abgründe frei. Für Bergsteiger mochte dies ein Eldorado sein. Doch für jemanden, der unter Höhenangst litt, hinterließ die schwindelerregende Aussicht ein eher mulmiges Gefühl in der Magengegend. Auch bei Henning machte sich ein unangenehmes Ziehen, begleitet von einem weithin vernehmbaren Knurren bemerkbar. Es erinnerte ihn höchst unsanft daran, dass er heute noch nicht gefrühstückt hatte. Um dieses Versäumnis nachzuholen, lenkte der Kommissar seine Schritte zu dem in unmittelbarer Nähe gelegenen Hotelkomplex, an dem er erst vor kurzem vorbeigekommen war. Erschöpft ließ er sich an einem der zahlreichen, im Freien aufgestellten Tische nieder. Ein knallroter, mit Cola-Werbung beschilderter Schirm hielt die ersten, noch zaghaften Sonnenstrahlen von ihm fern. In seinem rechten Knie, das ihn in letzter Zeit häufig Beschwerden verursachte, stach es unangenehm. Henning versuchte den Schmerz zu ignorieren, erinnerte er ihn doch an jedes Einzelne seiner achtundsechzig Jahre, die er mittlerweile auf dem Buckel hatte. Mit einer unwirschen Handbewegung die düsteren Gedanken an seine eigene Vergänglichkeit vertreibend, sah er sich um. Bis auf einen älteren Herrn, der einige Tische von ihm entfernt bei einer Tasse Kaffee die Tageszeitung las, lag die Terrasse, auf der er Platz genommen hatte, verlassen in der Morgensonne. Ein Kellner kam, um ihm die Karte zu bringen und sich nach seinen Wünschen zu erkundigen. Seine bedenklichen Cholesterinwerte ignorierend, bestellte sich Henning eine Portion Spiegeleier mit Würstchen, dazu ein Kännchen Kaffee. Nachdem er sich genüsslich sein verspätetes Frühstück einverleibt hatte und die belebende Wirkung des Koffeins zu wirken begann, zog er voller Tatendrang sein Handy aus der Jackentasche, um Christabelle Kronstedts Nummer zu wählen. Wenig später war er mit ihr verbunden. Ohne lange Vorrede erkundigte sich Henning, ob David Küster Ende der Achtzigerjahre zu Besuch bei ihrer Familie war. Seine Gesprächspartnerin schien nachzudenken. Sekundenlang blieb es still in der Leitung. »Er hielt sich damals hin und wieder für ein paar Tage bei uns auf«, beschied ihm die Frau nach einer Weile.

Des Kommissars Herzschlag beschleunigte sich. Seine Handflächen fühlten sich mit einem mal ganz feucht an. »Nach all der inzwischen vergangenen Zeit kann ich mich jedoch nicht mehr auf jeden einzelnen seiner Aufenthalte besinnen.«

Henning präzisierte seine Frage. »Es geht mir um die letzten zwei bis drei Jahre vor der Wende. Können Sie mir sagen, ob David Sie in diesem Zeitraum besuchte?«

»Lassen Sie mich überlegen.« Erneut verstrichen einige Minuten, die dem Kommissar, der mit Ungeduld der Antwort entgegensah, wie Stunden erschienen. Nach einer Weile erhielt er die gewünschte Antwort. »Jetzt ist es mir wieder eingefallen«, ließ sich Christabelle Kronstedt erfreut vernehmen. »Es war achtundachtzig im Sommer. Ich weiß das deshalb so genau, weil ich mir am Tag nach Davids Abreise das Wadenbein brach.« Ein ausführlicher Bericht über die Umstände dieses Unfalls, der sie unfreiwillig für einige Wochen außer Gefecht setzte, schloss sich an. Doch Henning hörte nur noch mit halbem Ohr hin. Sein Verdacht hatte sich bestätigt. Sowohl das Jahr, als auch der Zeitpunkt passten perfekt. Almut Mierschs Worten zufolge traf Carmen ihre große Liebe in einer lauen Sommernacht. Nachdem er sich, um nicht unhöflich zu wirken, auch noch eine detaillierte Schilderung des Unfallhergangs und seiner Folgen anhörte, bedankte sich der Kommissar bei Christabelle Kronstedt für ihre Auskunft und beendete das Gespräch.

Mit einem Handzeichen gab er dem Kellner zu verstehen, dass er zahlen wolle. Kurz darauf befand er sich auf dem Rückweg. Obwohl sein Knie sich mehrmals schmerzhaft bemerkbar machte, schaffte er es, bis zur Mittagszeit wieder im Gasthof zu sein. Da er aufgrund seines verspätet eingenommenen und zudem äußerst üppig ausgefallenen Frühstücks noch keinen allzu großen Hunger verspürte, ließ er sich lediglich einen Teller Suppe auf sein Zimmer bringen. Während des Essens überlegte er sich, welche Konsequenzen sich aus seinem mit Christabelle Kronstedt geführten Gespräch ergaben. Er fragte sich, inwiefern ihm das Wissen, dass sich David Küster im Sommer achtundachtzig eine Zeit lang in Lohmen aufhielt, nutzen konnte. Daraus zu schlussfolgern, dass Carmen und er sich kannten lag zwar nahe, doch beweisen ließ es sich nicht – noch nicht.

Das Klingeln seines Handys riss ihn aus seinen Gedanken. Am anderen Ende der Leitung meldete sich Pascal Austen, um ihm mitzuteilen, dass er die Gästeliste erstellt hätte. »Wäre es Ihnen recht, wenn ich jetzt gleich vorbeikäme, um sie abzuholen?«, erkundigte sich Henning. »Es gibt da nämlich noch ein paar Punkte, über die ich mir im Unklaren bin und über die ich mich gerne noch einmal mit Ihnen unterhalten würde.«

11

Eine knappe halbe Stunde später saßen sich der Kommissar und Pascal Austen in dessen Büro gegenüber. Auf dem Weg zum Haus des Immobilienmaklers hatte Henning Zeit, sich eine Strategie zurechtzulegen. Auf gut Glück behauptete er über Informationen zu verfügen, woraus hervorging, dass Carmen und David einander kannten. Um seinen Worten Nachdruck zu verleihen, fügte er hinzu: »Herr Küster lernte Carmen bei einem seiner Besuche im Sommer achtundachtzig kennen. Die beiden hatten eine kurze, leidenschaftliche Affäre.« Während Henning sprach, ließ er Pascal Austen keinen Augenblick lang aus den Augen. Enttäuscht musste er jedoch feststellen, dass sich sein Gegenüber damit nicht aus der Reserve locken ließ. Nichts wies darauf hin, dass er davon wusste. Vielmehr schien er ehrlich betroffen. »Davon höre ich heute zum ersten Mal.«

Der Kommissar war enttäuscht. Sein Bluff, mit dem er herauszufinden hoffte, ob Pascal Austen von der Beziehung seiner Frau zu dem Geistlichen wusste und es ihm verschwieg, hatte sich als Luftnummer herausgestellt. Vielmehr sprach die Reaktion, mit welcher der Immobilienmakler die Nachricht aufnahm, für dessen Ahnungslosigkeit. Natürlich konnte er auch ein besonders guter Schauspieler sein. Das allerdings bezweifelte Henning. Nach seinem gescheiterten Versuch beschloss er, sich vorerst einem anderen Thema zuzuwenden. »Es würde mich interessieren, etwas über Ihre Herkunft zu erfahren. Mir ist lediglich bekannt, dass Sie kurz nach der Wende hier auftauchten, um das Erbe Ihres Großvaters anzutreten. Würde es Ihnen etwas ausmachen, mir zu verraten, was es damit auf sich hatte?«

Während Henning sprach, entging ihm nicht, dass sich Pascal Austens Züge bei seiner Frage verschlossen. »Ich verstehe nicht ganz, was meine Herkunft mit dem Fall zu tun haben könnte. Aber um Ihre Neugier zu befriedigen: Ich wurde 1965 in Hamburg geboren und verbrachte dort auch meine Kindheit. Als ich acht Jahre alt war, starb meine Mutter. Fortan führten wir einen sogenannten Männerhaushalt dem neben mir und meinem Vater mein Großvater angehörte. Wie Sie sich sicher vorstellen können, ging es da mitunter chaotisch zu. Glücklicherweise erlaubte es meines Vaters Geldbeutel, eine Haushälterin einzustellen. Als Großvater 1985 verstarb, hinterließ er uns neben seinem Testament auch eine Reihe von Papieren mit noch offenen Rückerstattungsansprüchen. Damals jedoch nutzten uns diese Dokumente herzlich wenig. Erst nach der Wende ergaben sie einen Sinn. Wie Sie ja wissen, bin ich Immobilienmakler. Schon von Berufs wegen lag es da auf der Hand, mich um die Angelegenheit zu kümmern.«

»Schön und gut«, ließ Henning sich vernehmen, der merkte, dass er so nicht weiter kam. »Ist Ihnen auch bekannt, wie es dazu kam, dass Ihr Großvater seine Besitzansprüche verlor?«

»Er wurde diffamiert!«

»Und weshalb, wenn ich fragen darf?«

Pascal Austens Gesicht verfärbte sich dunkelrot. Nur

mit größter Willensanstrengung gelang es ihm Ruhe zu bewahren. »Sagen Sie mir lieber, was Sie von mir hören wollen«, stieß er hervor. »Kann es sein, dass Ihnen eines dieser unverschämten Gerüchte zu Ohren kam, wonach mein Großvater seine erste Frau, eine Jüdin, und die beiden gemeinsamen Töchter vergasen ließ? Ist es das, worauf Sie anspielen?«

In seiner Erregung hatte Pascal Austen sich erhoben. Sein ganzes Wesen bestand aus Abwehr. »Das sind infame Unterstellungen! Nichts als Lügen! Die Leute brachten sie in Umlauf, weil sie es weder damals noch heute verkraften konnten, dass ich mir hier ein kleines Imperium aufgebaut habe. Sie missgönnen mir meinen Reichtum! Das ist alles. Nur deshalb setzten sie diese wüsten Gerüchte in die Welt, mit denen sie anfangs glaubten, mich von hier wieder vertreiben zu können. Aber indem ich blieb, habe ich ihnen allen einen Strich durch die Rechnung gemacht. Schließlich hat sich keiner aus unserer Familie je etwas Unehrenhaftes zu Schulden kommen lassen!«

Aufgebracht umrundete Carmens Mann den Schreibtisch, um sich bedrohlich groß vor dem Kommissar aufzubauen. »Anscheinend habe ich mich in Ihnen getäuscht. Gestern noch nahm ich an, Sie seien hergekommen, um auch das letzte Rätsel um den Tod meiner geliebten Frau zu lüften. Doch mittlerweile haben Sie mich eines Besseren belehrt. Ihnen liegt doch genau wie diesem Pack da draußen nur daran, mich schlecht zu reden. Ich hoffte, in Ihnen einen Verbündeten zu finden. Doch leider musste ich nun feststellen, dass dem nicht so ist.«

»Ich wollte Ihnen keineswegs zu nahe treten. Allerdings wüsste ich schon gern, was aus Ihrer Sicht der Dinge mit der ersten Familie ihres Großvaters geschah. Fest steht ja wohl, dass sie ihr Leben lassen mussten.«

»Aber gewiss nicht durch die Schuld meines Großvaters!«, entrüstete sich der Immobilienmakler. »Er versuchte bis zuletzt sie vor den Nazis in Sicherheit zu bringen. Dass es ihm nicht rechtzeitig gelang, ist nun wirklich nicht seine Schuld. Und dass er danach diesen Großauftrag an Land ziehen konnte, hat nicht das Geringste mit dem Verbleib seiner Familie zu tun«, fügte Pascal hinzu, bevor der Kommissar ihn unterbrechen konnte.

»Aber es ist doch wohl unbestritten, dass Ihr Großvater Mitglied der NSDAP war. Ich bin sicher, das ließe sich nachweisen, wenn ich es darauf anlegen würde«, zauberte Henning seinen letzten Trumpf aus der Tasche.

»Ich kann mich nicht erinnern, diese Tatsache bestritten zu haben«, hielt ihm Carmens Mann entgegen. »Allerdings verhielt es sich anders, als Sie annehmen. Mit diesem Schritt versuchte mein Großvater doch nur, seine Haut und die seiner Familie zu retten. Es war ein Schachzug. Indem er Hitlers Getreue glauben ließ, einer von ihnen zu sein, erhoffte er sich Sicherheit auch für seine Angehörigen. Als er erkennen musste, dass seine Rechnung nicht aufging, war es schon zu spät. Er konnte es nicht verhindern, dass man seine Frau und die Kinder in einen Hinterhalt lockte und ermordete.«

»Warum blieb er dann nach Kriegsende nicht hier, um diesen Irrtum aufzuklären?«

»Sie sind gut! Was glauben Sie denn, was die Russen

mit ihm gemacht hätten, wenn sie seiner habhaft geworden wären. Da wurde nicht lange gefackelt. Ich schätze er hätte noch nicht mal einen fairen Prozess bekommen. Zumal Carmens Vater damals den ganzen Ort gegen ihn aufgehetzt hatte. Mein Großvater konnte sich nirgends mehr sehen lassen. Was blieb ihm denn übrig?«

Henning sah ein, dass es zwecklos war, dieses Thema weiterzuverfolgen. Anscheinend gab es in dieser traurigen Angelegenheit zwei Wahrheiten. Welche die rechte war, würde er wohl kaum mehr herausfinden, wollte es auch nicht. Deshalb war er schließlich nicht hergekommen. Der Einzige, der Klarheit in die fürchterlichen Geschehnisse bringen konnte, hatte sein Wissen mit ins Grab genommen.

Sein Schweigen falsch deutend, fuhr ihn Pascal an: »Was soll das? Sind Sie nur deshalb hier, um von mir Rechenschaft über das Leben meines Großvaters zu verlangen? Wenn dem so ist, dann würde ich Sie bitten, mein Haus zu verlassen. Ich habe weiß Gott besseres zu tun, als mich und meine Familie beleidigen zu lassen.« Demonstrativ wies er zur Tür. Sein Gesicht glich einer versteinerten Maske.

»Ich gebe ja zu, übers Ziel hinausgeschossen zu sein«, entschuldigte sich Henning. »Lassen Sie uns das Thema wechseln, ich …«

»Sie scheinen mich nicht richtig verstanden zu haben«, ließ sich der Immobilienmakler vernehmen. Seine Stimme glich gefrorenem Eis. »Ich will, dass Sie auf der Stelle mein Haus verlassen.«

Henning brannten noch tausend Fragen auf der Zunge. Doch augenblicklich waren ihm die Hände gebunden. Angesichts seiner Situation blieb ihm nichts anderes übrig, als Pascal Austens Rauswurf zu akzeptieren. Schließlich war er mit keinerlei polizeilichen Befugnissen ausgestattet, die eine weitere Befragung rechtfertigten. Schlimmstenfalls musste er sogar damit rechnen, dass Carmens Mann seinem Unmut mit einem Anruf bei der örtlichen Polizeibehörde Luft machen würde. Henning wollte lieber nicht über mögliche Konsequenzen nachdenken. Zähneknirschend erhob er sich. In Gedanken schalt er sich einen Narren, weil er dem Drang, etwas über Anton Austen in Erfahrung zu bringen, nicht widerstehen konnte. Sein Verhalten ließ sich einfach nicht entschuldigen. Er hätte es besser wissen müssen. Doch nun war es zu spät, seine Chance vertan. Henning blieb nur noch mit dem letzten Rest der ihm verbliebenen Würde das Feld zu räumen. Seine offenen Fragen würden warten müssen.

In dem Moment, als er wieder auf der Straße stand und das schmiedeeiserne Tor hinter sich ins Schloss fallen hörte, wurde ihm endgültig klar, dass es sich für ihn nicht mehr öffnen würde.

Immerhin bewies er noch so viel Geistesgegenwart, vor Verlassen des Hauses die von Pascal Austen erstellte Gästeliste an sich zu nehmen. Zurück in seinem Zimmer, verglich er die Namen, die sie enthielt mit Albert Pirells Aufzeichnungen. Während er sie einander gegenüberstellte, fiel ihm auf, dass sich in seinen Unterlagen keinerlei Hinweis auf Wigald Austen, Pascals Vater fand. Vielmehr sah es ganz danach aus, als ob es Leonas Großvater – aus welchen Gründen auch immer – versäumt hätte, ihn zu befragen.

Sich von Carmens Mann zu sämtlichen auf der Liste aufgeführten Personen die Telefonnummern, sofern sie ihm bekannt waren, zu erbitten, war anscheinend gar nicht so dumm gewesen, fand Henning. Es ersparte ihm, die Auskunft zu bemühen. Kurzerhand wählte er die hinter Wigald Austens Namen angegebene Nummer. Nach mehrmaligem Läuten wurde der Hörer abgenommen. »Bei Austen«, meldete sich eine resolute Frauenstimme, von der Henning annahm, dass sie der von Carmens Mann erwähnten Haushälterin gehörte. Eine diesbezüglich gestellte Frage bestätigte seine Vermutung. Als er darum bat, mit ihrem Dienstherrn verbunden zu werden, wurde ihm mitgeteilt, dass Doktor Austen dienstlich unterwegs sei und nicht vor Mittwoch der nächsten Woche zurückerwartet wurde. Die Erwähnung des Doktortitels veranlasste Henning zu der Frage, worauf dieser sich bezog. Der Auskunft, das Wigald Austens akademischer Grad für Doktor der Pharmazie stand, maß er zunächst keine weitere Bedeutung bei.

Nachdem er das Telefonat beendet hatte, fand er, dass es an der Zeit sei, Zwischenbilanz zu ziehen. Wohl oder übel musste er sich dabei auch der Frage stellen, inwieweit ihn das, was er bisher herausgefunden hatte, in Hinblick auf die Mordfälle auf Rügen weiterbringen würde. Die Antwort darauf fiel ernüchternd aus. Die einzig verwertbare Spur, der nachzugehen in seinen Augen Sinn ergab, war Micha Kronstedt. Die Tatsache, dass er sowohl Carmen, als auch David kannte und sich zudem zurzeit nahe den Verbrechensschauplätzen aufhielt, veranlasste den Kommissar, sich auf ihn zu konzentrieren. Er musste ihn unbedingt sprechen. So wie die Dinge lagen, entschloss er sich, nach Lobbe zurückzufahren. Nachdem er seinen Koffer gepackt und das Zimmer bezahlt hatte, befand er sich bereits eine reichliche Stunde später mit seinem Wagen auf der Autobahn. Da sein Auto über eine Freisprechanlage verfügte, versuchte er während der Fahrt Leona zu erreichen, um ihr seine baldige Ankunft mitzuteilen. Als sie sich auf sein Klingeln hin jedoch nicht meldete, versuchte er sein Glück bei Peer. Dieser nahm schon nach dem ersten Läuten ab. Henning informierte ihn darüber, dass er auf dem Heimweg sei und lieferte ihm eine erste kurze Zusammenfassung der Geschehnisse.

12

Als Leona um kurz nach sechs vom Klingeln des Weckers aus dem Schlaf gerissen wurde, ahnte sie noch nicht, dass dieser Tag einer der bedeutendsten ihres Lebens werden würde. Nachdem sie sich angezogen und gefrühstückt hatte, fuhr sie zum Fährhafen nach Mukran, wo sie sich bereits tags zuvor nach den Abfahrtszeiten der Fähren erkundigt hatte. Aufgrund der am Terminal erhaltenen Auskunft entschied sich Leona für die angebotene Tagestour zur dänischen Ostseeinsel Bornholm. Sich für eines der zur Wahl stehenden Ausflugsziele zu entscheiden, war ihr nicht leicht gefallen. Nicht minder reizvoll hätte sie es gefunden, nach Trelleborg überzusetzen und von dort aus mit dem Bus nach Ystad zu den Verbrechensschauplätzen von Henning Mankells Kriminalromanen zu fahren, um den Spuren Kurt Wallanders zu folgen.

Pünktlich stach die weiße Fähre in See. Sich seinen Weg durch die gichtschäumenden Ostseewellen bahnend, bot das, mit dem blauen Logo der Skandinavischen Reederei versehene Schiff, einen beeindruckenden Anblick. Vom Oberdeck aus beobachtete Leona, wie sich der Abstand zur Küste schnell vergrößerte. Die Kreidefelsen leuchteten in der Morgensonne. Bald schon kamen der Königsstuhl und das Kap in Sicht. Solange das Festland noch zu sehen war, umkreisten nimmersatte Möwen das Schiff. Versonnen sah Leona einem kleinen Jungen dabei zu, wie er sie mit Stückchen von seinem Frühstücksbrot fütterte. Von der Sonne geblendet, schirmte sie ihre Augen mit der Hand ab, um zu beobachten, wie sich die hungrigen Vögel in teils waghalsigem Flug auf die Krümel stürzten. Tief atmend füllten sich ihre Lungen bis in die Spitzen hinein mit der salzigen Seeluft. Der Wind spielte mit ihrem Haar und blies es ihr ins Gesicht. Um es zu bändigen, entnahm Leona ihrer Umhängetasche eine Schildpattspange. Damit beschäftigt, ihr rötlich gelocktes Haar aufzustecken, entgingen ihr die bewundernden Blicke der Männer an Bord. Mit ihrem, die Figur betonenden Shirt und der hautengen Jeans hätte man sie aufgrund ihrer Größe und ihrer perfekten Körpermaße problemlos für ein Model halten können. Anstatt sich jedoch darum zu kümmern, welche Aufmerksamkeit sie erregte, sah sie, über die Reling gebeugt, mit verträumtem Blick dem sich entfernenden Festland hinterher. Erst als die Insel nur mehr als Stecknadelkopf am Horizont auszumachen war, ging sie, mit Rücksicht auf ihre empfindliche Haut, die schnell zu Sonnenbrand neigte, unter Deck. Nach einer Sitzgelegenheit Ausschau haltend, entdeckte sie im Mitteldeck, gegenüber dem Duty Free Shop noch einen freien Fensterplatz. Er befand sich ganz vorn. Erfreut steuerte die junge Frau ihn an und ließ sich auf dem mit blauem Plüsch bezogenen Sitz nieder. Während Leona die Umhängetasche vom Arm nahm, um sie auf ihrem Schoß zu deponieren, überlegte sie sich, ob sie für die Zeit der Überfahrt ihre Nase in eine der eigens für diesen Zweck mit an Bord genommenen Fachzeitschriften stecken, oder lieber dem spannenden Medizinthriller von Robin Cook den Vorrang geben sollte. Sie entschied sich für Letzteres. Die medizinischen Abhandlungen konnten warten. Sie zu lesen, hatte sie auf der Rückfahrt noch ausgiebig Zeit. Sich in ihre Lektüre vertiefend, nahm sie kaum wahr, wie die Zeit verging. Kurz bevor die Fähre im Hafen von Rønne, dem mit vierzehntausend Einwohnern größten Ort der Insel, anlegte, hatte sie es geschafft, ihr Taschenbuch durchzuschmökern.

Die nächsten dreieinhalb, vier Stunden, waren dem Landgang vorbehalten. Das Erste, was Leona erblickte, als sie von Bord ging, war die, inmitten alter Häuser malerisch gelegene, laut ihrem Reiseführer in Teilen noch aus dem vierzehnten Jahrhundert stammende Sankt-Nikolai-Kirche. Nachdem sie das Hafengelände verlassen hatte, folgte sie einer Pflasterstraße, die sie ins gleichfalls sehenswerte Stadtzentrum brachte. Die junge Frau staunte über die vielen kunstvoll gestalteten Fensterauslagen der am Wegrand stehenden Häuser, die mit ihrem teils antiquarischem Anstrich kunstvollen Stillleben glichen.

Leona war entzückt. Entlang des Gehwegs, an die Fassaden der Häuser geschmiegt, blühten prächtige Malven, deren Handteller große Blütenköpfe sich sanft im Wind wogen. Schon nach wenigen hundert Metern hatte sie das Ortszentrum erreicht. Es wurde von einem vor ihr liegenden Platz geprägt, auf dem ein bunter Wochenmarkt abgehalten wurde. Auf der gegenüberliegenden Straßenseite befand sich eine Bank. Kurz entschlossen steuerte Leona sie an, um einen Teil ihrer Barschaft in dänische Kronen zu tauschen. Wenig später erstand sie an einem der Marktstände ein Eis, das zwar für deutsche Verhältnisse sündhaft teuer war, dafür aber lecker schmeckte. Für das restliche Geld kaufte sie in einem der angrenzenden Souvenirläden zwei mundgeblasene Kerzenständer und eine Packung lachsfarbener Kerzen, die als Mitbringsel für Henning gedacht waren. Nachdem sie die Einkäufe in ihrer Umhängetasche verstaut hatte, erkundete sie den Rest des Ortes. Rønne erinnerte sie an ein verschlafenes mittelalterliches Seefahrerstädtchen. Hier schien die Hektik der modernen Zeit noch nicht angekommen zu sein. Selbst von den verheerenden Spuren, die ein russischer Luftangriff im letzten Krieg, wie im Reiseführer vermerkt, hinterlassen hatte und bei dem große Teile der Stadt zerstört wurden, war kaum noch etwas zu bemerken. Leona hätte noch stundenlang auf dem reizvollen Eiland verweilen mögen, doch ein Blick auf ihre Uhr verriet ihr, dass es Zeit war, an Bord zurückzukehren.

Vom Oberdeck der Fähre aus sah sie wenig später die Insel am Horizont verblassen. Wieder unter Deck, kaufte sie sich im Duty Free Shop eine große Flasche Mineralwasser. Die Seeluft hatte sie durstig gemacht. Ihr Magen meldete sich gleichfalls, um zu signalisieren, dass er, abgesehen von dem Eis, seit Stunden nichts mehr bekommen hatte. Nachdem Leona sich wieder auf dem Fensterplatz vom Morgen niedergelassen hatte, entnahm sie ihrer Umhängetasche ein in Stanniol gewickeltes Päckchen, das zwei mit Salami- und Gurkenscheiben belegte Brötchen enthielt. Als ihr Hunger gestillt war, hielt die junge Frau es für unumgänglich, sich nun endlich dem Studium der beiden mitgenommenen

Fachzeitschriften zu widmen. Eine wissenschaftliche Arbeit aus dem Jahr 1998 erregte ihre Aufmerksamkeit. Der Verfasser war ihr unbekannt. Das, worüber er schrieb, war jedoch wie eine Offenbarung für Leona, der es plötzlich wie Schuppen von den Augen fiel. Geschockt ließ sie die Zeitschrift sinken. Ihre Gedanken überschlugen sich. Das Ganze war derart erschreckend und zugleich so einleuchtend, dass sie es im wahrsten Sinne des Wortes mit der Angst zu tun bekam. Ihre Hände begannen unkontrolliert zu zittern.

Die Antwort lag nicht in der Abhandlung. Diese hatte ihr lediglich als Denkanstoß gedient. Die junge Frau spürte, wie sich ihr Puls beschleunigte. Sie musste unbedingt mit einem Apotheker sprechen. Angela Endler, eine Studienfreundin, die in der Nähe von Braunschweig eine kleine Apotheke betrieb, fiel ihr ein. In fliegender Hast begann Leona in ihrer Tasche nach dem Handy und ihrem Terminplaner, von dem sie hoffte, dass er Angelas Telefonnummer enthielt, zu suchen. Unter E nachschlagend wurde sie fündig. Mit zitternden Händen tippte sie die Zahlenkombination ein. Die erhoffte Verbindung jedoch blieb aus. In ihrem Eifer hatte die junge Frau nicht einkalkuliert, dass sich so weit draußen auf dem Meer nur schwerlich eine Funkverbindung aufbauen ließ. Ein Blick auf ihre Armbanduhr zeigte ihr an, dass sie erst in einer reichlichen Stunde im Heimathafen einlaufen würden. Die Zeit bis zur Ankunft der Fähre lief Leona wie ein eingesperrtes Tier auf und ab. Sie konnte es gar nicht erwarten, wieder festen Boden unter den Füßen zu verspüren, um sich Gewissheit zu verschaffen. Immer wieder versuchte sie aufs Geradewohl ihr Glück. Kurz bevor das Schiff anlegte, kam die ersehnte Funkverbindung zustande. Von starkem Rauschen überschattet, vernahm sie Angela Endlers Stimme. Nachdem sie sich hastig gemeldet hatte, versuchte Leona ihren Verdacht in Worte zu fassen. Aufgrund des daraufhin herrschenden Schweigens befürchtete sie schon, die Verbindung sei unterbrochen worden. Aufatmend hörte sie, wie Angela sich nach dem Stoff erkundigte.

»Es geht um Kalium. Kannst du mir sagen, was das ist?«

»Das ist ein Grundstoff«, ließ die Pharmazeutin sich vernehmen, »der sich in unseren Zellen befindet.«

Weil ihr die Antwort zu allgemein ausfiel, hakte Leona nach »Das begreife ich nicht. Wie ...«

»Um es mal ganz einfach auszudrücken«, versuchte Angela ihr zu erklären, »es gibt einen gewissen Kaliumspiegel in den menschlichen Zellen. Der ist für uns lebensnotwendig. Wenn wir sterben, muss man sich das so vorstellen, dass unsere Zellen dann anfangen auszulaufen, sie lecken, wenn du weißt, was ich meine ... In kürzester Zeit, ich würde sagen, schon innerhalb von ein oder zwei Stunden, steigt der Kaliumspiegel in der Flüssigkeit, die die Zellen umgibt, beträchtlich an. Das ist ein sicheres Indiz dafür, dass jemand, um es ganz einfach auszudrücken, tot ist.«

Leona spürte, wie ihr Adrenalinspiegel nach oben schoss. »Wenn ich dich eben richtig verstanden habe, dann ist es also keinesfalls aufsehenerregend, sondern vielmehr ganz normal, dass der Kaliumspiegel außerhalb jeder Zelle nach dem Tod ansteigt?«

»Genau. Das Fatale an der Sache ist, dass dieser Spiegel auch dann ansteigt, wenn jemand dem Körper, dem lebenden wohlgemerkt, Kalium zuführt. Infolge dessen kommt es zum Herzstillstand.«

»Aber man muss diesen Stoff doch irgendwie nachweisen können. Ich ...«

»Hast du denn nicht zugehört, was ich eben sagte«, unterbrach die Apothekerin Leonas Erklärungsversuche. »Wenn jemand an einer Kaliuminjektion stirbt, dann ist die Todesursache nicht nachweisbar. Es sei denn, er landet unmittelbar, nachdem er gestorben ist auf dem Obduktionstisch. Verstreicht jedoch mehr als eine Stunde, dann wird der erhöhte Kaliumspiegel dem Tod an sich zugeschrieben.«

Die erhaltene Auskunft wog schwer. »Kannst du mir mal verraten, wo um alles in der Welt ich diesen Giftstoff herbekomme?«

»Kalium ist kein Gift! Jeder Mensch, der sich normal ernährt, verleibt es sich ganz zwangsläufig ein. Natürlich nicht in großen Mengen versteht sich.«

»Aber wie, ich meine woher ...?«

»Du willst wissen, woher du es bekommst? Ganz einfach. Du kannst es in der Apotheke kaufen. Obwohl«, verbesserte sich Angela, »das ist wohl nicht ganz korrekt. Das was verkauft wird, ist Kaliumchlorid. Und wenn du das in die Blutbahn injizierst, dann spaltet es sich in Kalium- und Chlor-Ionen, um es mal ganz lapidar auszudrücken. Dabei darf die Lösung, in die Kaliumchlorid gemischt wird nicht zu stark sein. Anderenfalls würden die Blutgefäße in Mitleidenschaft gezogen. Kannst du mir noch folgen?«, erkundigte sich Angela, nachdem es auf ihre Ausführungen hin sekundenlang still in der Leitung geblieben war.

»Das ist alles so unheimlich. Ich weiß gar nicht was ich denken soll. Jahrelang schon versuche ich erfolglos dem Geheimnis des Todes zweier junger Menschen auf die Spur zu kommen. Und dann, so mir nichts, dir nichts, präsentiert sich die mögliche Lösung in einer derart simplen Form, die ich niemals vermutet hätte. Du musst entschuldigen. Aber das muss ich erst einmal verdauen. Wird dieses Mittel häufig verschrieben?«

Angela gab ein kurzes gequältes Lachen von sich. »Es wird nicht verschrieben. Du bekommst es rezeptfrei.«

»Was!?«

Ohne auf den ungläubigen Aufschrei ihrer Freundin einzugehen, schränkte die Apothekerin ein: »So weit mir bekannt ist, haben es aber nur wenige Apotheken auf Lager. Lass mich kurz im Computer nachschauen, dass ich dir nichts Falsches sage. Das kann allerdings ein paar Minuten dauern. Vielleicht sollten wir erst einmal auflegen. Du könntest nachher noch einmal zurückrufen, einverstanden?«

Selbst im Hinblick auf die mit Sicherheit horrende Telefonkostenrechnung bestand Leona darauf, zu warten, bis sie sich kundig gemacht hatte. Ihre Erregung hatte mittlerweile ein Stadium erreicht, welches keinerlei weitere Verzögerungen duldete. Sie musste endlich wissen, woran sie war. In ihrer grenzenlosen Nervosität begann sie an ihren Fingernägeln zu kauen. Das hatte sie seit ihrer Schulzeit nicht mehr getan.

Voller Ungeduld wartete sie darauf, dass Angela sich zurückmeldete. Schon Minuten später wurde der Hörer am anderen Ende der Leitung wieder aufgenommen. Mit starkem Rauschen vermischt, vernahm Leona die Stimme ihrer Freundin. »Ich habe herausgefunden«, verkündete diese ihr, »dass es da außerdem noch ein kaliumchloridhaltiges Infusionspräparat gibt. Patienten mit Kaliummangel werden damit behandelt. Ich schätze mal, dass die meisten Intensivstationen es vorrätig haben.«

»Lass mich noch einmal zusammenfassen«, bat Leona. »Nur um zu sehen, ob ich das jetzt auch richtig verstanden habe. Wenn mir jemand eine Spritze mit ausreichenden Mengen verdünnten Kaliums verpasst, dann sterbe ich. Würde man meinen Leichnam dann nicht innerhalb der nächsten Stunde obduzieren, könnte man lediglich feststellen, dass ich tot bin, nicht jedoch woran ich starb, ist das soweit korrekt?«

»Allerdings.«

»Willst du mir damit zu verstehen geben, dass es unmöglich ist, einen Beweis zu erbringen?«

Die Apothekerin dachte kurz nach. »Ich würde natürlich nach Einstichstellen suchen. Aber das müsstest du doch besser wissen als ich. Schließlich bist du von uns beiden die Rechtsmedizinerin.«

»Glaubst du, ich hätte das nicht bedacht? Aber es gab keine. Weder meinem Großvater noch Doktor Probst ist diesbezüglich etwas aufgefallen.«

»Willst du damit etwa andeuten, selbst keine der Leichen obduziert zu haben?«

»Ich habe mich darauf verlassen, was im Autopsiebericht stand ...«

»Ja dann.«

»Was heißt hier ja dann. Glaubst du etwa, einer der beiden Männer hätte geschlampt? Das kannst du vergessen. Ich würde meine Hand dafür ins Feuer legen, dass sie das Vorhandensein von Einstichstellen erwähnt hätten, wenn sie ihnen aufgefallen wären. Dafür war ihnen die Angelegenheit viel zu wichtig. Jedoch …«, brach Leona, nachdenklich geworden, ab. Ihr war eingefallen, dass in keinem der Obduktionsberichte vermerkt war, dass man den Leichen die Köpfe rasiert hatte. »Möglicherweise hat der Mörder ihnen das Mittel in die Schläfen gespritzt. Das wäre zwar ungewöhnlich, aber denkbar. Anscheinend zogen weder mein Großvater noch Doktor Probst diese Möglichkeit in Betracht. Zu meiner eigenen Schande muss ich gestehen, dass auch ich sie bisher außer Acht ließ. Ich denke wir können davon ausgehen, dass die Schläfenpartie nicht nach Einstichstellen untersucht wurde. Bei Carmen Austen und bei Lea Goldbach müssen wir den Beweis wohl schuldig bleiben. Aber mit ein wenig Glück, liegt Lisa Ahrens noch in der Rechtsmedizin. Im Anschluss an unser Gespräch werde ich Doktor Probst anrufen, um mich zu vergewissern.«

Leona wollte sich gerade bei ihrer Freundin bedanken, als ihr noch etwas einfiel. »Sag mal, hinterlässt Chlor denn keine Spuren?«

»Im Gegensatz zu Kalium, ist eine Steigerung bei den Chloreinheiten weder gefährlich noch auffällig. Wenn ich es recht bedenke, dann ist das wirklich eine Möglichkeit für den perfekten Mord. Ich gehe aber mal davon aus, dass eine Kaliumbestellung in der Apotheke auffällt. Schon mal deshalb, weil das eher ungewöhnlich ist.

Aber der Mörder kann sich seine teuflischen Zutaten ja auch anderweitig besorgt haben. Denk bloß mal an die vielfältigen Möglichkeiten im Internet. Vielleicht hat er sich das Zeug ja auch im Ausland besorgt? Wer weiß?«

»Genauso gut könnte es auch ein Kollege von dir sein«, mutmaßte Leona.

»Oder von dir«, konterte Angela. Meiner Meinung nach ist es kaum möglich, den in Betracht kommenden Personenkreis einzugrenzen.«

»Warum entschied er sich ausgerechnet für Kalium? Kannst du dir das erklären?«

»Ich schätze mal, er wollte damit seine Überlegenheit demonstrieren. Jemand mit niedrigem Intellekt steckt da mit Sicherheit nicht dahinter. Das muss ein eiskalt planender Psychopath sein. Nach dem, was du mir erzählt hast, drängt sich mir zumindest dieser Eindruck auf. Außerdem spricht dafür, dass er seine Opfer betäubt hat, bevor er sie umbrachte.«

Leona bedankte sich bei ihrer Freundin für deren Hilfe. Nachdem sie ihr versprochen hatte, sie über den Stand der Dinge auf dem Laufenden zu halten, beendete sie das Telefonat. Ein Blick auf ihre Armbanduhr verriet ihr, dass bis zum Einlaufen der Fähre noch genügend Zeit war, um Doktor Probst von ihrer Entdeckung Mitteilung zu machen. Sie versuchte es zuerst im Institut. Als dort niemand abnahm, probierte sie es unter der Privatnummer des Pathologen. Sie hatte Glück. Er war zu Hause. Alarmiert hörte er sich an, was sie ihm zu berichten hatte. Aufgrund der Tatsache, dass sich mittlerweile das LKA in den Fall eingeklinkt hatte, sollten Lisa Ahrens sterbliche Überreste am nächsten Tag nach Greifswald überführt werden. Doch noch lagen sie bei ihm. Doktor Probst sicherte seiner Kollegin zu, den Leichnam nochmals nach Einstichstellen im Schläfenbereich hin zu untersuchen. Dass er nicht auf den Gedanken kam, sie zu rasieren, war darauf zurückzuführen, dass er dieser Möglichkeit bisher schlichtweg keine Beachtung geschenkt hatte. Doch noch war glücklicherweise Zeit, Versäumtes nachzuholen. Der Rechtsmediziner versprach, sich bei Leona zu melden, sobald er Näheres in Erfahrung gebracht hatte.

13

Von dem soeben Gehörten noch völlig benommen, verließ Leona inmitten der an Land strömenden Menschenmenge die Fähre. Sie war keines klaren Gedankens fähig. Erst als sie auf den verglasten Durchgang zusteuerte, der das Fährterminal mit Fahrstuhl und Treppenhaus verband, begann sich das in ihrem Kopf herrschende Chaos ein wenig zu lichten. Sie versuchte Henning zu erreichen, um ihn an ihrer sensationellen Entdeckung teilhaben zu lassen. Es schaltete sich jedoch nur seine Mailbox ein, um ihr mitzuteilen, dass der gewünschte Teilnehmer momentan nicht erreichbar sei. Nachdem der Aufzug sie zusammen mit einer Hand voll Mitreisenden zum Ausgang gebracht hatte, ging Leona zu ihrem Auto. Während sie in Richtung Mönchgut fuhr, versuchte sie erneut Henning zu erreichen. Kurz nach einundzwanzig Uhr traf sie in Lobbe ein. Als die junge Frau in den von der Hauptstraße abzweigenden Feldweg einbog, sah sie schon von weitem den dunkelblauen Polo des Kommissars in der Einfahrt seines Grundstücks stehen. Wie sich herausstellte, war er kurz vor ihr eingetroffen. Sein Handy lag ausgeschaltet im Handschuhfach seines Wagens.

Leona war erleichtert und froh ihn wieder zu sehen. Während sie in der hereinbrechenden Dämmerung nebeneinander zum Haus gingen, erzählte ihm die Rechtsmedizinerin, was sie herausgefunden hatte.

»Und deshalb«, schloss sie ihren Bericht, »warte ich nun darauf, dass Doktor Probst sich zurückmeldet, um mir meinen Verdacht zu bestätigen.« Henning, der ihr schweigend zugehört hatte, schüttelte ungläubig den Kopf. »Was Sie mir erzählt haben, klingt in meinen Ohren nach dem perfekten Mord.«

Erschüttert holte der Kommissar seinen Schlüsselbund hervor, um die Haustür aufzusperren. »Ich denke, Peer sollte so schnell wie möglich davon erfahren. Ich werde ihn anrufen.«

Die Umhängetasche überm Arm, folgte ihm Leona in die Küche. Der Kommissar steuerte den dort stehenden Telefonapparat an und wählte die Privatnummer seines Freundes. Nachdem die Verbindung zustande gekommen war, bat Henning ihn vorbeizukommen.

Wenig später saßen sie sich zu dritt am Küchentisch gegenüber. Um ihrer wachsenden Unruhe Herr zu werden und gleichzeitig etwas Nützliches zu tun, hatte Leona einen Teller mit belegten Broten angerichtet und eine Kanne Kräutertee gekocht. Ausgehungert langten die beiden Männer zu. Auch Leona nahm sich eine der Schnitten. Noch während sie an den letzten Resten ihres Wurstbrotes kaute, klingelte ihr Handy. Doktor Probst war am Apparat. Er rief an, um ihren Verdacht zu bestätigen. »Nach unserem Gespräch, habe ich mir Lisa Ahrens noch einmal auf den Tisch geholt. Auf ihr Anraten hin, habe ich sie rasiert und ihre Schläfenpartien nach Einstichstellen hin untersucht. Was soll ich sagen. Sie hatten recht! Exakt einen Zentimeter hinter dem Haaransatz, in unmittelbarer Nähe eines an dieser Stelle sitzenden Leberflecks, fand ich die Einstichstelle. Ohne ihren Hinweis wäre sie mir nie und nimmer aufgefallen.« Er wirkte zerknirscht. Es war ihm anzumerken, dass es an seiner Ehre kratzte, nicht selbst herausgefunden zu haben, woran die Frauen starben. Andererseits war er erleichtert, den Fall abschließen zu können. Bevor er auflegte, bedankte er sich für ihre Hilfe.

Nachdem Leona das Telefonat beendet hatte, erzählte sie den beiden Kriminalbeamten, was sie erfahren hatte.

Im Anschluss daran berichtete sie von ihrem Gespräch mit ihrer Freundin, der Apothekerin. Als sie geendet hatte, herrschte betretenes Schweigen. Während Peer sich nachdenklich am Kopf kratzte, massierte Henning wieder einmal seine Nasenwurzel. Leona indes blickte mit großen Augen ins Leere. Unzählige Male schon hatte sie sich in Gedanken ausgemalt, wie es sich anfühlen würde, endlich hinter das Geheimnis des Todes von Carmen Austen und David Küster gekommen zu sein. Doch anstelle der vermuteten Euphorie machte sich tief in ihrem Inneren eine gähnende, schwarze Leere breit. Und wenn sie ehrlich zu sich selbst war, wusste sie auch den Grund dafür. Der soeben erbrachte Beweis bestätigte schließlich definitiv, dass Carmen und David ermordet wurden. Weil die von ihrem Großvater durchgeführte Obduktion mehr offene Fragen als schlüssige Antworten erbrachte, bestand bislang keine Notwendigkeit, den Fall noch einmal aufzurollen. Aufgrund der sich ihr damals bietenden und ihrer Meinung nach offensichtlichen Beweislage ging die Polizei davon aus, dass David, nachdem er Carmen getötet, Selbstmord begangen hatte. Zum wohl tausendsten Mal stand ihr das Tatortfoto vor Augen. Obwohl sie sich anfangs einzureden versuchte, das Rätsel um die Todesursache der beiden nur ihrem Großvater zuliebe herausfinden zu wollen, wusste sie es besser. Der Fall hatte sie derart in seinen Bann gezogen, dass sie ihn längst schon zu ihrer persönlichen Chefsache erkoren hatte.

»Wer tut so etwas und warum?«, fragte Peer mit brüchiger Stimme in die lastende Stille hinein. »Und weshalb die anschließende Verstümmelung, wenn die Frauen bewiesenermaßen doch schon tot waren? Da auch ein Sexualverbrechen definitiv ausgeschlossen werden kann, frage ich mich, welche Beweggründe es geben könnte, um solch eine Tat zu verüben. Hat einer von euch eine Idee?«

»Wie wäre es mit Hass?«, fragte Leona.

»Hass«, hakte Peer, das Wort wie zähes Fleisch in die Länge ziehend, nach. »Darf ich fragen, was Sie zu dieser Annahme veranlasst?«

»Ich denke, um zu solch einer Tat fähig zu sein, muss man einen geradezu unbändigen Zorn in sich verspüren …«

»Das geradezu akribische Vorgehen, mit dem der Täter die Morde plant und ausführt, lässt mich diese Möglichkeit anzweifeln«, mischte sich Henning, der bisher als stummer Zuhörer fungierte, in das Gespräch ein. »Eine blindwütig verstümmelte Leiche sieht anders aus – das könnt ihr mir glauben. Ich vermute eher, dass hier ein eiskalt vorgehender Psychopath am Werk war. Einer, der nichts dem Zufall überlässt.«

»Was hat eigentlich deine Reise in die Sächsische Schweiz erbracht?«, fragte ihn Peer, der mittlerweile seinen Widerstand aufgegeben hatte, einen Zusammenhang zwischen den Taten zu vermuten.

Henning schlug sein Notizbuch auf, um seine wichtigsten Erkenntnisse stichpunktartig zusammenzufassen. Am Ende seines Berichts angekommen, erkundigte er sich bei Peer, ob dieser inzwischen wisse, wo sich Micha Kronstedt aufhielt.

Sein Freund nickte. »Ich konnte herausfinden, dass er seine Ferien in der Pension ›Störtebecker‹, unweit des Meereskundemuseums verbringt.«

»Glaubst du noch immer, es sei Zeitverschwendung, ihn zu verhören?«

»Es hat nichts damit zu tun, was ich glaube, sondern vielmehr damit, dass ab sofort nicht mehr ich, sondern meine Kollegen vom LKA diese Entscheidung zu treffen haben. Dort nämlich ruht unser Fall seit heute Morgen. Anscheinend traut man uns nicht zu, dass wir den Täter auch ohne Verstärkung von oben zu fassen bekommen.« Obwohl er versuchte neutral zu klingen, war eine gewisse Bitterkeit in seiner Stimme unüberhörbar. »Von mir erhoffe dir also nicht allzu viel. Wenn, dann solltest du dich an Doktor Beyer wenden. Er ist der neue Leiter der für diesen Fall gegründeten Soko. Offen gestanden ist mir schon lange kein derart selbstgefälliger und obendrein arroganter Schnösel mehr untergekommen. Der glaubt mit seinem Doktortitel die Weisheit in Tüten gekauft zu haben – ein typischer Schreibtischtäter und Paragrafenreiter eben. Ich schätze mal, dir werden solche Typen hinlänglich bekannt sein.«

Henning nickte. Er verstand, was sein junger Freund anzudeuten versuchte. Diese Erkenntnis verbot seinerseits jeglichen Versuch, mit Peers Vorgesetzten zu kooperieren. Schließlich befand er sich mit seinen, auf eigene Faust gestarteten Ermittlungen in einer Grauzone jenseits jeglicher Gesetzlichkeit. Nur zu gut kannte er die Gefahren, die sein eigenmächtiges Handeln in sich bargen. Er wusste genau, dass das Eis, auf dem er sich bewegte, dünn war. So hauchdünn, dass es jederzeit nachgeben und ihn zur Aufgabe zwingen konnte.

»Wie es aussieht, wird mir wohl nichts anderes übrig bleiben, als morgen auf eigene Faust nach Stralsund zu fahren, um mir Micha Kronstedt vorzuknöpfen.«

»Was dagegen, wenn ich mitkomme?«, erkundigte sich Leona. »Ich wollte schon immer mal dem Meereskundemuseum einen Besuch abstatten. So eine günstige Gelegenheit kommt so schnell bestimmt nicht wieder. Als kleines Dankeschön lade ich Sie anschließend zum Mittagessen ein.«

Das ließ sich Henning nicht zweimal sagen. Nur allzu bereitwillig nahm er Leonas Angebot an. Er fühlte sich geschmeichelt. Ein Blick auf Peer verriet ihm, dass dieser liebend gerne mit ihm getauscht hätte. Die Art und Weise, wie er sie die ganze Zeit über ansah, sie mit seinen Augen regelrecht verschlang, sprach schließlich Bände. Allerdings konnte Henning sich beim besten Willen nicht vorstellen, das Leona an Peers stämmiger, wenn auch gutmütiger Erscheinung Gefallen finden könnte. Andererseits kannte er die junge Frau, die seit ein paar Tagen unter seinem Dach weilte, zu wenig, um das einschätzen zu können. Als hätte Peer seine Gedanken erraten, errötete er. Um seine Verlegenheit zu überspielen, erhob er sich, um sich zu verabschieden.

Nach einem Blick auf die Uhr zog es auch Leona vor, nach oben zu gehen. Die Seeluft und die Aufregung der letzten Stunden hatten dafür gesorgt, dass sie sich kaum noch auf den Beinen halten konnte.

Lange, nachdem die beiden gegangen waren, saß Henning noch vor sich hingrübelnd am Küchentisch. Seine Gedanken kreisten um die tödlichen Injektionen. Irgendetwas schien er wieder einmal übersehen zu haben. Aber es wollte ihm nicht einfallen. Ein Blick auf die Küchenuhr zeigte ihm an, dass unbemerkt von ihm schon seit mehreren Minuten der neue Tag begonnen hatte. Angesichts der späten Uhrzeit beschloss er gleichfalls schlafen zu gehen.

14

Das Klingeln seines Weckers riss ihn unsanft aus dem Schlaf. Benommen stellte er ihn ab. Sein zerwühltes Bett zeugte davon, dass er schlecht geschlafen hatte. Doch dafür war ihm im Laufe der Nacht wieder eingefallen, woran er sich am Abend zuvor erfolglos zu erinnern versuchte. Es war ein an sich unbedeutendes Detail. Etwas, dem er im ersten Moment keinerlei Bedeutung beigemessen hatte. Doch nun im Zusammenhang mit den Morden betrachtet, erschien ihm die Tatsache, dass Pascal Austens Vater Apotheker war, keineswegs mehr als nebensächlich oder gar belanglos. Obwohl er nicht daran glaubte, dass sich diese Spur als aufschlussreich erweisen könnte, wollte er es nicht versäumen ihr nachzugehen. Dass Wigald Austen in Hamburg wohnte, kam ihm gelegen. Schließlich hatte er selbst lange Jahre in der Hansestadt seinen Dienst versehen. Unwillkürlich musste er an Anouschka, seine leider viel zu früh verstorbene Frau denken, die er auf einem der zahlreichen Hafenfeste kennen gelernt hatte. Während seine Gedanken wehmütig abschweiften, entrang sich seiner Brust ein tiefer Seufzer. Obwohl seine Frau seit nunmehr schon zwanzig Jahren unter der Erde lag, schmerzte die Erinnerung an sie noch immer. Schließlich war Anouschka seine erste und einzige große Liebe. Deshalb konnte er sich auch gut vorstellen, wie es in Carmen ausgesehen haben mochte, wie tief verletzt und verzweifelt sie gewesen sein musste. Mit einer energischen Handbewegung versuchte er die Gedanken an die Vergangenheit zu verscheuchen. Er lebte im Hier und Heute. Und da gab es schließlich Wichtigeres, als sentimentalen Erinnerungen nachzuhängen. Gestern war vergangen und vorbei. Er musste endlich lernen, diese Tatsache zu akzeptieren.

Um auf andere Gedanken zu kommen, griff er sich sein Notizbuch, um darin die Nummer von Erich Kröger, einem Freund und Kollegen aus seiner Hamburger Zeit, nachzuschlagen. Trotz all der seither vergangenen Jahre zeigte Erich sich aufrichtig erfreut, von Henning zu hören. Die nächsten Minuten verbrachten die beiden Männer damit, alte Erinnerungen aufzufrischen. Im Laufe des weiteren Gesprächs kam Henning dann auf den Grund seines Anrufs zu sprechen. Nachdem er Erich einen Überblick über die bisherigen Geschehnisse geliefert hatte, bat er ihn, Erkundigungen über die Austens einzuholen. »Jedes noch so unbedeutende Detail könnte wichtig sein«, schärfte ihm Henning ein. Sein Kollege versprach sich umzuhören.

Als der Kommissar das Telefonat beendet hatte, ging er, vom Duft frisch gebrühten Kaffees angelockt, nach unten. Schon von weitem hörte er Leona in der Küche mit Geschirr klappern. Als Henning in der Tür erschien, hatte sie bereits den Tisch gedeckt und den Toaster bestückt. Auch der Kaffee stand schon bereit und wartete nur noch darauf, ausgeschenkt zu werden. Angenehm überrascht ließ Henning sich am Küchentisch nieder. Er konnte sich nicht erinnern, wann er das letzte Mal derart verwöhnt worden war. Leona, die ihm gegenüber

Platz genommen hatte, sah aus wie das blühende Leben. Sie trug ein geblümtes Sommerkleid auf dessen dünnen Trägern sich rötlich schimmernd die üppige Fülle ihres gelockten Haars ergoss. Ein durchs Fenster hereinfallender Sonnenstrahl verlieh ihm einen kupferfarbenen Glanz. Hingerissen von ihrem Anblick, wünschte sich Henning die Zeit zurückdrehen zu können. Gleichzeitig war er viel zu sehr Realist, um zu wissen, dass die junge Frau sich auch dann nicht in ihn verlieben würde, wenn er zehn Jahre jünger wäre. Aber davon zu träumen, dachte er schmunzelnd, war schließlich nicht verboten. Gerade so, als hätte Leona seine Gedanken erraten, trafen sich ihre Blicke. Der Kommissar fühlte sich ertappt und wurde rot. Er konnte sich nicht darauf besinnen, wann ihm so etwas zuletzt widerfahren war. Um die für ihn peinliche Situation zu entschärfen, erkundigte er sich nach den heutigen Plänen seines Gastes.

Nachdem Leona in diesem Zusammenhang die Einladung zum Mittagessen erneuert hatte, vereinbarten sie, sich gegen zwölf am Meereskundemuseum zu treffen, um gemeinsam nach einer geeigneten Gaststätte Ausschau zu halten.

Schon wenig später befanden sie sich auf dem Weg nach Stralsund. Leona, um etwas für ihre Bildung zu tun und der Kommissar, um Micha Kronstedt aufzusuchen. Wegen der geschlossenen Bahnschranken endete ihre Fahrt nahe Baabe erstmals im Stau. In eine graue Nebelwolke getaucht, kam ihnen der ›Rasende Roland‹ entgegen. Obwohl schon kurz danach die Durchfahrt wieder freigegeben wurde, kamen sie nur zögerlich voran. Und daran änderte sich auch nichts, bis sie das

Stadtgebiet von Stralsund erreicht und Henning seinen Gast am Meereskundemuseum abgesetzt hatte. Als er mit seinem Wagen hinter der nächsten Straßenecke verschwunden war, reihte sich Leona ergeben in die mehrere Meter lange Schlange ein, die sich trotz des sonnigen Wetters vor dem Museumseingang gebildet hatte.

Der Kommissar indes hielt ein paar Querstraßen weiter Ausschau nach der nahe dem Katharinenkloster gelegenen Pension, in der er, laut der von Peer erhaltenen Auskünfte, Micha Kronstedt anzutreffen hoffte.

Nachdem Henning die mit Blick auf den Knieperteich gelegene Herberge gesichtet hatte, rangierte er seinen Polo in eine der wenigen noch freien Parklücken auf der gegenüberliegenden Straßenseite ein. Die neu erbaute Pension, die mit ihrem Namen an Störtebecker, den ›Wolf der Meere‹ erinnerte, machte einen gediegenen Eindruck. Am Eingang kam Henning ein großer, breitschultriger Mann entgegen. Es hätte nicht viel gefehlt und er wäre mit ihm zusammengestoßen. Als der Kommissar sich von seinem Schreck erholt hatte, betrat er die, im Inneren nicht minder gepflegte Herberge, deren Boden bernsteinfarbene Marmorfliesen bedeckten. An den in sonnigem Gelb gehaltenen Wänden hingen effektvoll in Szene gesetzte Landschaftsaufnahmen, welche die Insel im Wandel der Jahreszeiten darstellten. Hinter einer gemütlichen Sitzgruppe, die aus einer hellen Ledercouch und mehreren dazu gehörenden Sesseln bestand, gab ein, von zwei riesigen Fächerpalmen begrenztes Panoramafenster, den Blick auf den Knieperteich frei. Nachdem Henning sich beeindruckt umgesehen hatte, begab er sich zur Rezeption, um sich zu erkundigen, ob Micha Kronstedt auf seinem Zimmer sei. Das junge Mädchen, welches hinter dem Empfangstresen seinen Dienst versah, ließ ihn wissen, dass der von ihm Gesuchte gerade gegangen sei. »Eigentlich«, so mutmaßte sie, »hätte er Ihnen begegnet sein müssen.«

Das soeben Gehörte ließ Henning davon ausgehen, dass damit nur der Mann gemeint sein konnte, mit dem er vor wenigen Augenblicken beinahe zusammengestoßen wäre. Eilig verließ er die Herberge. Als er wenig später wieder auf der Straße stand, sah er, wie jener Mann, von dem er annahm, er sei Micha Kronstedt, im Begriff war, in einen schwarzen Mercedes mit dunkel getönten Scheiben einzusteigen. Die Straße überquerend lief Henning schnellen Schrittes auf ihn zu. »Herr Kronstedt?«

Verwundert wandte der so Angesprochene sich ihm zu.

»Sie sind doch Micha Kronstedt?«, vergewisserte sich der Kommissar. Die Richtigkeit seiner Annahme wurde ihm durch ein kaum wahrnehmbares Kopfnicken bestätigt. Henning, der sich ihm daraufhin als Polizeibeamter vorstellte, registrierte erleichtert, dass sein Gegenüber sich mit dieser Antwort zufrieden zu geben schien. Er verzichtet sogar darauf, sich seinen Ausweis zeigen zu lassen.

»Habe ich etwa vergessen, einen Strafzettel zu bezahlen oder stand ich zu lange im Halteverbot?«, erkundigte er sich stattdessen.

»Ich komme nicht wegen eines Verkehrsdelikts, sondern um mich mit Ihnen über Carmen Austen zu unterhalten.« Noch während er sprach, konnte der Kommissar beobachten, wie Micha Kronstedt unter seiner Bräune blass wurde.

Ein Laster donnerte lautstark an ihnen vorüber. Mit Blick auf die belebte Hauptstraße schlug Henning vor, das Gespräch an einem ruhigeren Ort fortzusetzen. »Könnten wir uns in der Pension unterhalten?«

Micha blieb nichts anderes übrig, als zuzustimmen. Auf seinem Zimmer angekommen, ließ er sich dem Kommissar gegenüber in einem der beiden bequemen dunkelblauen Clubsessel nieder. »Wie haben Sie mich überhaupt gefunden?«, erkundigte er sich. »Schließlich weiß nicht einmal meine Mutter, wo ich mich derzeit aufhalte.«

»Um das herauszubekommen, ist ja schließlich die Polizei da. Aber wie Sie schon richtig vermuteten, haben wir uns bei Ihrer Mutter nach Ihnen erkundigt. Als wir von ihr erfuhren, dass Sie in Stralsund seien, war der Rest reine Routine.«

»Und nur weil Sie mit mir über Carmen reden wollen, haben Sie sich die Mühe gemacht mich aufzuspüren?«, fragte er ungläubig.

»Der Grund ist weitaus brisanter. Aber dazu später. Zunächst einmal geht es mir um Ihr Verhältnis zu Carmen Austen und David Küster. Soviel ich weiß, waren Sie mit beiden befreundet«, kam Henning auf sein eigentliches Anliegen zu sprechen. Micha Kronstedt nickte, sagte jedoch nichts. »Mich würde interessieren, warum Sie der Polizei damals verschwiegen haben, dass die beiden einander kannten. Warum diese Geheimniskrämerei?« Die Reaktion auf seine Frage ließ erkennen, dass er ganz offensichtlich einen wunden Punkt berührt hatte. Dass es ihm gelungen war, Micha Kronstedt damit aus der Fassung zu bringen, veranlasste Henning zu der berechtigten Hoffnung, mit seiner Vermutung – denn mehr war es ja bisher nicht – ins Schwarze getroffen zu haben. Endlich kam Bewegung in die Sache, begann sich der wahre Hintergrund abzuzeichnen. Wie schon des Öfteren bemühte er in diesem Zusammenhang den Vergleich mit einem Puzzlespiel. Auch dort schloss sich am Ende der Kreis, sprich das fertige Bild, wenn es gelang, die entsprechenden Teile in der richtigen Reihenfolge aneinanderzufügen.

Als Reaktion auf Micha Kronstedts beharrliches Schweigen erkundigte sich Henning, ob es ihm die Sprache verschlagen habe.

»Ich weiß gar nicht was Sie wollen! Um mir zu unterstellen, etwas verheimlicht zu haben, hätte man mich doch wohl erst einmal befragen müssen. Das jedoch war nicht der Fall.«

»Wenn Sie dabei auf ein polizeiliches Verhör anspielen, mögen Sie recht haben. Ich jedoch spreche von Albert Pirell, jenem zu dem Fall hinzugezogenen Rechtsmediziner, der der Sache auf eigene Faust nachging. Aus seinen, mir vorliegenden Unterlagen geht hervor, dass Sie von ihm befragt wurden. Es fand sich darin auch der Vermerk, dass Sie damals angaben, nichts von einem Verhältnis der beiden gewusst zu haben.«

»Und wenn schon! Was spielt das für eine Rolle? Ich kann mir ohnehin nicht vorstellen, was die Polizei dazu veranlasst, sich nach dreizehn Jahren noch immer dafür zu interessieren. Sollten Sie nichts Besseres zu tun haben?« Seiner Frage war anzumerken, dass er sich in die Enge getrieben fühlte.

Doch Henning ließ sich nicht davon beeindrucken. »Ich kann Ihnen gerne sagen, warum dieser Fall für uns plötzlich wieder von Bedeutung ist. Dank eines außergewöhnlichen Zufalls ist es uns gelungen, die Todesursache von Carmen und David herauszufinden. Anhand dieser Tatsache müssen wir davon ausgehen, dass derselbe Täter, auf dessen Konto diese beiden Morde gingen, erneut zuschlug. Wiederum auf jene Weise. Um Sie ins Bild zu setzen, ich spreche von den Frauenmorden auf Rügen. Ich nehme an, Sie haben davon gehört?«

Während Micha Kronstedt abermals nickte, machten sich hektische rote Flecken auf seinem Gesicht bemerkbar. Seine Hände strichen unruhig über den Stoff seiner teuren Sommerhose. »Und was bitte schön soll ich mit der ganzen Sache zu tun haben?«, erkundigte er sich mit brüchiger Stimme.

Wie er so vor ihm saß, machte er auf Henning einen verunsicherten Eindruck. Überhaupt entsprach Micha Kronstedt, wenn er ehrlich sein sollte, nicht im Geringsten seinen Erwartungen. Aufgrund der von Almut Miersch geschilderten Persönlichkeit hatte sich der Kommissar einen unscheinbaren, mit Pickeln übersäten Langweiler vorgestellt. Doch diese Einschätzung wurde dem Mann, der ihm gegenüber saß überhaupt nicht gerecht. Vielmehr traf das genaue Gegenteil zu. Hennings Meinung nach konnte Carmens Verehrer nicht viel älter als Mitte der dreißig sein. Micha Kronstedt besaß ein markantes Gesicht, das von kastanienbraunem, seitlich gescheiteltem Haar umgeben war. Seine tief liegenden Augen und die schmale, leicht gebogene Nase verliehen seinen Zügen etwas Geheimnisvolles. Gleichzeitig ging etwas Trotziges von seinem fest aufeinander gepressten schmallippigen Mund aus. Ohne kräftig zu sein, wirkte er durchtrainiert. Seine muskulösen Oberarme, die sich unter dem kitschig bunten Sommerhemd, das er trug, abzeichneten, ließen erahnen, dass er Kraftsport betrieb. Ähnlich wie Pascal Austen, verfügte auch er über einen tadellos in Schuss gehaltenen Körper. Henning fiel auf, dass die beiden Männer dem Typ nach sogar eine gewisse Ähnlichkeit aufwiesen. Nachdem er seine Betrachtungen beendet hatte, fuhr er mit seiner Befragung fort. »Nun mal ernsthaft, warum haben Sie damals verschwiegen, dass Carmen und David einander kannten?«

»Habe ich das?«, versuchte Micha Kronstedt von dem ihm unangenehmen Thema abzulenken.

Der Kommissar spürte Wut in sich aufsteigen. »Jetzt hören Sie mal gut zu, es geht hier nicht um irgendein belangloses Verbrechen sondern um Mord! Entweder Sie sagen mir jetzt, was Sie wissen, oder ich lasse Sie höchstrichterlich vorladen!«

Seine Drohung schien zu fruchten.

»Ich gebe zu«, bekannte Micha Kronstedt, seinen Widerstand aufgebend, »dass die beiden sich durch mich kennengelernt haben. Bei einem seiner Besuche begleitete David mich zu unserem alljährlich stattfindenden Sommerfest. Ich war dort mit Carmen verabredet. Kaum hatte ich die beiden miteinander bekannt gemacht, schienen sie nur noch Augen füreinander zu haben. Können Sie sich vorstellen wie mir zumute war? Schließlich gehörte Carmen doch zu mir. Ich hatte nicht vor, sie mit jemandem anderen zu teilen, schon gar nicht mit David. An jenem Abend jedoch waren mir die Hände gebunden. Ich musste tatenlos mit ansehen, wie die beiden schamlos miteinander flirteten. In diesem Augenblick schien ich für sie gar nicht mehr zu existieren. Irgendwann verloren sie sich im Gedränge. Ich konnte sie nirgendwo mehr finden. Als David dann gegen Morgen nach Hause kam, schwärmte er mir unentwegt von Carmen, seiner, wie er es ausdrückte, ersten großen Liebe, vor. Obwohl ich rasend vor Eifersucht war, versuchte ich mir nichts anmerken zu lassen. Um mich zu beruhigen, hielt ich mir vor Augen, dass unser Gast in wenigen Stunden abreisen und Carmen mir dann wieder ganz allein gehören würde. So zumindest dachte ich. Aber die mit David verbrachte Nacht schien schwerer zu wiegen, als anfangs von mir angenommen. Carmen hatte sie sich verändert. Von diesem Tag an war nichts mehr wie vorher. Dennoch versuchte ich mir einzureden, dass alles gut werden würde. Irgendwann würde Carmen vergessen. Dafür wollte ich schon sorgen.«

»Und wie, wenn ich fragen darf, wollten Sie das anstellen?«

»Ganz einfach! Ich musste mich nur darum kümmern, dass ihre füreinander bestimmten Briefe nicht beim Empfänger ankamen. Um das zu erreichen, fuhr ich nach Pirna zur damaligen SED-Kreisleitung. Dort angekommen, brauchte ich David nur noch zu denunzieren, ihm zu unterstellen, er plane, Carmen zur Republikflucht zu überreden.

Um noch glaubwürdiger zu erscheinen, behauptete ich, dass die beiden an einem Fluchtplan arbeiten würden. Das war zwar erlogen, aber es wirkte. Schließlich fuhr ich mit dem Wissen nach Hause, dass ihr Briefkontakt boykottiert werden würde. Was im Klartext bedeutete, dass die Briefe der beiden an der Grenze abgefangen und vernichtet würden. Außerdem hatte das Ganze den unschätzbaren Vorteil, dass David mit sofortiger Wirkung die Einreise in die DDR verweigert wurde. So hatte ich endlich Ruhe vor ihm und brauchte nicht mehr zu befürchten, dass er mir gefährlich werden und meine Zukunftspläne mit Carmen gefährden könnte.«

Henning konnte nicht glauben, was er da soeben zu hören bekam. Angewidert fragte er sich, wie ein Mensch zu so viel Niedertracht fähig sein konnte.

»Wissen Sie überhaupt, was Sie den beiden damit angetan haben? Außerdem würde mich interessieren, weshalb Sie dauernd den Eindruck zu erwecken versuchen, dass Carmen Ihr Mädchen war? So viel mir bekannt ist, waren Sie beide doch lediglich gute Freunde.«

»Mag sein, dass wir nie ein Liebespaar waren. Aber das lag nur daran, dass mir erst David und später dann dieser Pascal Austen dazwischenfunkte. Ich beging den unverzeihlichen Fehler, Carmen nicht rechtzeitig zu gestehen, was ich für sie empfinde. Mit etwas mehr Mut wäre sicher alles anders gekommen und mit ein wenig Glück wäre sie heute meine Frau.«

»Tja, das liebe Wörtchen wäre. Wenn es das nicht gäbe, sähe unser Leben mit Sicherheit anders aus. Aber leider existiert es nun einmal. Anstatt mit dem, einem jeden von uns auferlegten Schicksal zu hadern, sollten wir lieber versuchen es anzunehmen und das Beste daraus zu machen. Und Fakt ist nun einmal, dass Carmen Ihnen zu keiner Zeit berechtigte Hoffnungen machte.

Ich finde es daher äußerst hinterhältig, um nicht zu sagen schäbig, was Sie ihr und David angetan haben.«

»Sie können das nicht verstehen. Keiner kann das! Ich bin beinahe verrückt geworden vor Schmerz! Carmen verkörperte all meine Wünsche. Ich vergötterte sie! Ich hätte den Boden auf dem sie ging, küssen mögen, doch sie, was tat sie? Hatte nichts Besseres zu tun, als mich zu hintergehen, zu demütigen und zu betrügen! Carmen wusste meine Liebe schamlos auszunutzen!«

Micha hatte sich in Rage geredet. Die hektisch roten Flecken auf seinem Gesicht hatten sich verstärkt. Henning musste sich angewidert abwenden. Er glaubte keinen Augenblick länger in dieses selbstherrliche Gesicht sehen, die Anwesenheit dieses arroganten Widerlings ertragen zu können. Ohne sein Dazutun ballten sich seine im Schoss ruhenden Hände zu Fäusten. Am liebsten wäre er aufgestanden und gegangen. Doch noch gab es Fragen, die einer Antwort harrten.

Obwohl es ihn große Überwindung kostete, erkundigte sich Henning nach jenem Tag des Jahres 1990, an dem David Küster unerwartet aufgetaucht war. »Können Sie sich noch des Abends besinnen, als er plötzlich vor Ihrer Tür stand?«

»Wie könnte ich den jemals vergessen. Schließlich war es Carmens Hochzeitstag, ihr standesamtlicher wohl gemerkt. Die kirchliche Trauung sollte am darauffolgenden Tag stattfinden. In meiner Verzweiflung versuchte ich meinen Schmerz zu ertränken. Als ich gegen Mitternacht sternhagelvoll nach Hause kam, nahm ich nur noch verschwommen wahr, dass wir Besuch hatten. Ohne Rücksicht auf meinen gehörigen Kater schickte meine Mutter mich am nächsten Morgen zum Bäcker, um Brötchen zu holen. Dort erfuhr ich, dass unser Pfarrer erkrankt sei.«

»Und um sich an den beiden zu rächen«, ergänzte Henning, »schlugen Sie vor, die kirchliche Trauung der Austens von David übernehmen zu lassen. Sie haben ihn ins offene Messer rennen lassen. Ich schätze mal, er wusste nicht, wem sein Segen gelten sollte, stimmt's?«

»Allerdings. Es war meine Art der Rache. Ich dachte, in die entgeisterten Gesichter der beiden zu sehen, während sie vorm Altar stünden, würde mich für die mir angetane Schmach entschädigen.«

»Aber dem war nicht so?«

»Nein, die erhoffte Genugtuung blieb aus. Ich fühlte mich einfach nur leer und ausgebrannt ...«

»Und weil Ihnen das, was Sie da angerichtet hatten noch nicht weit genug ging, der erwartete Kick ausblieb, beschlossen Sie, die beiden zu töten. So war es doch!«

»Aber nein! Wie kommen Sie denn darauf!«, empörte sich Micha. »Natürlich war es nicht so. Ich bin doch kein Mörder! Es kostete mich beinahe den Verstand, als ich erfuhr, dass Carmen umgebracht worden war!«

Henning glaubte ihm kein Wort. Statt sich weiter mit, für seine Begriffe fadenscheinigen Unschuldsbeteuerungen abspeisen zu lassen, erkundigte er sich bei seinem Gegenüber danach, wo er den Abend und die darauffolgende Nacht des achtzehnten Juli verbracht habe. »Unseren Informationen zufolge, bezogen Sie am Montag, dem vierzehnten Juli, Ihr hiesiges Quartier.« Micha schien nachzudenken. »Ich nehme mal an, ich war auf meinem Zimmer.«

»Es lediglich anzunehmen, nützt uns nicht viel. Haben Sie Zeugen, die das bestätigen können?« Unruhig geworden, rutschte Micha auf der Kante seines Sessels hin und her. Er verbarg irgendetwas, so viel war Henning klar.

»Ich muss Sie wohl nicht erst daran erinnern, welche Priorität wir dem Fall beimessen«, ermahnte er ihn. »Schließlich geht es um mehr als ein dreizehn Jahre zurückliegendes Verbrechen. Das, worüber wir im Moment sprechen, betrifft die Frauenmorde auf Rügen. Sicher können Sie sich vorstellen, welche Konsequenzen eine Falschaussage nach sich zieht. Sollte sich herausstellen, dass Sie für die Tatzeit kein Alibi besitzen, sind wir angesichts unserer derzeitigen Erkenntnisse dazu berechtigt, Sie in Untersuchungshaft zu nehmen.«

Wieder einmal legte Henning die Dinge so aus, wie sie ihm im Moment am geeignetsten erschienen. In Wirklichkeit besaß er aufgrund der gegen Micha Kronstedt sprechenden Indizien keinerlei rechtliche Handhabe, seinen Drohungen auch die entsprechenden Taten folgen zu lassen. Aber das wusste sein Gegenüber ja glücklicherweise nicht. Und wenn es nach Henning ging, sollte das auch so bleiben. Sich wegen seines außergewöhnlichen Vorgehens Gedanken zu machen oder gar Skrupel deswegen zu bekommen, lag ihm fern. Wenn er sich in seiner mehr als vierzigjährigen Dienstlaufbahn stur an die vorgeschriebenen Richtlinien gehalten hätte, würde mit Sicherheit so manche Straftat noch heute ihrer Aufklärung harren. Der Kommissar brauchte dabei nur an das als Selbstmord getarnte Verbrechen an Cora Birkner, einer erfolglosen Krimiautorin aus Auerbach zu denken. Wenn er den bereits ad acta gelegten Fall nicht auf eigene Faust wieder aufgerollt, sondern sich, wie seine Kollegen, mit den augenscheinlichen Tatsachen zufrieden gegeben hätte, wäre er niemals aufgelöst worden. Dass es ihm gelang, die wahren Hintergründe erst nach seiner Pensionierung aufzudecken, spielte dabei keine wirklich wichtige Rolle für ihn. Was zählte, war das Ergebnis. Und im Fall von Cora Birkner rechtfertigte dieses sein Vorgehen. Warum sollte es diesmal anders sein? Ungewöhnliche Situationen erforderten nun einmal ungewöhnliche Methoden und Maßnahmen. Das war sein Leben lang seine Devise gewesen und er hatte nicht vor, jetzt davon abzuweichen.

»Also, zu Ihrem eigenen Besten rate ich Ihnen noch einmal genau nachzudenken, wo Sie sich am Abend des achtzehnten Juli aufhielten und ob es nicht doch jemanden gibt, der Ihre Angaben bestätigen kann.«

Während Henning sprach, bemerkte er, wie Micha Kronstedt mit fahrigen Bewegungen seine zunehmende Unruhe zu überspielen versuchte. Es war ihm sichtlich unangenehm, auf die ihm gestellte Frage zu antworten. »Sie müssen wissen«, begann er, nachdem er sich entschieden hatte sein Schweigen zu brechen, »dass ich eine leitende Stellung in einem angesehenen Pirnaer Bankhaus inne habe. Daher bitte ich Sie, meine folgende Aussage mit der nötigen Diskretion zu behandeln. Kann ich mich darauf verlassen?«

»Kommt ganz darauf an, um was es geht. Das kann ich Ihnen so nicht versprechen.«

»Also gut«, gab sich Micha geschlagen. »Irgendwann, fürchte ich, erfahren Sie ja ohnehin, dass ich die vorangegangenen Nächte mit Prostituierten und Zufallsbekanntschaften verbrachte. Das ist auch der eigentliche Grund, weshalb ich herkam; um mich einmal so richtig auszutoben …«

Henning wunderte sich über gar nichts mehr. Was er verwerflich fand, war nicht etwa, dass Micha Kronstedt sich mit Prostituierten einließ, das hätte er ihm nachsehen können. In seinen Augen lag die Schandtat seines Gegenübers vielmehr darin, was er Carmen angetan hatte. Henning zückte seinen Stift: »Ich gehe mal davon aus, dass Ihnen zumindest der Name jener Dame, mit der Sie den Abend und die Nacht des achtzehnten Juli verbrachten, bekannt ist?«

»Sie sind gut! Weshalb hätte ich mich danach erkundigen sollen? Mir ging es lediglich darum, ihre Dienste in Anspruch zu nehmen. Mir ihren Namen nennen zu lassen, hielt ich für überflüssig. Ich hätte ihn ohnehin nicht behalten. Tut mir leid. Aber diesen Beweis muss ich Ihnen schuldig bleiben.«

»Aber Sie werden doch sicher noch wissen, wo Sie die Damen kennengelernt haben. Ich würde Ihnen empfehlen, Ihre grauen Zellen anzustrengen. Je präzisere Angaben Sie uns liefern können, umso leichter ist es für uns, Ihr Alibi zu überprüfen.«

Noch während Micha Kronstedt des Kommissars Worten nachhing, reichte dieser ihm einen mit seiner Handynummer versehenen Zettel. »Hier, für den Fall, dass Ihnen noch etwas einfällt.«

Weil es von seiner Seite aus im Moment keine weiteren Fragen gab, erhob er sich, um sich zu verabschieden. Widerwillig ergriff er die ihm zum Gruß hingehaltene

Rechte des jungen Mannes. Sein Händedruck fühlte sich feucht und schwammig an. Genauso, wie Henning es erwartet hatte. Die Klinke schon in der Hand, drehte er sich noch einmal um. »Wie lange wollen Sie noch bleiben?«, erkundigte er sich.

Micha Kronstedt schien unschlüssig. »Ich habe das Zimmer bis zum kommenden Sonnabend gemietet. Aber nach dem, was ich soeben erfahren habe, kann es auch gut sein, dass ich schon eher abreise …«

»Das bleibt Ihnen überlassen. Allerdings muss ich darauf bestehen, über Ihre Pläne informiert zu werden. Meine Telefonnummer haben Sie ja. Es könnte durchaus sein, dass wir Sie noch einmal befragen müssen.«

15

Auf der Suche nach einer geeigneten Gaststätte, fiel ihre Wahl auf eines der einladenden Straßencafés die sich am Alten Markt, in der Nähe des im gotischen Stil erbauten Stralsunder Rathauses befanden. Nachdem Leona und Henning sich an einem der wenigen noch freien, von einem Sonnenschirm überdachten Tische niedergelassen und ihre Bestellung aufgegeben hatten, berichtete der Kommissar von seinem Gespräch mit Micha Kronstedt. Leona hörte ihm aufmerksam zu. Auch sie schien fassungslos und angewidert über die Kaltblütigkeit, mit welcher der junge Mann die aufkeimende Liebe von Carmen und David zu zerstören wusste. Dass er auch im Nachhinein keinerlei Reue zeigte, schien ihr bezeichnend für seinen Charakter zu sein. »Glauben Sie, dass er es war?«

Henning überlegte. Das Erscheinen des Kellners, der zwei beschlagene, mit Zitronenscheiben und Eiswürfeln versehene Gläser Mineralwasser vor ihnen platzierte, gab ihm Zeit zum Nachdenken.

Als die Bedienung sich wieder entfernt hatte, versuchte er, den von Micha Kronstedt gewonnenen Eindruck in Worte zu kleiden. »Ich kann mich sicher täuschen«, gab er zu bedenken, »aber nach allem, was dieser Kerl von sich gab und wie er sich dabei benahm, würde ich es ihm schon zutrauen. Ein Alibi musste er auch schuldig bleiben. Für die Polizei wäre es sicher kein Problem, seine Angaben zu überprüfen. Wie ich herausfinden könnte, mit wem er besagte Nächte verbrachte, ist mir im Moment noch nicht so recht klar.«

»Wäre es nicht ratsam, Peer von Ihrem Gespräch zu unterrichten? Ich denke, die bisher gewonnenen Erkenntnisse sollten eine Überprüfung von Micha Kronstedt rechtfertigen. Ich kann mir nicht vorstellen, dass seine Vorgesetzten das anders sehen könnten. Ich zumindest finde die soeben gehörten Neuigkeiten höchst alarmierend.«

Während der Kellner sich ihrem Tisch mit dem Essen näherte, das aus zwei großen Portionen Seezunge bestand, versuchte Henning, Leonas Rat beherzigend, Peer auf dessen Handy zu erreichen.

Nachdem die von starkem Rauschen überschattete Verbindung zustande gekommen war, lieferte er seinem Freund eine kurze Zusammenfassung des mit Micha Kronstedt geführten Gesprächs. Peer, der schweigend zugehört hatte, ließ ihn wissen, dass er zu einer dienstlichen Lagebesprechung nach Stralsund unterwegs sei. Ein Blick auf seine Armbanduhr verriet, dass ihm noch etwas Zeit zur Verfügung stand. Aufgrund der Informationen und der Aussicht, Leona wiederzusehen, ließ er sich von Henning den Weg zur Gaststätte beschreiben.

Kommissar Lüders hatte gerade seinen letzten Bissen der ihm vorzüglich mundenden Seezunge in den Mund geschoben, als er Peer, der sich ihnen aus Richtung des Marktplatzes näherte, entdeckte. Nachdem der Polizeibeamte sich zu ihnen gesetzt und sich gleichfalls ein eisgekühltes Mineralwasser bestellt hatte, erkundigte er sich bei Henning nach weiteren Einzelheiten seines

Treffens mit Micha Kronstedt. Während er aufmerksam zuhörte, drehte er nachdenklich das Wasserglas in seinen Händen. »Da könnte was dran sein«, gestand er dem Kommissar zu, als dieser mit seinem Bericht geendet hatte. »Ich würde dir ja wirklich gerne helfen«, räumte er ein. »Allerdings weiß ich nicht so recht, wie ich meinem Vorgesetzten erklären soll, wie ich auf die Spur von Micha Kronstedt kam? Spätestens da müsste ich nämlich Farbe bekennen und zugeben, dass ich dich unerlaubterweise in den Fall eingeweiht und mit internen Informationen versorgt habe. Das wiederum könnte zur Folge haben, dass ich mit sofortiger Wirkung von dem Fall suspendiert werde. Eine Dienstaufsichtsbeschwerde, die sich auf die Preisgabe von hoch brisanten Ermittlungsergebnissen beruft, wäre wahrscheinlich noch die mildeste Strafe, die ich zu erwarten hätte. Unabhängig davon, wie hilfreich sich dein Dazutun in dieser Angelegenheit erweisen sollte.«

»Heißt das«, erkundigte sich Henning, »dass wir nicht mit deiner Unterstützung rechnen können?«

Peer war verlegen. Mit einer unwirschen Bewegung fuhr er sich mit dem Handrücken über die Stirn, um sich den Schweiß, der ihm in Strömen übers Gesicht lief, abzuwischen. Bevor er etwas erwidern konnte, mischte sich Leona in das Gespräch der beiden Männer ein.

»Was halten Sie davon, sich auf mich zu berufen?«

Peer warf ihr einen erstaunten Blick zu. »Können Sie mir verraten, was Sie darunter verstehen?«

»Ganz einfach«, beschied ihm Leona, »Ihrem Vorgesetzten gegenüber geben Sie an, durch mich von der Existenz Micha Kronstedts erfahren zu haben. Sie könnten mich während eines Gesprächs bei Doktor Probst kennengelernt haben. Mein Wissen um die vor dreizehn Jahren verübten Morde und der von mir vermutete Zusammenhang mit den jetzigen Taten haben Sie dazu bewogen, sich von mir die Akten meines Großvaters auszuleihen, um der Sache auf eigene Faust nachzugehen. Sie könnten geltend machen, dass Ihnen Micha Kronstedt anhand der Unterlagen verdächtig erschien. Deshalb riefen Sie ihn an. Von seiner Mutter erfuhren Sie, dass er sich zurzeit in Stralsund aufhalte. Das habe Sie natürlich stutzig gemacht und so weiter und so fort …«

»Genial! Das ist einfach genial!«, rief Henning. Auch Peer fand die Idee grandios. Nichtsdestotrotz kratzte es an seinem Stolz, nicht von selbst darauf gekommen zu sein. »Genauso machen wir es«, bestimmte Kommissar Lüders. »Wenn du es schlau genug anstellst, kann dir gar nichts passieren. Um auf Nummer sicher zu gehen, rufe ich nachher bei Doktor Probst an, um auch ihn zu instruieren. Nur für den Fall«, räumte er ein, »dass einer deiner Vorgesetzten auf den Gedanken käme deine Angaben nachzuprüfen. Allerdings rechne ich nicht damit, dass er unseren Plan durchkreuzen könnte.«

»Also gut!«, stimmte Peer zu. »Ich werde sehen, was ich machen kann. Drückt mir die Daumen, dass es mir gelingt, meinen Chef davon zu überzeugen, eine Überprüfung von Micha Kronstedts Alibis anzuordnen. Wenn wir ihn erst einmal in der Zange haben, dürfte es für ihn nicht mehr so leicht sein, sich mit fadenscheinigen Beteuerungen herauszureden.« Ein Blick auf seine Uhr veranlasste Peer, sich schleunigst zu erheben. »Was? Schon so spät!«, stieß er hervor. »Wenn ich mich nicht beeile, dann fängt die Zusammenkunft noch ohne mich an.« Schon im Gehen begriffen, drehte er sich noch einmal um. »Hast du Micha Kronstedt eigentlich mal danach gefragt, ob er sich ›Romeo und Julia‹ angesehen hat?«, erkundigte er sich.

»Mist! Das habe ich doch glattweg vergessen! Allmählich scheine ich wirklich zu alt für diesen Job zu werden«, musste sich Henning eingestehen. »Tut mir leid! Wie es aussieht, wirst du das selbst herausfinden müssen. Ich wünsche dir viel Glück! Ruf mich an, wenn es etwas Neues gibt.«

16

Um den Fall aus nächster Nähe weiterverfolgen zu können, ließ sich Leona auf der Heimfahrt nur allzu bereitwillig dazu überreden, auch für den Rest ihres Urlaubs Hennings Gastfreundschaft in Anspruch zu nehmen.

Während sie den Nachmittag am Strand verbrachte, ließ der Kommissar in Gedanken noch einmal sein Gespräch mit Micha Kronstedt Revue passieren. In seine Überlegungen hinein klingelte das Telefon. Erich Kröger, sein Hamburger Kollege war am Apparat, um einen ersten Zwischenbericht abzuliefern. Er hatte herausgefunden, das Wigald Austen in Hamburg eine Apotheke betrieb. »Seine Geschäfte scheinen blendend zu laufen«, sagte er, »sonst könnte er sich keine Villa an der Alster leisten. Vornehme Wohngegend, ich habe mich dort mal umgesehen. Bei den Nachbarn gilt Wigald Austen als umgänglich und freundlich. Seine Haushälterin allerdings war nicht sehr gesprächig. Ich fand lediglich heraus, dass sie ihre jetzige Stelle vor etwa zwei Jahren antrat. Bezüglich ihres Brötchengebers zog sie es vor, sich in Schweigen zu hüllen. Der Routine halber habe ich Wigald Austens Namen in den Computer eingegeben. Und siehe da, es stellte sich heraus, dass eine Akte über ihn existierte. Natürlich bin ich gleich ins Archiv, um sie mir zu besorgen. Der Liebhaber seiner Frau, ein gewisser Ben Kosche, erstattete seinerzeit Anzeige, weil er Wigald Austen verdächtigte, seine Frau umgebracht zu haben.«

»Das ist ja höchst interessant«, ließ sich Henning vernehmen.

»Ja, und es wird noch besser! Während ich die Unterlagen durchsah, spukte mir das, was du mir bezüglich des Falls erzählt hast, im Hinterkopf herum. Ich meine die schwer nachweisbare Todesursache. Aus dem vom Hausarzt der Familie erstellten Totenschein geht hervor, dass Erika Austen an Herzversagen starb. Eine als Kind durchgemachte Diphtherie hatte ihr Herz dauerhaft geschädigt. Dieser, dem Arzt bekannte Umstand und die Tatsache, dass sie zum Zeitpunkt ihres Todes im fünften Monat schwanger war, ließen ihn davon ausgehen, dass ihr Gesundheitszustand den Strapazen und Risiken der Schwangerschaft nicht gewachsen war. Sie starb in der Nacht vom zweiundzwanzigsten auf den dreiundzwanzigsten Mai 1973. Weil das Ehepaar über getrennte Schlafzimmer verfügte, fand Wigald Austen seine Frau erst am nächsten Morgen. So wie es sich wenig später dann auch dem Arzt darstellte, war sie friedlich eingeschlafen. Es gab keine Spuren, die auf einen möglichen Todeskampf oder gar eine Straftat hinwiesen. Erika Austen wurde zur Bestattung freigegeben. Für die Polizei wurde der Fall erst relevant, als sich nach ihrem tragischen Tod ihr Liebhaber bei uns meldete. Seine Schilderung der Dinge warf plötzlich ein anderes Licht auf den Fall. Ben Kosche hegte erhebliche Zweifel an der als Todesursache angeführten Diagnose. Um seinen Verdacht zu begründen, gab er an, der Vater von Erikas ungeborenem Kind zu sein.

Seinen Worten zufolge, lebte seine Geliebte in ständiger Angst vor ihrem Mann. Ben gab zu Protokoll, dass Erika ihm kurz bevor sie starb anvertraute, sie befürchte, dass Wigald sie umbringen könnte, wenn er herausfände, dass das Kind nicht von ihm sei. Herrn Kosches Zeugenaussage veranlasste die Polizei der Angelegenheit nachzugehen. Aufgrund der gegen Wigald Austen vorliegenden Verdachtsmomente ordnete die Staatsanwaltschaft die Obduktion der Leiche an. Leider ohne Erfolg. Zu dem Zeitpunkt, als die richterliche Verfügung erging, war von Erika Austen nicht mehr als ein Häuflein Asche übrig geblieben. Ihr Mann hatte sich für eine Feuerbestattung entschieden. Was blieb, waren Vermutungen.«

»Das ist ja kaum zu glauben!«, staunte Henning.

»Und angesichts eurer Erkenntnisse hinreichend mysteriös«, pflichtete ihm sein Freund bei. »Nach dem, was ich von dir erfahren habe, drängt sich mir förmlich der Gedanke auf, Wigald Austen habe die Leiche seiner Frau nur deshalb einäschern lassen, um mögliche Nachforschungen von vornherein zu unterbinden. Doch leider kann ich darüber nur spekulieren. Beweisen lässt es sich nicht.«

Am anderen Ende der Leitung stieß Henning einen unschönen Fluch aus. »Wie es scheint, ist in dieser Familie niemand für seine Taten verantwortlich zu machen. Zum einen ist da der Großvater, dem nicht nachgewiesen werden konnte, dass er seine Familie in die Gaskammer schickte und nun auch noch der Sohn, der angeblich keinerlei Schuld am Tod seiner Frau trägt. Das alles erscheint mir höchst suspekt. Ich finde es deprimierend, dass wir nichts in der Hand haben, um unsere Vermutungen jemals beweisen zu können.«

»Das ist frustrierend, da muss ich dir recht geben. Aber nichtsdestotrotz habe ich mir vorgenommen, am Ball zu bleiben. Für heute Nachmittag habe ich mich mit Ben Kosche verabredet. Mal sehen ob uns seine Aussage weiterbringt. Große Hoffnungen mache ich mir wegen der seither vergangenen Jahre aber nicht. Ich melde mich bei dir, sobald ich mit ihm gesprochen habe.«

Bevor er das Gespräch beenden konnte, bat Henning ihn darum, noch etwas für ihn in Erfahrung zu bringen. »Mir ist da gerade so eine Idee gekommen«, ließ er seinen Kollegen wissen. »Zwar halte ich es für unwahrscheinlich, dass Wigald Austen etwas mit den Inselmorden zu tun haben könnte, aber ausschließen will ich es auch nicht. Seine Haushälterin sagte mir, er sei für ein paar Tage weggefahren. Könntest du herausfinden, wohin die Reise ging?«

Erich Kröger versprach, sich darum zu kümmern.

Nachdem er sich bei seinem Kollegen für dessen Hilfe bedankt und das Telefonat beendet hatte, ließ Henning das Gehörte noch einmal Revue passieren. Er versuchte sich darüber klar zu werden, welche möglichen Auswirkungen, den Fall betreffend, es haben könnte, wenn Pascals Vater seine Frau mittels einer Kaliuminjektion ins Jenseits beförderte. Nach allem, was er bisher in Erfahrung gebracht hatte, konnte er nicht umhin, diese Möglichkeit in Betracht zu ziehen. Zudem saß Wigald Austen als Apotheker ja sozusagen an der Quelle. Kein anderer verfügte über bessere Voraussetzungen, um an den todbringenden Stoff zu kommen.

Er versuchte Peer auf seinem Handy zu erreichen, um ihm von dem Telefonat zu berichten. Nach mehrmaligem Klingeln schaltete sich jedoch lediglich seine Mailbox ein.

17

Seit er mit der Schauspieltruppe am Kap gastierte, stand Ingolf Schöne für gewöhnlich kurz nach fünf auf. Auch am Mittwoch, dem dreißigsten Juli, riss das Klingeln seines Weckers ihn zu dieser frühen Morgenstunde unsanft aus dem Schlaf. Unwillig erhob er sich, um in seine neben dem Bett liegenden Sportsachen zu schlüpfen und seine Turnschuhe anzuziehen. Schon im Gehen begriffen, warf er sich ein Handtuch über die Schultern und verließ das Zimmer. Im Haus war es still. Die anderen schliefen noch. Leise stahl Ingolf sich die Treppe hinunter. Als er wenig später im Freien stand, fuhr ein kräftiger Windstoß durch sein dichtes schwarz gelocktes Haar. Seiner Eitelkeit und dem Streben nach Perfektion geschuldet, legte er Wert auf ein gepflegtes Äußeres. Seit er in ›Romeo und Julia‹ in der Rolle des Grafen Paris brillierte, glaubte Ingolf Schöne zu höherem auserkoren zu sein. Gleichwohl war er der Meinung, dass zu den unverzichtbaren Voraussetzungen einer aufstrebenden Künstlerkarriere neben geistigen Fähigkeiten auch ein athletischer Körperbau von Nöten sei. Von dem Gedanken eines kometenhaften Aufstiegs beflügelt, setzte er sich in Bewegung. Erst den Marinepeilturm, später dann linker Hand den slawischen Burgwall hinter sich lassend, joggte er nach Vitt. Unweit eines kleinen romantischen Hafens, in dessen Nähe eine Fischräucherei lag, schwamm er eine Runde im Meer. Vom angenehm kühlen Salzwasser der Ostsee erfrischt, trat er den Rückweg an.

Als die Nebelstation in Sicht kam, verlangsamte er das Tempo. Um nach all der schweißtreibenden Mühe wieder zu Atem zu kommen, pflegte Ingolf Schöne noch eine abschließende Runde um das sich den Leuchttürmen anschließende Areal zu drehen. Gemessenen Schrittes inspizierte er zunächst die terrassenförmig angelegte Bühne. Ein kurzer Blick darauf verriet ihm, dass sie ruhig und verlassen in der Morgensonne lag. Danach führte ihn sein Weg zu den Überresten eines noch aus DDR-Zeiten stammenden Fahrzeugunterstandes. Im Schutz seiner Mauern hatte schon so mancher Tippelbruder übernachtet. Auf einem seiner Kontrollgänge wäre Ingolf Schöne beinahe einmal über einen solchen Zechbruder gestolpert, der, eine leere Schnapspulle in der Hand, an die Betonwand gelehnt, seinen Rausch ausschlief. Erbost hatte er ihn verscheucht. Er fand den Gedanken unerträglich, den als Gruft der Capulets auserwählten Ort von derartigen Individuen entweihen zu lassen. Die des Nachts von unzähligen Kerzen erleuchtete Kulisse inmitten der Betonwände bot schließlich den perfekten Rahmen für den tragischen Höhepunkt des Theaterstücks. Mit jenem unbewusst arroganten Lächeln, das seine Züge prägte und ihm einen Hauch von Hochmütigkeit verlieh, näherte sich Ingolf Schöne dem Romeo und Julia als letzte Ruhestatt dienendem Ort. Seine grauen Wände waren von zahlreichen Regengüssen ausgespült und von heftigen Stürmen stark verwittert und stellten bei Tageslicht besehen, kein allzu schönes Bild dar. Als sein Blick auf das im Schauspiel als Totenbett dienende Podest fiel, erstarrte sein Lächeln. Während er mit weit aufgerissenen Augen auf die bestialisch zugerichtete junge Frau starrte, die dort lag, war keine Spur mehr von seiner für gewöhnlich zur Schau getragenen Überheblichkeit zu spüren. Nachdem er sich vom ersten Schreck erholt hatte, näherte er sich mit butterweich gewordenen Knien dem Leichnam. Mit jedem seiner Schritte verstärkte sich sein Entsetzen. Erkannte er doch in der Toten seine Kollegin Vanessa Rothe wieder, die in unzähligen Aufführungen an seiner, des Grafen Paris Seite als Julia glänzte.

Unter dem, in ihrem Haar befestigten Schleier schaute eine schwarze Locke hervor. Vanessas Augen wirkten eingefallen und unter ihrer Bräune zeichnete sich eine wächserne Blässe ab. In ihren Händen mit den blutrot lackierten Fingernägeln ruhte kunstvoll arrangiert, eine einzelne weiße Lilie. Die tief klaffende Wunde, die sich quer durch ihre Kehle zog, ließ den Knorpel des Zungenbeins erkennen. Angewidert wandte Ingolf Schöne sich ab. Dieser Anblick war nichts für seine schwachen Nerven. Ohne sich dessen bewusst zu werden, rief er mit sich vor Panik überschlagender Stimme um Hilfe. Durch das ohrenbetäubende Geschrei aus dem Schlaf gerissen, kamen alsbald zwei seiner Kollegen angerannt, um nach dem Grund für den morgendlichen Aufruhr zu forschen. Da der Verbrechensschauplatz nicht weit von ihrer Unterkunft entfernt lag, trafen sie nach wenigen Minuten bei ihrem Kollegen ein.

Von ihnen alarmiert, wimmelte es schon kurz darauf von Polizei auf dem Gelände. Um Ingolf Schöne, der einen schweren Schock davongetragen hatte, kümmerte sich ein Sanitäter. Eine Sondereinheit der Kripo unter der Leitung von Doktor Beyer sicherte den Leichenfundort und sperrte ihn weiträumig ab. Doktor Probst wurde benachrichtigt. Noch bevor er am Tatort eintraf, ahnte er, was ihn erwartete. Als Rechtsmediziner bereits mit den Gegebenheiten vertraut, erkannte er sogleich mit fachmännischem Blick, dass sich die ihm bietende Szenerie in nichts von den vorangegangenen Morden unterschied. Wieder war das Opfer eine zierliche junge Frau südländischen Aussehens, mit langem schwarzem Haar und durchschnittener Kehle. Sie trug ein weiteres der ihm mittlerweile vertrauten Brautkleider. Sowohl der in ihrem Haar befestigte Schleier als auch die weißen hochhackigen Pumps glichen denen der beiden anderen Opfer. Ernsten Gesichts beugte sich Doktor Probst über den Leichnam der Frau. Er sah auf den ersten Blick, dass die ihr beigebrachte Wunde nicht für ihr Ableben verantwortlich war. Die genaue Ursache würde die Obduktion erbringen. Der Rechtsmediziner ging aber schon jetzt davon aus, dass eine Kaliuminjektion ihren Tod auslöste.

In einigen Metern Abstand lieferte sich derweil Doktor Beyer, der Leiter der erst kürzlich ins Leben gerufenen Soko, mit dem von ihm hinzugezogenen Fallanalytiker, Adam Wende, einen heftigen verbalen Schlagabtausch.

Ohne zu ahnen, dass Doktor Beyer wegen der von ihm infrage gestellten Kompetenz seines Kollegen kurz davor stand, die Fassung zu verlieren, näherte sich Kommissar Boström den beiden Streithähnen. Erregt zog und zerrte der Leiter der Soko an seinem Krawattenknoten. Sein hochroter Kopf, auf dessen speckiger Glatze sich ein Heer feinster Schweißperlen gebildet hatte, glich einer überreifen Tomate, die Gefahr lief, jeden Moment zu explodieren.

Als Peer vor ihm stand, dachte er, dass er gut daran täte, ihn nicht weiter zu reizen. Mit Diplomatie darum bemüht, die ganz offensichtlich brenzlige Situation zu entschärfen, ließ er seinen Vorgesetzten wissen, dass es ihnen gelungen sei, einen Tatverdächtigen ausfindig zu machen. »Der Mann heißt Kajo Feldmann und ist, war«, verbesserte er sich, »der Lebensgefährte der Ermordeten. Einer ersten Befragung zufolge, kam es zwischen ihm und dem Opfer am gestrigen Abend zu einer lautstarken Auseinandersetzung. Dabei soll Herr Feldmann seiner Freundin vorgeworfen haben, ihn betrogen und hintergangen zu haben. Mehrere seiner Kollegen gaben übereinstimmend zu Protokoll, dass er im Laufe des Streits damit drohte, sie umzubringen, sollte sie ihn verlassen.«

»Das ist ja höchst interessant«, zeigte sich Doktor Beyer beeindruckt. Sein Zorn schien verflogen. Insgeheim klammerte er sich an die Hoffnung, dass sich diese Spur nicht wieder als Windei erweisen würde. Allmählich geriet er in Zugzwang. Schließlich wurde von ihm erwartet, dass er dem Täter schnellstmöglich das Handwerk legte. Doch anstatt Ergebnisse vorzuweisen, musste er tatenlos mit ansehen, wie unter seiner Leitung ein weiteres Opfer zu beklagen war. Dabei stellte sich ihm anfangs das von Adam Wende, dem Fallanalytiker angefertigte Täterprofil als äußerst überzeugend und schlüssig dar. Davon ausgehend, dass der Täter sich für die zur Schaustellung seiner Opfer möglichst spektakuläre Orte aussuchte, galt sein besonderes Augenmerk neben weiteren Inselattraktionen vor allem den Seebrücken. Für jedermann problemlos zugänglich, standen sie auf seiner Prioritätenliste an oberster Stelle. Zu spät war ihm klar geworden, dass es falsch war, neben Hiddensee auch das Kap aufgrund seiner besonderen Lage und eingeschränkten Erreichbarkeit als infrage kommende Orte zu vernachlässigen. Der Umstand, dass das Kap außer für Fahrzeuge mit Sondergenehmigung von Putgarten aus nur zu Fuß oder mit einer der Arkonabahnen zugänglich war, ließ ihn sich in trügerischer Sicherheit wiegen. Wohl oder übel musste der Leiter der Soko sich eingestehen, dass es ein nicht wieder gutzumachender Fehler war, seine ans Kap beorderten Männer nach Ende der Vorstellung abzuziehen, um sie anderenorts einzusetzen. Hätte er auch nur einen Moment lang in Betracht gezogen, dass der Täter im Umfeld des Kaps zu suchen sei, wäre seine Entscheidung mit Sicherheit anders ausgefallen.

Mit solchen Gedanken beschäftigt, betrat er an Kommissar Boströms Seite den der Polizei als provisorische Kommandozentrale zur Verfügung gestellten Raum. Seine Miene drückte kämpferische Entschlossenheit aus. Nicht umsonst hatten ihm seine Kollegen hinter vorgehaltener Hand den Namen Doktor Gnadenlos verpasst, der sich auf seine Verhörmethoden bezog. Der Umstand, dass er zudem unter enormem Erfolgsdruck stand, veranlasste ihn, zu einer seiner radikalsten Befragungstaktiken zu greifen. Während er seinen unerbittlichen Blick über Kajo Feldmanns Erscheinung gleiten ließ, versuchte er sich ein erstes Bild von ihm zu machen. Der junge Mann, der vor ihm auf einem weißen Plastikstuhl saß und seiner Meinung nach nicht älter als Mitte der zwanzig sein mochte, schien ein Hüne zu sein. Genau ließ sich das jedoch nicht beurteilen. Dazu hätte er schließlich stehen und nicht wie jetzt in sich zusammengesunken vor ihm kauern müssen. Sein, selbst für einen Künstler, ungewöhnlich langes dunkelbraunes Haar trug er nach hinten gekämmt, wo es ihm lose über seine breiten Schultern fiel. Zusammen mit einem am Kinn sitzenden Spitzbart erinnerte er Doktor Beyer an Dschingis Khan. Unter seiner sommerlichen Bräune zeichnete sich eine krankhafte Blässe ab. Man merkte ihm an, dass er nervös war. Um seine Mundwinkel hatten sich zwei tiefe Falten gebildet und das Weiß seiner Augen war von zahlreichen roten Äderchen durchzogen. Um Nachsicht bittend waren sie auf Doktor Beyer gerichtet. Unbeeindruckt dessen, das Kajo Feldmann wie ein Häufchen Unglück vor ihm saß, konfrontierte ihn der Leiter der Soko erbarmungslos mit den gegen ihn sprechenden Indizien. Es schien ihn wenig zu beeindrucken, dass der Lebensgefährte des Opfers, der im Übrigen auch ihr zur Seite in der Rolle des Romeos auf der Bühne stand, seine Unschuld beteuerte. Mit seiner auf Konfrontation ausgerichteten Taktik stellte sich diesmal jedoch nicht der von ihm beabsichtigte Erfolg ein. Eingeschüchtert und verstört zog Kajo Feldmann es vor, zu schweigen.

Als er sah, dass er so nicht weiterkam, ordnete Doktor Beyer an, den Tatverdächtigen nach Stralsund überführen zu lassen. In Anwesenheit von Kommissar Boström setzte er wenige Stunden später seine Befragung im Untersuchungsgefängnis der Hansestadt fort. In der Hoffnung, dem Delinquent ein Schuldgeständnis abzuringen, unterzog er ihn einem Verhör, welches die ganze Nacht in Anspruch nahm. Als Kajo Feldmann jedoch auch gegen Morgen noch beharrlich schwieg und er ihm die Tat nicht nachweisen konnte, entschloss sich der Leiter der Soko schweren Herzens, die Vernehmung vorerst abzubrechen.

Bis zu einer von ihm angeordneten, um dreizehn Uhr stattfindenden Lagebesprechung genehmigte er sich und seinen Mitarbeitern eine Auszeit. Kommissar Boström wollte sie nutzen, um nach Hause zu fahren. Er sehnte sich nach einer Dusche und frischer Kleidung. Wenn er sich beeilte, wäre mit Sicherheit auch noch eine Mütze voll Schlaf für ihn drin. Er konnte sich kaum noch auf den Beinen halten. Sich seine geröteten Augen reibend, ging er zu seinem auf dem Parkplatz stehenden Wagen.

18

Auch der Mittwoch präsentierte sich wieder als einer dieser strahlend schönen Sommertage, an denen keine einzige Wolke am stahlblauen Himmel der Sonne die Sicht versperrte. Schon am frühen Vormittag zeigte das Thermometer satte fünfundzwanzig Grad an. Leona fragte sich, wie heiß es wohl in ein paar Stunden sein würde. Die von ihr für diesen Tag geplante Wanderung zum Pfarrwitwenhaus nach Groß Zicker würde unter den gegebenen Umständen eine schweißtreibende Angelegenheit werden. Deshalb entschied sie sich dafür, ihr Vorhaben aufzuschieben und sich stattdessen mit einem Taschenbuch an den Strand zu begeben. Mit einer geflochtenen Korbtasche überm Arm, die ihre Badeutensilien enthielt, steuerte sie den etwas abseits gelegenen und nicht ganz so dicht bevölkerten Nordstrand an, von wo aus man bis hinüber nach Göhren mit seiner auf einem Hügel gelegenen Kirche blicken konnte. Als sie ankam, lag der von Bäumen begrenzte Strandabschnitt noch größtenteils im Schatten.

Schon bald hatte Leona ein passendes Plätzchen gefunden. Nachdem sie ihr Badetuch auf dem feinkörnigen Sand ausgebreitet und sich ihrer Sachen entledigt hatte, ging sie eine Runde schwimmen. Als sie das Wasser wieder verließ, fühlte sie sich angenehm erfrischt. Während sie sich in den Ostseewellen tummelte, hatte es sich eine Handvoll Jugendlicher neben ihrem Handtuch bequem gemacht. Aus einem in ihrer Mitte stehenden Transistorradio dröhnte laute Musik. Während Leona sich abtrocknete und eincremte, erwog sie, sich ein ruhigeres Fleckchen zu suchen. In ihre Überlegungen hinein brach der ohrenbetäubende Lärm abrupt ab. Statt seiner gab ein Moderator die Uhrzeit bekannt. Es folgten die Nachrichten. »Wie die Redaktion soeben, nach noch unbestätigten Berichten erfuhr«, gab der Sprecher, ein der Stimme nach junger Mann mit akzentfreier Aussprache bekannt, »schlug der als Inselmörder in die Schlagzeilen geratene Täter heute Nacht wieder zu. Bei seinem nunmehr dritten Opfer handelt es sich um die dreiundzwanzigjährige Schauspielstudentin Vanessa Rothe die im Theatersommer am Kap in der Rolle der Julia zu sehen war. Der diesmal in der Nähe des Kaps aufgefundenen Leiche wurde die Kehle durchgeschnitten. Genau wie die beiden anderen ermordeten Frauen trug sie ein Brautkleid und hielt eine weiße Lilie in der Hand. Wie wir aus internen Kreisen erfuhren, soll es der Polizei diesmal jedoch gelungen sein, einen Tatverdächtigen zu ermitteln. Über weitere Einzelheiten halten wir sie auf dem Laufenden. Und nun …«

Leona zeigte sich bestürzt. Zuerst hatte sie nur mit halbem Ohr zugehört. Doch als sie mitbekam, worum es ging, waren ihre Sinne darauf ausgerichtet, sich kein Wort entgehen zu lassen. Obwohl Henning ihr gegenüber angedeutet hatte, dass er einen weiteren Mord der entwendeten drei Lilien und auch der gestohlenen Brautkleider wegen nicht ausschließe, hatte sie sobald nicht damit gerechnet. Nach dieser Nachricht war ihr die Lust am Sonnenbaden vergangen. Achtlos packte sie ihre Sachen zusammen und verließ den Strand. Den gesamten Heimweg über kreisten ihre Gedanken um das Gehörte. Wieder zurück, hielt sie nach Henning Ausschau. Sie fand ihn im hinteren Teil des Gartens damit beschäftigt, das Drahtgeflecht des Zauns auszubessern. Als er sie entdeckte, erhob er sich, um ihr entgegenzugehen. Der Blick, mit dem sie ihn ansah, verriet ihm, dass etwas Schreckliches passiert sein musste. Bestürzt hörte er sich an, was sie ihm zu sagen hatte. Hennings Reaktion ließ Leona davon ausgehen, dass Peer sich bisher noch nicht bei ihm gemeldet hatte. Nachdenklich geworden, packte der Kommissar sein Werkzeug zusammen. Als sie wenig später gemeinsam zum Haus gingen, vergewisserte er sich nochmals, ob sie auch sicher sei, dass es sich bei der Toten um die in der Rolle der Julia auftretenden Schauspielerin handle.

»Ganz sicher! Warum fragen Sie?«

»Ehrlich gesagt erstaunt mich das«, sagte Henning. »Wie Sie ja wissen, habe ich mir erst kürzlich das Stück angesehen. Von daher ist mir die in der Rolle der Julia zu sehende Darstellerin noch in guter Erinnerung. Von der Statur her könnte sie dem vom Mörder bevorzugten Personenkreis entsprochen haben, nicht jedoch ihrem Erscheinungsbild nach. Sie hatte helle Haut und blondes Haar. Ich weiß noch, dass ich sie mit einer blond gelockten zartgliedrigen Elfe verglich. Nun frage ich mich natürlich, weshalb der Täter diesmal von seinem gewohnten Schema abwich? Irgendwie ergibt das keinen Sinn.«

»Stimmt, das ist seltsam«, pflichtete ihm Leona bei. »Könnte es sich um einen Nachahmungstäter handeln?«

Noch während der Kommissar über ihre Worte nachsann, hatten sie das Haus erreicht und sich in die Küche begeben. Obwohl er es für unwahrscheinlich hielt, wollte er sich seines Gastes Ansicht nicht verschließen. »Bevor wir noch länger herumrätseln, versuche ich Peer zu erreichen«, entschied Henning. »Bin mal gespannt, um wen es sich bei dem Tatverdächtigen handelt. Meinem Gefühl nach zu urteilen, kann es nur Micha Kronstedt sein. Womöglich«, spekulierte er, »hat mein Besuch ihn derart aus der Fassung gebracht, dass er kopflos geworden, von seinem sonstigen Muster, die Auswahl der Opfer anbelangend, abgewichen ist.« Den Telefonhörer zur Hand nehmend, wählte er Peers Nummer. Zu seinem Verdruss, schaltete sich nach mehrmaligem Klingeln jedoch lediglich seine Mailbox an, um ihm mitzuteilen, dass der gewünschte Gesprächspartner momentan nicht zu erreichen sei. »So ein Mist«, fluchte Henning. »Wozu hat er ein Handy, wenn er es nicht einschaltet?«

»Vielleicht ist er ja in einem Verhör und will ungestört sein«, mutmaßte Leona.

Henning nickte. »Möglich«, gab er widerwillig zu. Als auch nach weiteren, sich über Stunden hinziehenden Versuchen keine Verbindung zustande kam, entschloss er sich, Wilhelm aufzusuchen. Der Kommissar hoffte, von ihm zu erfahren, wo sich sein Sohn aufhielt.

Sein Freund konnte ihm jedoch lediglich mitteilen, dass Peer früher als sonst das Haus verlassen hatte. Wilhelm lag noch im Bett, als er ihn die Treppe herunterkommen hörte.

Auf Hennings Drängen hin, rief er im Bergener Polizeirevier an, um sich nach seinem Sohn zu erkundigen.

Von dem dort Diensthabenden Beamten erfuhr er, dass Peer sich in Stralsund aufhalte und bis auf weiteres nicht erreichbar sei.

Nach dieser Auskunft blieb dem Kommissar nichts anderes übrig, als unverrichteter Dinge den Heimweg anzutreten. Bevor er sich von Wilhelm verabschiedete, schärfte er ihm ein, Peer auszurichten, dass er sich bei ihm melden solle. Mehr konnte er im Augenblick nicht tun.

Wieder daheim, trieb es ihn wie ein eingesperrtes Tier umher. Sein Handy in Reichweite, wartete er vergeblich auf Peers Anruf. Zwischendurch zappte er sich durch sämtliche Fernsehkanäle. Die von den Nachrichtensendern verbreiteten Neuigkeiten waren jedoch mehr als dürftig. Die Medien hielten sich bedeckt. Als sein Freund sich bis Mitternacht noch nicht bei ihm gemeldet hatte, ging er schlafen.

19

Peer kam erst auf dem Heimweg dazu, die auf seiner Mailbox eingegangenen Nachrichten abzuhören. Hennings Bitte, sich mit ihm in Verbindung zu setzen, verursachte ihm augenblicklich ein schlechtes Gewissen. Erinnerte sie ihn doch an sein Versäumnis, ihn auf dem Laufenden zu halten. Um ihn nicht noch länger im Ungewissen zu lassen, wählte er die Nummer seines Freundes.

Schon beim ersten Läuten nahm Henning ab. Nach einer kurzen Zusammenfassung des bisher Geschehenen vertraute ihm Peer an, wen die Polizei hinter den Taten vermutete. Sein Freund nahm die Nachricht voll Skepsis auf. »Habt ihr herausfinden können, in welchem Verhältnis er zu Carmen Austen und David Küster stand«, erkundigte er sich.

Peer verneinte. »Der Freund des Opfers zieht es vor, sich in Schweigen zu hüllen«, ließ er ihn wissen. »Bislang war einfach nichts aus ihm herauszubekommen. Wenn er den Mund aufmachte, dann nur, um seine Unschuld zu beteuern.«

»Glaubst du ihm?«

»Ich weiß es nicht. Es spricht so manches dafür, dass er unser Mann sein könnte …«

»Nachdem, was du mir erzählt hast, habe ich da so meine Zweifel«, gab Henning zu bedenken. »Hast du Micha Kronstedts Alibi schon überprüfen können?«

»Dazu bin ich noch nicht gekommen.«

»Dann würde ich dir raten, dich schnellstens darum zu kümmern. Du hast doch selbst zugegeben, dass ein Zusammenhang zwischen den damaligen und den jetzigen Morden nicht auszuschließen sei. Oder hast du deine Meinung geändert?«

»Nein, das nicht.«

»Na, also! Weshalb bist du dann so auf diesen Herrn Feldmann fixiert?«

»Nicht ich habe mich auf ihn festgelegt, sondern Doktor Beyer und der ist nun mal mein Chef.«

Als Henning sah, dass er so nicht weiterkam, wechselte er das Thema. »Kannst du mir verraten, weshalb euer Mann gleich drei Morde beging, obwohl ihm doch nur daran gelegen war, seine Freundin aus der Welt zu schaffen?«

»Das kann ich dir sagen. Die vorangegangenen Morde sollten dazu dienen, von seiner eigentlichen Tat abzulenken. Wer käme schließlich schon auf die Idee, in ihm den Mörder zu suchen, wenn er in keinem erkennbaren Verhältnis zu den beiden anderen Opfern stand.«

»Hast du dich mal gefragt, was ihn dazu verleitet haben könnte, sein Verbrechen in alle Welt hinauszuposaunen, wenn er, wie du es darstellst, die Morde mit kaltblütiger Berechnung plante? Das ergibt doch alles keinen Sinn.«

»Kann sein, dass du recht hast, und wir uns täuschen. Aber was soll ich denn machen?« Henning dachte nach. »Könntest du mir ein Gespräch mit Herrn Feldmann ermöglichen?«

»Wie stellst du dir das denn vor? Glaubst du etwa, nachdem wir die ganze Zeit über kein Wort aus ihm herausbekommen haben, wird er sich ausgerechnet dir anvertrauen? Außerdem«, fügte er hinzu, »soll er heute noch verlegt werden.«

»Dann wäre es umso wichtiger. Bitte! Mit etwas gutem Willen müsste es dir doch möglich sein, ein Zusammentreffen zu arrangieren!«

Peer lag schon auf der Zunge Hennings Wunsch abzulehnen. Doch dann besann er sich. Immerhin hatte er ihm viel zu verdanken.

Dem Engagement, mit dem sein Freund sich des Falls angenommen hatte, war er es schuldig, ihm diesen Gefallen zu erweisen. Also gut!«, gab er sich geschlagen. Dann komm halt her. Ich warte auf dem Parkplatz des Polizeipräsidiums auf dich.«

Henning versprach sich zu beeilen. Als Peer, der die Zeit für ein kurzes Nickerchen genutzt hatte, den Wagen seines Freundes auf den Parkplatz einbiegen sah, stieg er aus. Sie begrüßten einander.

Auf dem Weg zum Vernehmungszimmer stellte Henning die Frage, die ihm schon die ganze Zeit über auf der Seele lag. »Sag mal, hast du eine Erklärung dafür, weshalb der Täter diesmal von seinem üblichen Schema abwich?«

»Wieso das denn«, erkundigte sich Peer.

»Na wegen des nicht in sein Muster passenden Aussehens seines letzten Opfers.«

»Was?«

Henning verdrehte die Augen. »Muss ich dich wirklich erst darauf aufmerksam machen, dass Vanessa Rothe eine Blondine war?«

Peer blieb stehen. »Wie kommst du denn darauf?«, wollte er wissen.

»Wie du dich vielleicht erinnerst, habe ich mir erst kürzlich eine der Vorstellungen angesehen. Und dabei ist mir aufgefallen, dass jene Julia von der hier die Rede ist, nicht dem vom Täter bevorzugten Personenkreis entsprach.«

»Mir scheint, du unterliegst einem Irrtum«, widersprach Peer. »Ich habe die Frau schließlich mit eigenen Augen gesehen und kann dir daher sagen, dass sie in jeder Beziehung dem Erscheinungsbild ihrer Vorgängerinnen glich. Wenn die Julia, die du gesehen hast eine Blondine war, kann das meiner Meinung nach nur daran liegen, dass es noch eine zweite Besetzung gab«, mutmaßte er. »Wenn du willst, kann ich mich ja mal danach erkundigen«, bot er an.

Henning war anzumerken, wie es hinter seiner Stirn arbeitete. Sollte er sich getäuscht haben, einem fatalen Irrtum unterlegen sein? Er hatte ja gleich geahnt, dass der Theatersommer am Kap in irgendeiner Form mit den Morden zu tun haben musste. Bisher galten die gestohlenen Lilien als einziges Bindeglied. Wäre die jetzt Ermordete in der von ihm besuchten Vorstellung als Julia in Erscheinung getreten, hätte er aufgrund ihres Aussehens möglicherweise einen ganz anderen Zusammenhang vermutet. Vielleicht wäre es ihm anhand dieses Umstandes sogar gelungen ihren Tod zu verhindern. Doch darüber nachzudenken war müßig. Was geschehen war, ließ sich nicht mehr rückgängig machen.

Inzwischen waren sie im Inneren des Gebäudes angelangt. Vor der Tür des Vernehmungszimmers rief ihn Peers Stimme in die Gegenwart zurück. »Ich lasse Kajo Feldmann jetzt holen. Während du dich mit ihm unterhältst, werde ich euer Gespräch von nebenan aus mitverfolgen«, instruierte er seinen Freund.

»Ich wünsche dir viel Glück.«

Im Vernehmungszimmer angekommen, sah sich Henning neugierig um. Der fensterlose Raum, in dem er sich befand, war spartanisch eingerichtet und verbreitete eine nüchterne Atmosphäre. Inmitten des in tristem Grau gehaltenen Zimmers stand ein von zwei Plastikstühlen umgebener Resopaltisch, über dem eine Neonleuchte hing. Ihr grelles Licht verlieh dem auf dem Boden verlegten Filzbelag wiederum einen schmutzig grauen Farbton. Hinter einer verspiegelten Wand vermutete Henning den von Peer erwähnten Beobachtungsraum. Als er mit seiner Musterung fertig war, öffnete sich die Tür. Gefolgt von einem Vollzugsbeamten betrat ein Hüne in Handschellen den Raum. Kajo Feldmann sah ihn aus rotgeränderten Augen an. Sein Blick erinnerte Henning an ein waidwundes Reh. Müde ließ er sich auf einem der beiden Stühle nieder. Seinen Bewegungen fehlte jeglicher Schwung. Obwohl er nicht älter als fünfundzwanzig sein konnte, kam er Henning wie ein alter Mann vor.

Der Kommissar setzte sich ihm gegenüber. Nachdem er sich vorgestellt hatte, kam er auf den Grund seines Hierseins zu sprechen. »Ich weiß, dass man Sie die ganze Nacht hindurch vernommen hat. Deshalb werde ich versuchen, mich kurz zu fassen.«

Kajo Feldmann schien durch ihn hindurch zu sehen. Henning war sich nicht sicher, inwieweit seine Worte den Mann ihm gegenüber erreichten. Dennoch versuchte er sein Glück: »Sagt Ihnen der Name Carmen Austen oder David Küster etwas?«

Schweigen.

»Waren Sie schon einmal in der Sächsischen Schweiz? Genauer gesagt in Lohmen?«, präzisierte er seine Frage.

Wiederum erntete er nur Schweigen.

»Wenn Sie sich weiterhin so unproduktiv erweisen, weiß ich nicht, wie ich Ihnen helfen könnte.«

»Sie und mir helfen?«, höhnte Kajo Feldmann. »Sie sind doch genau wie Ihre Kollegen nur darauf aus, mir diese Morde anzuhängen.«

»Ich nicht«, widersprach ihm Henning. »Ich bin hier, um Ihre Unschuld zu beweisen. Aber dazu brauche ich Ihre Unterstützung.«

Täuschte er sich, oder glomm da ein Hoffnungsschimmer in des Mannes Augen auf? Der Kommissar versuchte es noch einmal. »Bitte, beantworten Sie meine Fragen. Sagt Ihnen einer der beiden von mir genannten Namen etwas?«

Zögerlich schüttelte Kajo Feldmann den Kopf. »Noch nie gehört.«

Auch die Antwort auf seine zweite Frage ließ Henning davon ausgehen, dass der vor ihm Sitzende keinesfalls der von ihnen Gesuchte sein konnte. Zwar gab Kajo Feldmann an, die Sächsische Schweiz zu kennen, der Ortsname jedoch sagte ihm nichts.

»Tut mir leid.«

»Es braucht Ihnen nicht leid zu tun. Vielmehr sind Ihre Äußerungen für mich der Beweis, dass Sie unschuldig sind.«

»Das erzählen Sie mal dem Glatzkopf, der mich die ganze Nacht hindurch verhört hat.«

Henning nickte verständnisvoll. Was sollte er auch

sagen. »Lassen Sie uns noch einmal auf besagten Abend zu sprechen kommen«, wechselte er das Thema. »Sie hatten Streit mit Ihrer Freundin?«

»Das stimmt. Ich war aufgebracht. Da sagt man so manches, was man gar nicht so meint. Ich hätte Vanessa doch nie auch nur ein Haar krümmen können.« Verstohlen wischte sich der Hüne mit der Hand über die Augen.

»Ich glaube Ihnen ja. Aber jetzt mal der Reihe nach. Worum ging es bei Ihrem Streit?«

»Sie wollte mich verlassen.«

»Weshalb?«

»Wegen eines anderen. Es war nicht das erste Mal, dass sie mich betrog. Wir sind deswegen schon des Öfteren aneinander geraten.«

»Aber diesmal glaubten Sie, dass sie ihre Drohung wahr machen könnte?«

»Irgendwie schon«, gestand Kajo Feldmann. »Sie tat so geheimnisvoll. Das passte gar nicht zu ihr.«

»Sie wissen demnach auch nicht wer der Mann war, mit dem sie sich heimlich traf?«

»Nein.«

»Na gut. Wie ging es dann weiter? Nach der Vorstellung meine ich. Was taten Sie da?«

»Ich bin ihr gefolgt.«

Henning zog interessiert die Augenbrauen nach oben. »Soweit mir bekannt ist, haben Sie das bisher aber nicht zu Protokoll gegeben.«

»Wie auch.« Kajo Feldmanns Gesicht nahm einen trotzigen Ausdruck an. »Nach dem, was alles gegen mich sprach, hätte mir doch sowieso niemand geglaubt.

Egal was ich erzählt hätte. Da habe ich es vorgezogen, zu schweigen.«

»Sie sind ihr also gefolgt«, fuhr der Kommissar fort. »Erzählen Sie doch mal.«

»Sie nahm die letzte Arkonabahn zum Parkplatz nach Putgarten. Ich fuhr ihr nach. Mit dem Fahrrad«, setzte er hinzu. »An der Endhaltestelle angekommen, sah ich sie aussteigen und sich suchend umsehen. Danach ging sie zu einem der Wagen.«

»Können Sie mir sagen, welche Marke?«, fragte Henning.

Die Antwort kam postwendend. »Klar kann ich. Das war ein ziemlich teurer Schlitten. Einer von denen, die ich mir nie von meinem Gehalt leisten könnte. Schätze mal, deshalb interessierte sich Vanessa überhaupt erst für den Kerl. Schließlich hat sie mir öfter vorgeworfen, dass ich ein armer Schlucker bin.«

»Um noch einmal auf meine Frage zurückzukommen. Wissen Sie um welches Fabrikat es sich handelte?«

»Es war ein schwarzer Mercedes mit dunkel getönten Scheiben.«

Henning sprang auf. »Sind Sie ganz sicher«, vergewisserte er sich.

Der Hüne nickte.

»Konnten Sie das Nummernschild erkennen?«

»Nein, dazu war der Abstand zu groß. Kaum war Vanessa eingestiegen, setzte der Wagen sich auch schon in Bewegung. Wie Sie sehen, lässt sich meine Beobachtung nicht beweisen. Deshalb hielt ich es auch für besser, sie zu verschweigen. Womöglich hätte mich das noch unglaubwürdiger gemacht.«

»Das war ein Fehler«, widersprach Henning. »Aufgrund Ihrer Aussage sollte es der Polizei gelingen, den wahren Täter dingfest zu machen. Ich danke Ihnen. Sie haben mir sehr geholfen.«

»Aber ...«

Bevor Kajo Feldmann noch etwas erwidern konnte, ließ Henning den an der Tür stehenden Beamten wissen, dass das Verhör beendet sei und stürmte nach draußen. Um ein Haar wäre er auf dem Flur mit Peer zusammengestoßen. »Wir haben ihn!«, triumphierte er. »Es ist mir gelungen, ihn anhand der Wagenbeschreibung zu identifizieren.«

Anstelle des erwarteten Lobes, erntete er einen skeptischen Blick.

»Wäre es möglich, mich an deinem Wissen teilhaben zu lassen?«, erkundigte sich Peer.

»Aber sicher doch! Ich spreche von Micha Kronstedt. Oder glaubst du, dass es sich um einen Zufall handeln könnte, dass ausgerechnet er einen schwarzen Mercedes mit dunkel getönten Scheiben fährt? Meiner Meinung nach tätest du gut daran, deinen Vorgesetzten zu informieren und die Fahndung einzuleiten.«

»Bist du dir auch ganz sicher?«

»So sicher wie noch nie!«, zeigte sich Henning siegesgewiss. »Sag mir Bescheid, wenn ihr den Mistkerl eingelocht habt.« In diesem Moment gab es nichts, was ihn annehmen ließ, er könne sich täuschen. Für ihn stand fest, dass Micha Kronstedt der Täter war. Alles passte. Es war nur noch eine Frage der Zeit, bis er hinter Schloss und Riegel sitzen würde.

20

Beschwingten Schrittes ging Henning zu seinem Wagen zurück, um die Heimfahrt anzutreten. Er war auf Leonas Reaktion gespannt, wenn er ihr den Mörder präsentieren würde. Nicht ohne Stolz dachte er daran, dass es letztendlich seinen Bemühungen zu verdanken war, dass der Täter so schnell gefasst werden konnte.

Henning überlegte, ob er wohl noch einmal zugeschlagen hätte, entschied sich aber dagegen. Die magische alles verbindende Zahl drei war schließlich erreicht. Nur das Motiv war ihm nach wie vor schleierhaft.

In seine Überlegungen hinein, klingelte sein Handy. Während er die Freisprechanlage betätigte, fiel ihm auf, dass der Akku nahezu leer war. Er nahm sich vor, ihn zuhause aufzuladen. Auf sein gutgelauntes »Hallo« meldete sich Erich Kröger, sein Hamburger Kollege, zu Wort. »Ich habe noch etwas herausgefunden, das möglicherweise von nicht unbeträchtlichem Interesse für dich sein könnte«, ließ er ihn wissen. »Es geht um Pascal Austen. Sein Beruf hat mich veranlasst, mich eingehender mit ihm und seinen Geschäften zu befassen. Und dabei …«

»Ich weiß es zu schätzen, dass du dich so ins Zeug legst«, unterbrach ihn Henning. »Aber es ist nicht mehr nötig, in diese Richtung zu ermitteln. Wir haben den Täter.«

»So?«

»Ja. Wieder einmal half uns Kommissar Zufall auf die Sprünge.« In den kommenden Minuten berichtete Henning seinem Freund, was er herausgefunden hatte.

»Na hoffentlich täuschst du dich nicht«, gab Erich Kröger zu bedenken. »Willst du dir nicht doch erst einmal anhören, was ich in Erfahrung gebracht habe?«

»Meinetwegen.«

»Wusstest du, dass Pascal Austen neben mehreren privat genutzten Immobilien, zu denen auch ein unter seinem Namen geführtes Wochenendgrundstück in Vitt gehört, Miteigentümer der Residenz Ostseeblick in Sellin ist? Ich dachte …«

Stille. Entgeistert starrte Henning auf sein Handy, bevor ihm dämmerte, dass dessen leerer Akku für das abrupte Ende des Gesprächs verantwortlich war. Noch während er nach einem Sinn des Gehörten suchte, begann in einem verborgenen Winkel seines Hirns eine Alarmglocke zu läuten. Sie mahnte ihn an, etwas Entscheidendes übersehen zu haben. Diese Erkenntnis verhalf ihm zu einer weiteren, noch viel gravierenderen Eingebung. Wie gelähmt hielt der Kommissar das Lenkrad umklammert. Einem Impuls folgend, verlangsamte er gleichzeitig das Tempo. Mit nicht mehr als vierzig Stundenkilometern schlich sein Wagen über die gepflasterte Alleestraße, die Garz mit Putbus verband. Bei einer der nächsten Parkbuchten hielt er an. Der Grund für seinen inneren Aufruhr bestand in Erichs Nachricht, die besagte, das Pascal Austen Miteigentümer der Residenz Ostseeblick in Sellin war. Diese Information an sich stellte nichts Besonderes dar. Sie bekam erst mit dem Wissen, dass Lea Goldbach, das erste Opfer, dort gearbeitet hatte, einen tieferen Sinn. Gleichzeitig zog diese Einsicht eine zweite, um vieles schwerwiegendere nach sich. Beides zusammengenommen, glaubte Henning nicht mehr an einen Zufall. Als er den Immobilienmakler in Lohmen aufgesucht hatte, war ihm eine an dessen Wohnhaus grenzende Garage aufgefallen. Ihr Tor stand offen und gab den Blick auf zwei Wagen der Luxusklasse preis. Neben einem auf Hochglanz polierten Ferrari mit offenem Verdeck stand ein schwarzer Mercedes mit dunkel getönten Scheiben. Fassungslos schüttelte Henning den Kopf. Bestürzt fragte er sich, wie er nur die ganze Zeit über so blind gewesen sein konnte. Nicht Micha Kronstedt war der Mann den sie suchten sondern Pascal Austen. Plötzlich war alles sonnenklar. Schon wollte er nach seinem Handy greifen, um Peer Bescheid zu geben, als ihm einfiel, dass sein Akku leer war. Ihn anzurufen, würde warten müssen, bis er an einer Telefonzelle vorbeikam. Henning startete den Motor. Während er den Blinker setzte und sich wieder in den Verkehr einfädelte, überlegte er sich, dass er besser daran täte, seinen Freund vorerst nicht zu benachrichtigen.

Sicher hatte dieser schon seinen Vorgesetzten informiert und Schritte zur Ergreifung von Micha Kronstedt eingeleitet. Henning fühlte sich unwohl in seiner Haut. Er mochte sich lieber nicht vorstellen, welcher Ärger Peer seinetwegen ins Haus stand. Würde er jetzt umschwenken, und der Polizei Pascal Austen als Täter präsentieren, büßte er am Ende seine Glaubwürdigkeit ein. Es gab nur einen Weg, um sich endgültige Klarheit zu verschaffen. Er musste den Fall auf eigene Faust aufklären. Darauf hoffend, dass es nicht allzu schwer sein dürfte, des Immobilienmaklers Grundstück ausfindig zu machen, entschloss sich Henning zur Nordspitze der Insel zu fahren. Wäre er erst einmal dort, würde er weitersehen.

Putbus hinter sich lassend, schlug er den Weg nach Bergen ein. Die Verkehrssituation gestattete ihm ein zügiges Vorankommen. Kurz bevor er sein Ziel erreicht hatte, zwang ihn nahe Nobbin eine auf Rot geschaltete Ampel anzuhalten. Zu seiner Rechten befand sich ein Spielplatz. Geistesabwesend beobachtete er zwei Jungs, die sich allem Anschein nach eine wilde Verfolgungsjagd lieferten. Das panische Geschrei des jüngeren drang bis in sein Auto und veranlasste ihn, genauer hinzusehen. Henning glaubte seinen Augen nicht zu trauen, als er einer auf das Kind gerichteten Schusswaffe gewahr wurde. »Das darf doch wohl nicht wahr sein!«, stieß er hervor. »Sind wir den jetzt schon im Wilden Westen?« Von der sich vor seinen Augen abspielenden Szene abgelenkt, entging ihm, dass die Ampel mittlerweile auf Grün stand. Erst als es hinter ihm hupte, wurde er sich dessen bewusst. Um den Verkehr nicht zu behindern, lenkte er seinen Wagen von der Straße auf den Bordstein. Kaum hatte er ihn zum Stehen gebracht, stürzte er nach draußen, um ein seiner Meinung nach kurz bevorstehendes Unglück zu verhindern. Mit erhobenen Händen, die verdächtig nassen Augen angstvoll geweitet, kam ihm ein etwa sechsjähriger Blondschopf entgegen gerannt. Der ihn mit vorgestreckter Waffe verfolgende Junge war selbst noch ein halbes Kind. Geistesgegenwärtig stellte sich Henning ihm in den Weg. Noch bevor er begriff, wie ihm geschah, hatte der Kommissar ihn zu fassen bekommen und ihm die Waffe entrissen. Vergeblich versuchte der Junge, sich aus seiner misslichen Lage zu befreien.

»Sag mal, bist du von allen guten Geistern verlassen?«, fuhr Henning ihn an. Angesichts dessen, dass sein Freund Rüdiger Paulus vor noch nicht allzu langer Zeit einer verirrten Kugel wegen sein Leben lassen musste, wog der Revolver umso schwerer in seiner Hand. »Was glaubst du, was das hier ist? Etwa ein harmloses Spielzeug? Haben dir deine Eltern nicht beigebracht, wie gefährlich es ist, damit herumzuexperimentieren?« Er konnte einfach nicht glauben, wie leichtsinnig manche Menschen die elementarsten Grundregeln missachteten. Für ihn stand außer Frage, dass das Schießeisen des Jungen aus dem elterlichen Waffenschrank stammte. Während er seinen Griff lockerte, führte er dem Knaben vor Augen, welch verheerende Folgen ein versehentlich ausgelöster Schuss anrichten konnte.

Der Junge sah trotzig zu ihm auf. Anstatt sich einsichtig zu zeigen, versuchte er sich aus der Umklammerung zu befreien. Kaum war es ihm gelungen, forderte er mit schniefender Stimme seine Pistole zurück. Gegenüber so viel Starrsinn konnte Henning nur den Kopf schütteln. »Du wirst noch von mir hören, Bürschlein!«, versprach er. »Wenn ich wiederkomme, werde ich ein ernstes Wörtchen mit deinen Eltern zu reden haben. Und jetzt mach, dass du heimkommst«, forderte er ihn auf, nachdem er sich seinen Namen und die Anschrift notiert hatte.

Damit war für ihn das Thema vorerst erledigt. Er schickte sich an, zu seinem Wagen zurückzugehen. Der Junge jedoch schien nicht gewillt, sich kommentarlos zu fügen. »Ich will meine Pistole wiederhaben!«, beharrte er, kaum, dass Henning ihm den Rücken zugedreht hatte.

Der Kommissar fühlte Wut in sich hochkochen. Einen Moment lang erwog er umzukehren, um den Bengel zur Rede zu stellen. Am Ende ließ er es dann aber doch bleiben. Nachdem er sich hinter dem Steuer seines Wagens niedergelassen und den Motor gestartet hatte, setzte er den Blinker, um sich wieder in den Verkehr einzuordnen. Vom Rückspiegel aus warf er einen letzten Blick auf den wie versteinert am Straßenrand stehenden Jungen.

Versucht, einen klaren Kopf zu bewahren, zwang sich Henning, seine Gedanken nunmehr wieder auf sein eigentliches Problem zu richten. Ein Hinweisschild verriet ihm, dass ihn nur noch wenige Kilometer von Vitt trennten.

In dem kleinen Fischerdörfchen angelangt, erkundigte er sich nach Pascal Austens Wochenendgrundstück. Nachdem ihm ein Einheimischer den Weg beschrieben hatte, lenkte er seinen Wagen zu der ihm angegebenen Adresse. Das Anwesen lag am Ende eines staubigen, mit Schlaglöchern gepflasterten Feldweges, der zu beiden Seiten von Sanddornsträuchern begrenzt wurde. Von einem niedrigen Zaun umgeben, zeichneten sich die Konturen eines hinter Büschen verborgen liegenden Bungalows ab. Die weiß gestrichenen Fensterläden geschlossen, lag er verlassen in der Morgensonne. Es gab keinerlei Hinweise, die Rückschluss auf die Anwesenheit seines Besitzers zuließen.

Bevor Henning ausstieg, griff er sich die achtlos auf den Beifahrersitz geworfene Waffe, um sie einer genaueren Inspektion zu unterziehen. Mit Schusswaffen erfahren, sah er auf den ersten Blick, dass es sich um eine Smith & Wesson handelte. Was ihm jedoch erst jetzt auffiel und dafür sorgte, dass ihm vor Scham ganz heiß wurde, war die Tatsache, dass es sich bei ihr um eine Attrappe handelte. Eine täuschend echte zwar, aber eben eine Nachbildung. Henning schalt sich einen Narren, dass er es in der Aufregung unterlassen hatte, sich an Ort und Stelle davon zu überzeugen. Doch nun war es zu spät.

Unentschlossen wog er den Revolver in seinen Händen. Auf den ersten Blick sah man ihm nicht an, dass er unecht war. Vielleicht konnte er ihm ja noch von Nutzen sein. Bevor er aufbrach, steckte er ihn in seinen Hosenbund. Nachdem er mit geübtem Blick die Lage sondiert und den das Grundstück umschließenden Zaun überwunden hatte, näherte er sich dem einsam gelegenen Bungalow. Über einer ins Erdreich getriebenen Garage, der sich eine gepflasterte Einfahrt anschloss, befand sich der Wohnbereich, der durch seine geschlossenen Fensterläden wie eine uneinnehmbare Festung wirkte. Seine Hoffnung, sich über die Garage Zugang zu verschaffen, wurde in dem Moment zunichte gemacht, als er sich einem mittels modernster Technik fernzusteuerndem Garagentor gegenüberstehen sah. Wollte er ins Innere des Hauses gelangen, musste er sich nach einer anderen Einstiegsmöglichkeit umsehen. Danach Ausschau haltend, fiel Henning auf der rückwärtigen Seite des Bungalows eine in den Keller führende Treppe auf. Die sich den Stufen anschließende Tür erweckte sein Interesse. Sein dafür geschultes Auge ließ ihn davon ausgehen, das Schloss mit dem für Notfälle im Handschuhfach seines Wagens deponierten Universalschlüssels aufzubekommen. Nachdem es ihm, wie erhofft, problemlos gelungen war, sie zu öffnen, gab sie den Blick auf einen verwahrlosten Kellerraum frei. Seinen feuchten, mit unappetitlichen Stockflecken überzogenen Wänden entströmte eine von Moder durchdrungene Fäulnis. Aufgeschreckt durch das von draußen hereinfallende Tageslicht, huschte ein Heer von Kellerasseln über den, von einer dicken Staubschicht bedeckten Boden. Henning gegenüber, befand sich eine weitere Tür. Undurchdringliche Schwärze umfing ihn, als er den dahinter liegenden Raum betrat. Zögerlich tastete seine Hand nach dem Lichtschalter. Das daraufhin grell aufflammende Neonlicht ließ ihn einen Moment lang blinzeln. Als sich seine Augen an die Helligkeit gewöhnt hatten, sah er, dass er sich in einer Garage befand. Sein Herzschlag beschleunigte sich, als er hinter einem zu seiner Linken geparkten Transporter einen schwarzen Mercedes mit dunkel getönten Scheiben stehen sah. In seinem Verdacht bestätigt, näherte er sich ihm, um ihn besser in Augenschein nehmen zu können. Sein daraufhin gestarteter Versuch, die Autotür zu öffnen, um einen Blick ins Wageninnere werfen zu können, scheiterte. Der Mercedes war abgeschlossen. Unverrichteter Dinge wandte Henning sich dem Transporter zu. Bevor er sich anschickte, ihn zu inspizieren, lauschte er nach

Geräuschen. Doch nichts rührte sich. Es war geradezu beängstigend still. Lediglich der Schlag seines eigenen Herzens hallte in seinen Ohren wider.

21

In der Überzeugung, den in ihm schlummernden Dämon zum Schweigen gebracht zu haben, streckte er sich entspannt auf seinem Ruhelager aus. In seinen Lenden machte sich ein angenehmes Kribbeln breit, als er an die junge Frau, sein letztes Opfer, dachte. Mit ihrem Tod war die Schmach gerächt, die an ihm klebte wie sündiges Blut. Ihr unerwarteter Anblick gab längst überwunden geglaubten Albträumen neue Nahrung. Der Teufel, der ihm seither wieder jede Nacht in Gestalt von Carmen erschienen war, bedrängte ihn. Seine Nachricht war unmissverständlich. Er befahl ihm, sich zu rächen. Nichts war zufällig. Alles hatte einen tieferen Sinn. Auch wenn es eine Weile dauerte, bis er begriff. Nicht dem Zufall, vielmehr einer höheren Macht, war es zu verdanken, dass er seine Schritte an jenem Abend zu dieser denkwürdigen Theatervorführung am Kap lenkte. Doch das wurde ihm erst bewusst, als er sich Carmens Reinkarnation gegenübersah. Die in der darauffolgenden Nacht einsetzenden Albträume trieben ihn an den Rand des Wahnsinns. Er musste sich ihrer erwehren, wollte er nicht den Verstand verlieren. Dass Vanessa Rothe seinen Weg kreuzte, schrieb er einer schicksalhaften Vorsehung zu. Ihr Anblick setzte eine tödliche Maschinerie in seinem Kopf in Bewegung. Lea Goldbach, sein erstes Opfer, die wegen der ihm widerfahrenen Demütigung sterben musste, war ihm bei einer seiner Stippvisiten in

Sellin aufgefallen. Es war ein Kinderspiel, sie wegzulocken, zu betäuben und danach zu töten. Sein zweites Opfer, Lisa Ahrens, die wegen des an ihm begangenen Betrugs ihr Leben lassen musste, hatte ihm der Zufall in die Hände gespielt und Vanessa Rothes Schicksal war besiegelt worden, als er sie, ein Ebenbild Carmens, auf der Bühne stehen sah. Als Nummer drei auf seiner Liste musste sie dafür büßen, dass seine Liebe ausgenutzt worden war. Sie war der Auslöser. Was mit ihr begann, sollte auch mit ihr enden.

Ihres Symbolgehaltes wegen ließ er in einem unbemerkten Augenblick drei der Lilien mitgehen, um mit ihnen seine späteren Opfer zu schmücken. Sie der Öffentlichkeit effektvoll als Bräute in Szene gesetzt zu präsentieren, gehörte gleichfalls zu seinem Plan. Auch die späteren Leichenfundorte hatte er mit Sorgfalt ausgewählt. Er wollte die ganze Welt an seinen Taten teilhaben lassen. Alle sollten sehen, dass es ihm endlich gelungen war, Satan das Handwerk zu legen und die ihm zugefügte Schmach zu sühnen.

Von einem tiefen Frieden umgeben, schloss er die Augen. Eine bleierne Müdigkeit nahm Besitz von seinem Körper. Den Anblick seiner Opfer vor Augen schlief er ein.

Durch dichten Nebel wandelnd, sah er zwei Gestalten auf sich zukommen. Bei näherem Betrachten erkannte er sich selbst in einer der beiden Personen wieder. Er trug einen eleganten schwarzen Zweiteiler. Als die Dunstschwaden sich lichteten, sah er sich aus der Distanz des Träumenden betrachtet, inmitten einer in Kerzenlicht getauchten Kirche stehen. Ihm zur Seite befand sich eine in Weiß gehüllte Engelsgestalt. Einem Glorienschein gleich, umgab ein Strahlenkranz ihr schwarz seidenes Haar. Als sie sich ihm lächelnd zuwandte, blickte er in ein Gesicht von überirdischer Schönheit. Die Art, wie sie ihn ansah, erinnerte ihn an Mona Lisas unergründliches Lächeln.

Am Altar angekommen, reichte die Lichtgestalt ihm demutsvoll die Hand. Ein Geistlicher erschien, um ihnen den Segen zu erteilen. Selbst im Traum konnte er sein Glück kaum fassen. Was, so fragte er sich, mochte dieses himmlische Wesen veranlasst haben, ihm anzugehören?

Wie hätte er im Augenblick höchster Seligkeit ahnen können, dass er seine Liebe an eine ihm Unwürdige verschwendete. An eine Frau, die im Begriff stand, ihn zu betrügen noch während er ihr andächtig den Ehering überstreifte. Vor lauter Liebe mit Blindheit geschlagen, blieb ihm vorerst verborgen, was die Stunde geschlagen hatte.

Verwundert stellte er fest, dass er Zeuge seiner eigenen Hochzeit geworden war.

Noch bevor er sich des tieferen Sinns dieser Szene bewusst werden konnte, versanken die Bilder in dichtem Nebel. In der nächsten Traumsequenz sah er sich seinem Vater im für die Hochzeitsfeierlichkeiten gemieteten Dorfgasthof gegenüberstehen. Die Worte, die er an ihn richtete, trafen ihn wie tödliche Dolchstöße. Wigald Austen sprach von Verrat. Alarmiert von den Blicken, mit denen seine Schwiegertochter und der Geistliche sich während der Trauung bedachten, war er Carmen, die sich unter dem scheinheiligen Vorwand, einen Ohrring zu vermissen, noch einmal in das Gotteshaus zurück begeben hatte, gefolgt. Diesmal jedoch lag der in unschuldigem Weiß gehaltene Altarraum nicht hell und strahlend, sondern in diffuses Zwielicht getaucht vor ihm. Die während der Trauung für eine feierliche Atmosphäre sorgenden Kerzen waren gelöscht worden. Sein Vater sprach beschwörend auf ihn ein. Seine Worte erweckten Bilder zu neuem Leben, die sich ihm vor langer Zeit unauslöschlich eingeprägt hatten. Gestochen scharf warf sie ein Diaprojektor an eine nur für ihn sichtbare Wand. Er sah seine Frau dem Geistlichen in die Sakristei folgen. Das, was sich kurz darauf dort abspielte, ließ keinen Zweifel an ihren wahren Gefühlen. Die Erkenntnis, Carmen von Anfang an lediglich als Mittel zum Zweck gedient zu haben, war bitter. Brachte sie doch zum Ausdruck, dass er nie auch nur den Hauch einer Chance hatte, ihr Herz für sich zu gewinnen. Denn für sie gab es nur eine einzige große Liebe und die war ihr in einer schicksalsträchtigen Nacht in Gestalt von David Küster erschienen. Den Bildern unterlegt, hörte er sie wie aus weiter Ferne von einem tragischen Missverständnis reden, von Briefen, die niemals beim Empfänger ankamen.

In der folgenden Aufnahme sah er Carmen einen Blick auf ihre Armbanduhr werfen. Sie wirkte unschlüssig. Bangen Herzens fragte sie sich, ob es ihr vergönnt sei, David wiederzusehen, um in aller Stille Abschied von ihm zu nehmen. Obwohl ihr Verstand ihr sagte, dass es sinnlos sei und nur alte Wunden wieder aufreißen würde, verlangte es sie danach, ihn wissen zu lassen, was sie den Briefen anvertraute, die ihn nie erreicht hatten.

Eine Welle der Erleichterung überflutete sie, als sie merkte, dass ihr Wunsch bei David auf offene Ohren traf.

In der weiteren Bilderfolge, musste er machtlos mit ansehen, wie sich die beiden für den Abend verabredeten.

Sprunghaft und zeitlos, wie Träume zu sein pflegten, sah er sich den beiden Stunden später am gleichen Ort gegenüberstehen. Schon lange war die Nacht hereingebrochen. Eng aneinandergeschmiegt, hörte er die beiden Liebenden sich leise flüsternd ihre geheimsten Sehnsüchte anvertrauen. Seinem Vater zur Seite, betrat er die in flackerndes Kerzenlicht getauchte Sakristei. Beim Anblick der Männer fuhr das Pärchen erschrocken auf. Ihre angstvoll geweiteten Augen auf ihn gerichtet, schien Carmen eine Strafpredigt zu erwarten. Doch sie sollte sich täuschen.

Ihr Plan sah anderes vor.

»Einen Austen betrügt man nicht! Lass mich nur machen, ich regle das schon«, gab ihm sein Vater zu verstehen. Gewohnt, sich seinen Anweisungen unterzuordnen, überließ er ihm die Führung. Wigald Austen zeigte sich dem verschreckten Paar gegenüber überraschend verständnisvoll. Um ihr Vertrauen zu gewinnen, ließ er sie wissen, dass er ihr Gespräch vom Morgen belauscht hatte. Mit seinem Versprechen, dass alles gut werde, gab er einer tief in ihrem Inneren keimenden Hoffnung neue Nahrung. Nachdem er mit diesen Worten den Boden für sein weiteres Vorgehen bereitet hatte, zauberte sein Vater eine Flasche Rotwein unter seinem Jackett hervor. Den Einwand des Geistlichen ignorierend, nahm er vier Abendmahlkelche von einem Bord über der Tür und füllte sie mit Wein. In seinem Traum verglich er den in die Kelche rinnenden Rebensaft mit Blut, sündigem Blut. Im Vorfeld hatte ihm sein Vater eingeschärft, unter keinen Umständen davon zu trinken. Er solle es lediglich danach aussehen lassen, um keinen Verdacht zu erwecken.

Er ließ sich Zeit, um sich genüsslich das nächste, vor seinem inneren Auge entstandene Bild zu betrachten. Es zeigte, wie sich die in der Sakristei versammelten Menschen zuprosteten. Arglos leerten David und Carmen ihre Kelche. Ungerührt sah er zu, wie das, dem Wein beigemischte Sedativum, zu wirken begann. Kaum war das Pärchen in eine tiefe Bewusstlosigkeit hinübergeglitten, hielt ihm sein Vater kalt lächelnd ein Paar Latexhandschuhe entgegen. »Anziehen!«, forderte er.

Die auf die nächste Aufnahme folgende Reaktion war so heftig, dass sie ihn sich schweißgebadet auf seiner Schlafstätte winden ließ. Unverständliche Worte murmelnd, musste er mit ansehen, wie sein Vater eine mit glasklarer Flüssigkeit gefüllte Einwegspritze zu Tage förderte. Während er das Bild betrachtete, dämmerte ihm, dass er eine ähnliche Szene schon einmal erlebt hatte. Bevor die hauchdünne Kanüle David Küsters Haut berührte, vernahm er plötzlich seine eigene, in diesem Moment fremd klingende Stimme. »Hast du damit auch Mutter umgebracht?«, wollte er wissen.

In seiner Bewegung innehaltend, richtete sich sein Vater auf, um ihn prüfend anzusehen. »Sollte mir da etwas entgangen sein?«, erkundigte er sich. Seine Stimme hatte diesen keinen Widerspruch duldenden Ton angenommen, den zu meiden er auch heute noch ängstlich bemüht war. Ihn fröstelte. Sie sahen einander an. Sein Vater begriff auch ohne Worte. Zu spät erkannte er, in welch heikle Situation ihn seine unbesonnene Frage hineinmanövriert hatte: zwang sie doch Wigald Austen, seine Strategie zu ändern. Um dem über ihm hängenden Damoklesschwert seiner vernichtenden Schärfe zu berauben, reichte es nicht mehr aus, ihn zum Mitwisser zu machen. Er musste dafür sorgen, dass auch an seinen Händen Blut klebte. Nachdem sein Vater David den tödlichen Schuss gesetzt hatte, versicherte er sich seiner Verschwiegenheit, indem er ihm abverlangte, gleiches mit Carmen zu tun. Nie würde er das folgende Bild vergessen. Einem rot glühenden Eisen gleich, hatte es sich in sein Gedächtnis eingebrannt. Am Rande des Unterbewussten wandelnd, sah er sich die Spritze aus seines Vaters Hand entgegen nehmen. Selbst im Traum schloss er die Augen, um nicht sehen zu müssen, wie die hauchdünne Kanüle Carmens von schwarzem Haar umgebene Kopfhaut durchstieß. Es kostete ihn übermenschliche Anstrengungen, den Kolben bis zum Anschlag zu drücken. Doch kaum hatte er sein Werk vollbracht, fühlte er eine nie gekannte Euphorie in sich aufsteigen. Er hatte es geschafft, tatsächlich geschafft. War es ein Wunder, dass er in diesem Moment auch seine Albträume gebannt wähnte?

Die ihn bald schon einholende Realität jedoch sah anders aus. Seine Tat bewirkte lediglich, dass die ihn des Nachts heimsuchenden Züge seiner Mutter nun die seiner Frau annahmen. Aber das konnte er in diesem Augenblick noch nicht ahnen und der Traum verschwieg es ihm wohlweislich.

Übergangslos sah er sich einem schwefelgelben Augenpaar gegenüber. Einem Impuls folgend, wollte er zurückweichen. Doch dann kam das Erkennen und mit ihm das Begreifen. Darum bemüht, ihm sein Handeln erklärlich zu machen, ließ sein Vater ihn wissen, dass sowohl seine Mutter als auch seine Frau in Gestalt einer Mensch gewordenen Versuchung den Teufel in sich trugen. Sie beide, hörte er seinen Vater sich rechtfertigen, seien dafür auserwählt, Satan zu töten.

Noch während er nach einem Sinn in dieser Offenbarung suchte, wechselte die Szene und lenkte seine Aufmerksamkeit auf die Frage, was mit den Leichen geschehen solle. Carmens Brautkleid brachte ihn auf die Idee, den Geistlichen ihr ebenbürtig zu kleiden. Ein in der Sakristei hängender Talar schien ihm für seine Zwecke geeignet. Nachdem er in der nächsten Einstellung die Lage sondiert hatte, sah er sich mit seinem Vater die Toten nach draußen tragen. Er konnte hören, wie der Schrei eines Käuzchens die Stille der Nacht zerriss und spüren, wie ihm das Herz bis in den Hals schlug. Das nächste Bild zeigte, wie sie im Schutz der Dunkelheit die Leichen ein paar Gräberreihen entfernt auf einem der Wege ablegten. Wie sie so vor ihm lagen, ging ihm auf, dass noch etwas fehlte. Er wollte nicht nur glauben, dass sie tot waren, er wollte es auch sehen. Gleich ihm sollte alle Welt sich davon überzeugen können. Der Traum verschwieg, woher der Dolch stammte, den er plötzlich umklammert hielt. Die folgende Aufnahme zeigte lediglich, wie er damit seiner Frau die Kehle durchtrennte. Das darauf von ihm getroffene Arrangement sollte den Anschein erwecken, das David Küster die Schuld für das Blutbad trug. Beifall heischend sah er sich nach seinem Vater um. Dieser schlug ihm anerkennend auf die Schulter. »Wie es aussieht, habe ich mich wohl in dir getäuscht. Einen besseren Weg, um die Polizei in die Irre zu führen, hätte selbst ich nicht finden können.« Sein Lob ließ ihn erkennen, dass er es geschafft hatte, sich des Namens Austen würdig zu erweisen. Als Zeichen seiner Anerkennung bedachte ihn sein Vater mit einer wertvollen Gabe. Gleichzeitig weihte er ihn in das mit ihr verbundene Familiengeheimnis ein. Flimmerndes Gold tanzte vor seinen Augen, als er, den Blick auf das Geschenk gerichtet, davon Besitz ergriff. Einem Kreisel gleich, begann sich daraufhin die Welt um ihn zu drehen. Was als langsamer Reigen begann, mündete in einem halsbrecherischem Finale. Sein Leben schien sich auf Bilder zu reduzieren, die Schneeflocken gleich, durcheinanderwirbelten. Bei dem Versuch sie zu ordnen, verloren sie sich im Nichts. Die daraufhin folgende Offenbarung ließ ihn starr vor Schreck werden: der Finsternis einer mondlosen Nacht entlehnt, sah er ein elfenhaftes Wesen auf sich zuschweben. Der Albtraum, den er nach dieser Nacht für immer gebannt wähnte, begann erneut. Während Carmen sich anschickte, ihn zu verspotten, vernahm er plötzlich von ganz weit her ein Geräusch, das ihn intuitiv in Alarmbereitschaft versetzte und ihn schweißüberströmt erwachen ließ.

Blinzelnd sah er sich um. Im Zimmer war es der geschlossenen Fensterläden wegen stockdunkel. Sein Herz galoppierte. Darum bemüht, Ruhe zu bewahren, erhob er sich und verließ das Zimmer. Auf dem Gang angekommen, lauschte er nach unten. Jemand machte sich in der Garage zu schaffen, er hörte es ganz deutlich …

22

Die geöffnete Hecktür des Transporters gab den Blick auf eine, auf der Ladefläche stehende Plastikbox frei. Nachdem Henning sie zu sich herangezogen hatte, nahm er sie in Augenschein. Sie enthielt mehrere verschweißte Einwegspritzen und eine mit wasserklarer Flüssigkeit gefüllte Glasampulle. Obwohl das Behältnis keine Aufschrift trug, ahnte der Kommissar, dass es sich um Kaliumchlorid handelte. Auf der Suche nach weiteren Indizien fiel ihm ein Müllsack auf, der achtlos hingeworfen, an der Innenwand des Transporters lehnte. Als er ihn aufgeschnürt hatte, kamen ein dünnes rotes Trägerkleid und ein paar hochhackige Absatzsandaletten zum Vorschein. Den Gegenständen nach zu urteilen, konnte es sich nur um die Kleidung eines der Opfer handeln. Den Müllsack in der Hand, nahm er hinter sich eine Bewegung wahr.

Instinktiv duckte er sich. Seine Reaktionsschnelle hatte ihm womöglich das Leben gerettet. Einem Schatten gleich nahm er über seinem Kopf die Umrisse eines eisernen Schürhakens wahr, der, da es ihm gelungen war ihm auszuweichen, nun mit ungeminderter Wucht gegen die Metalltür des Transportes prallte. Während Henning herumwirbelte, griff er, einem Reflex folgend, nach der in seinem Hosenbund steckenden Pistole.

Perplex starrte Pascal Austen in die Mündung der Waffe.

»Hände hoch und umdrehen!«, befahl der Kommissar. Den Immobilienmakler mit dem mehr zu seiner Beruhigung als zu seinem Schutz dienenden Revolver in Schach haltend, tastete er ihn ab. Als er sicher sein konnte, dass der Mann unbewaffnet war, zog er sich zurück. Aus ihm angemessen erscheinender Distanz wies er ihn an, sich langsam auf die neben der Tür stehende Holzkiste zu setzen.

Nachdem der Immobilienmakler, seinen Anweisungen Folge leistend, mit erhobenen Händen Platz genommen hatte, sah sich Henning nach etwas Brauchbarem um, womit er ihn fesseln konnte.

»Sie müssen sich nicht die Mühe machen, mich wie ein Paket zu verschnüren. Ich habe auch so begriffen, dass das Spiel aus ist«, gab Pascal Austen ihm zu verstehen.

Henning überlegte. Ihn festzubinden, erforderte, sich ihm mit der Waffe zu nähern. Angesichts des damit verbundenen Risikos, hielt er es für vertretbar, darauf zu verzichten. Um seine Überlegenheit zu demonstrieren, beschied er ihm: »Mich auszutricksen, würde Ihnen auch nichts nützen. Ich habe die Polizei benachrichtigt. Sie wird in Kürze hier sein.« Seine Worte, obwohl erlogen, schienen zu wirken.

Die Männer musterten einander. Es war offenkundig, dass der Kommissar auf eine Erklärung wartete. Anstelle einer Antwort überschattete eine plötzliche Traurigkeit Pascal Austens zur Schau getragene Gleichgültigkeit. Für einen Moment glaubte Henning, es sei ihm gelungen, einen Blick hinter die bröckelnde Fassade zu werfen. Der Ausdruck, mit dem sein

Gegenüber ihn ansah, ließ darauf schließen, dass er sich schmerzlich seiner Vergangenheit erinnerte. Die dabei zutage geförderte Verwundung gärte dicht unter der Oberfläche.

Der Kommissar ermutigte ihn, sich ihm anzuvertrauen. Doch Carmens Mann war nicht gewillt sein Schweigen zu brechen. Als Henning sah, dass er so nicht weiterkam, beschloss er ihn mit seinen bisherigen Erkenntnissen zu konfrontieren. Das Pascal Austen selbst dann noch keinen Einspruch geltend machte, als er ihm unterstellte, seine Frau und den Geistlichen umgebracht zu haben, ließ ihn von der Richtigkeit seiner Annahme ausgehen. »Wir wissen inzwischen«, fuhr er fort, »dass eine Kaliumchloridinjektion für den Tod der beiden verantwortlich war. Berichtigen Sie mich, wenn ich mich täusche, aber aufgrund der Tatsache, dass Ihr Vater Apotheker ist, schlussfolgere ich, dass es seine Idee war, die beiden auf diese Weise aus dem Weg zu schaffen. Anscheinend hielt er sich für besonders clever. Immerhin hat er damit schon einmal einen Menschen ins Jenseits befördert, ohne dass ihm seine Tat nachgewiesen werden konnte. Ich nehme an, Sie wissen, von wem ich spreche ...«

Pascal Austens Kopf schnellte in die Höhe. »Lassen Sie meine Mutter aus dem Spiel!«, verlangte er.

Seine Reaktion zeigte Henning, dass er ihn an einer verletzlichen Stelle getroffen hatte.

»Wenn Ihnen Ihre Mutter so heilig war, wie Sie es mich jetzt glauben lassen wollen, dann würde es mich interessieren, weshalb Sie stillschweigend tolerierten was er ihr antat«, erkundigte er sich stattdessen. »Das war schließlich Mord! Ihr Verhalten lässt mich davon ausgehen, dass Sie Bescheid wussten, weshalb also …«

»Weshalb, weshalb«, fiel ihm Pascal Austen ins Wort. »Sie glauben zu wissen. Aber in Wirklichkeit haben Sie nicht die geringste Ahnung! Oder waren Sie auch dazu verdammt, sich mit acht Jahren als unfreiwilliger Zeuge tatenlos den Tod der eigenen Mutter ansehen zu müssen?«, sprudelte es, nun da der Damm gebrochen war, aus ihm heraus.

»Sie waren dabei?« Henning konnte kaum glauben, was er da zu hören bekam.

»Ja!«

»Und Ihr Vater, ich meine …, hat er gewusst?«

Sein in die Ferne gerichteter Blick ließ ihn traurig und verwundbar erscheinen. Dem Kommissar kam es so vor, als wäre er wieder der Junge von acht Jahren.

»Sie wollen wissen, ob er wusste, dass ich es weiß?« Henning schluckte. Ein Zittern unterdrückend, nickte er.

Während Pascal Austen sich an jene Nacht zurückerinnerte, die sein Leben von Grund auf ändern sollte, huschte ein Schatten über sein Gesicht. »Ein Gewitter war im Anmarsch«, begann er. »Es blitzte und donnerte. Verängstigt lag ich in meinem Bett und sehnte mich nach Mutter. Ihre Gegenwart ließ mich all meine Sorgen und Nöte vergessen. Vergessen, das kleine Jungen stark sein mussten und sich vor nichts zu fürchten hatten. Ich jedoch war weder stark noch mutig. Mutter war die Einzige, die das verstand. Für sie war es kein Zeichen von Schwäche, wenn ich weinte, weil ich mir das Knie beim Spielen aufgeschürft hatte …«

Sein Blick verlor sich im Nichts. »Ich habe meine Mutter geliebt«, hörte Henning ihn mit kaum vernehmbarer Stimme sagen in der eine tiefe Traurigkeit mitschwang. Stille breitete sich aus. Es dauerte eine Weile, bis Pascal Austen sich in der Lage fühlte, seinen Bericht fortzusetzen. »Meine Eltern verfügten über getrennte Schlafzimmer. Vater hatte mir strengstens untersagt, bei Mutter zu übernachten. Deshalb musste ich mich heimlich zu ihr stehlen, wenn ich, wie in dieser Nacht, wieder einmal nicht einschlafen konnte. Als ich an jenem Abend zu ihr schlich, konnte ich sie tief und gleichmäßig atmen hören. Sie schlief. Ich legte mich zu ihr. Von ihrer Wärme und Nähe getröstet, war ich kurz davor einzuschlafen, als sich vom Gang her Schritte näherten. Aus Angst, entdeckt zu werden, versteckte ich mich unterm Bett. Kaum lag ich dort, ging die Türe auf und mein Vater betrat das Zimmer. Aufgrund des vom Gang hereinfallenden Lichts konnte ich in Mutters bis zum Boden reichenden Ankleidespiegel beobachten, wie er sich ihrem Bett näherte. Nachdem er sich davon überzeugt hatte, dass sie schlief, holte er eine Spritze aus der Tasche seines Morgenmantels hervor. Dank des Spiegels konnte ich ihn die Kappe entfernen sehen und erkennen, wie er sich über Mutter beugte. Kurz darauf verließ er das Zimmer wieder. Vor Erleichterung, dass er mich nicht entdeckt hatte, war mir ganz schwindlig. Vorsichtshalber ließ ich etwas Zeit verstreichen, bevor ich ins Bett zurückkehrte. Kaum lag ich dort, spürte ich, dass sich etwas verändert hatte. Mutters gleichmäßiges Atmen fehlte. Anstatt tröstliche Wärme zu spenden, ging eine tödliche Kälte von ihr aus. Ich bekam es mit der Angst zu tun und versuchte sie zu wecken. Aber sie rührte sich nicht. Ihre Hand fühlte sich ganz schlaff an. Auch ihr damals schon auffällig gewölbter Leib ließ keine Regung erkennen. Nacktes Entsetzen beschlich mich. Als sich das Gewitter verzogen hatte, kehrte ich in mein Zimmer zurück. Am nächsten Morgen teilte mir Vater mit, dass Mutter gestorben sei. Obwohl ich es geahnt hatte, weigerte sich mein Verstand daran zu glauben. Es überstieg mein Vorstellungsvermögen, meinen Vater mit ihrem plötzlichen Tod in Zusammenhang zu bringen. Schließlich war ich damals noch ein Kind. Erst als ich älter wurde, dämmerte mir, was in jener Nacht tatsächlich geschehen war. Mit meinem Vater darüber zu reden, verbot sich von selbst. Was blieb, war quälende Ahnungslosigkeit. Gewissheit bekam ich erst, als ich eines abends, rein zufällig Zeuge eines Gesprächs zwischen ihm und meinem Großvater wurde. Sie stritten.

Die Wohnzimmertür stand einen Spalt breit offen und ich lauschte. Ich konnte mich nicht erinnern, die beiden jemals so heftig aufeinander einreden gehört zu haben. Als ich hinzukam, vernahm ich, wie mein Vater ihm vorwarf, sich zu brüsten, seine aus erster Ehe stammende Frau und die beiden Töchter in die Gaskammer geschickt zu haben. Großvater war nicht gewillt, Vaters Vorwurf auf sich sitzen zu lassen. Was er daraufhin erwiderte, ließ keinen Zweifel daran, wer für den Tod meiner Mutter verantwortlich war. Ich war starr vor Schreck. Fürchterliche Bilder drängten sich mir auf. War auch mein Großvater ein Mörder? Noch dazu einer, der sich seiner Verbrechen rühmte, anstatt Reue zu zeigen? Hatte mein Vater ihn sich womöglich zum Vorbild genommen? Ich weiß es nicht und werde es wohl auch nie erfahren.«

»Und in dieser Tradition verhaftet, glaubten Sie gleichfalls straffrei auszugehen. War es nicht so?«

»Ach denken Sie doch was Sie wollen«, erwiderte Pascal Austen. Seine Beichte hatte ihn all seiner Lebendigkeit beraubt.

Henning war erschüttert. Nachdem, was er erfahren hatte, war es für ihn kein Wunder, dass der Mann ihm gegenüber ein eigenes Rechtsbewusstsein entwickelt hatte.

»Trotzdem«, wandte er ein, »verstehe ich immer noch nicht, weshalb diese drei Frauen sterben mussten.«

»Daran war Carmen schuld, vielmehr«, verbesserte er sich, »diejenige, die mir in ihrer Person erschien.«

»Sie meinen diese Schauspielerin, Ihr letztes Opfer?«

Pascal Austens Nicken bestätigten ihm seine Annahme.

»Mit ihr kamen diese schrecklichen Träume zurück. Das ließ mir keine Wahl. Ich musste sie töten, um sie dafür büßen zu lassen, was sie mir antat.«

»Sie meinen, was Carmen Ihnen antat?«

»Wenn es Ihnen so lieber ist. Es war die einzige Möglichkeit mich von diesen grauenhaften Albträumen zu befreien.« Ein Anflug von Wahnsinn spiegelte sich in seinem Blick wider, als er sich vor Augen hielt, dass der heutige Tag ihm offenbart hatte, dass es ihm trotz all der Opfer nicht gelungen war, sich ihrer zu erwehren. Nicht gewillt, sein Scheitern einzugestehen, hörte der Kommissar ihn stattdessen sagen: »Hätte ich es nicht getan, hätte ich den Verstand verloren, verstehen Sie?«

Henning verstand nicht. Wie hätte er auch ahnen können was in Pascal Austens Kopf vor sich ging. »Erzählen Sie mir von diesen Träumen. Wann begannen sie?«, wollte er wissen, um zu begreifen.

»Sie setzten mit Mutters Tod ein, schwächten sich jedoch im Laufe der Jahre ab. Nachdem ich Carmen ermordet hatte, befielen sie mich erneut. Doch auch das ging vorüber. Erst als ich diese Theatervorführung besuchte und mich Carmens Ebenbild gegenüber sah, kamen sie wieder, um mich mit nie gekannter Intensität zu verhöhnen. Was hätte ich den tun sollen? Carmen mich ungestraft verspotten lassen? Das konnte ich doch nicht. Zum Glück offenbarte mir Vater, was zu tun sei.«

»Hat er Ihnen das Kaliumchlorid besorgt?«, fragte Henning in der Hoffnung, ihn, wenn schon nicht wegen Mord, so doch wegen Beihilfe dazu dran zu bekommen. Doch Pascal Austen schüttelte den Kopf. »Ich nahm mir die Freiheit, mich ohne sein Wissen zu bedienen. Ich bin sicher, wenn er es bemerkt, wird ihm schon ein Weg einfallen, um es zu vertuschen. Das ist schließlich nicht mein Problem. Soll er sehen, wie er damit klarkommt.«

»Glaubten Sie wirklich, damit durchzukommen?«

»Spielt das noch eine Rolle? Schließlich haben Sie doch erreicht, was Sie wollten. Schon bei unserer ersten Begegnung ahnte ich, dass Sie mir Schwierigkeiten bescheren würden.«

Von Ferne näherte sich Sirenengeheul. Lauschend hob Pascal Austen den Kopf. Erst in diesem Moment schien ihm bewusst zu werden, dass es vorbei war. Ein letztes Mal flackerte sein Kampfgeist auf und ein irres Glitzern trat in seine Augen. »Sie haben die Rechnung ohne den Wirt gemacht!«, stieß er hervor. »Einen Austen steckt man nicht ins Gefängnis. Ihr kriegt mich nicht. Ihr nicht.« Das Folgende lief in so blitzartiger Geschwindigkeit ab, dass sich Henning keine Möglichkeit bot, die sich vor seinen Augen abspielende Szene zu verhindern. Ohne sich der auf ihn gerichteten Waffe bewusst zu sein, ließ Pascal Austen seine über dem Kopf erhobenen Arme nach unten sausen. Ein weiterer Handgriff, und die Abdeckung seines Siegelrings, der Henning schon bei seinem ersten Besuch aufgefallen war, sprang auf. Eine Kapsel kam zum Vorschein. Zum Statisten degradiert, musste der Kommissar mit ansehen, wie sie, wie von Geisterhand bewegt, in Pascal Austens Mund verschwand.

Es knackte. Er sah ihn die Kapsel hinunterwürgen. Plötzlich hing ein kaum wahrnehmbarer Bittermandelgeruch im Raum. Zyankali schoss es Henning durch den Kopf. Gleichzeitig assoziierte er, das Zyankali der Trivialname von Kaliumzyanid war. Welche Ironie des Schicksals dachte er bitter.

Noch immer zu keiner Reaktion fähig, sah er, wie Pascal Austen von heftigen Krämpfen geschüttelt, von der Kiste auf der er saß, rutschte und auf dem nackten Betonboden aufschlug. Seine Gesichtsfarbe hatte einen rosigen Hauch angenommen. Der Kommissar wusste aus Erfahrung, dass Blausäure, wie man Zyankali noch zu nennen pflegte, meist innerhalb kürzester Zeit zum Tod führte. Mit Grauen kramte er sein Wissen darüber hervor. Ihm war bekannt, dass es das Atemzentrum lähmt. Zwar konnte man noch eine Zeit lang atmen, aber den Lungen war es nicht mehr möglich, Sauerstoff mit der Atemluft aufzunehmen. Der Zellstoffwechsel war unterbrochen. Die Folge war, dass man unweigerlich innerlich erstickte. Ein weiterer schrecklicher Aspekt drängte sich ihm auf, als er daran denken musste, dass Zyklon B unter Hitler als Massenvernichtungsmittel in den Gaskammern zum Einsatz kam. Auch Anton Austens Frau und Kinder fanden so den Tod. War die von ihm besorgte Blausäurekapsel dafür auserkoren, Pascal Austen für die Sünden seiner Väter büßen zu lassen? Henning beschlich ein ganz eigentümliches Gefühl bei dieser Frage.

Irgendwo hatte er einmal gelesen, dass schon 150 Milligramm Zyankali ausreichten, um sich umzubringen. Er zwang sich, Pascal Austen anzusehen. Die ihm bekannten, mit qualvollem Ersticken einher gehenden Symptome, waren unübersehbar. Ein gurgelndes Röcheln von sich gebend, wandte er sich auf dem Boden. Er litt unter schrecklichen Krämpfen und würgendem Erbrechen. Sein grotesk verzerrtes Gesicht ließ erkennen, dass er mit dem Tod rang. Henning konnte sich weder vom Fleck rühren, noch sagen, wie viel Zeit inzwischen verstrichen war. Irgendwann verlor Pascal Austen das Bewusstsein. Obwohl es ein sinnloses Unterfangen war, bäumte sich sein Körper noch mehrmals auf, zuckten seine Glieder in dem vergeblichen Versuch, das drohende Ende abzuwenden. Als auch seine letzten Reserven aufgebraucht waren, blieb er, einem riesigen Insekt gleich, reglos auf der Seite liegen. Da endlich löste sich Hennings Starre. Auf Beinen, die so schwer waren, dass sie ihn kaum mehr zu tragen vermochten, näherte er sich dem Bewusstlosen. Pascal Austens Schleimhäute und seine Haut wiesen eine hellrote Färbung auf. Sein Kopf ruhte in einer Lache Erbrochenem. Henning würgte. Als sein Magen sich beruhigt hatte, zwang er sich, Pascals rechtes Augenlid nach oben zu ziehen. Eine starre Pupille blickte ihm entgegen. Da wusste er, dass es vorbei war. Der Tote lag da wie ein Embryo im Mutterleib. Ihm wurde ganz seltsam zumute. Verwundert fragte er sich, ob er am Ende gar Mitleid für ihn empfand. Er wusste es nicht. Wahrscheinlich lag sein Gefühl darin begründet, dass er sich noch immer nicht vorstellen konnte, was man Pascal Austen angetan, seiner kleinen Kinderseele zugemutet hatte. Kein Wunder, dass sein Wahrnehmungsvermögen einen Knacks davongetragen hatte. Nicht, dass er ihn entschuldigen wollte. Seine Taten waren nicht zu rechtfertigen. Aber irgendwie blieb ein bitterer Beigeschmack. Hennings zuckenden Händen entglitt der Revolver. Das von ihnen ausgehende Zittern verstärkte sich und nahm von seinem Körper Besitz. Sein Mund fühlte sich ausgetrocknet an. Mit einem Mal überkam ihn der schier übermächtige Wunsch nach einem Schluck Kognak.

ENDE

Weitere Krimis finden Sie auf den folgenden Seiten und im Internet:

WWW.GMEINER-SPANNUNG.DE

MAREN SCHWARZ
Eisschwestern

978-3-8392-1440-4 (Paperback)
978-3-8392-4193-6 (pdf)
978-3-8392-4192-9 (epub)

»Hochspannung zwischen dem Vogtland und der Ostsee«

Leipziger Buchmesse. Die erfolgreiche Krimiautorin Blanca Büchner stellt ihr neustes Buchprojekt vor, das auf einem realen Kriminalfall beruht. Damit begibt sie sich in tödliche Gefahr, denn jemand hat großes Interesse daran, dass die Geschehnisse im Verborgenen bleiben. Wenig später verschwindet Blanca spurlos.

Der pensionierte Kommissar Henning Lüders beginnt auf eigene Faust zu ermitteln. Seine Nachforschungen führen ihn vom Vogtland an die Ostsee, wo er auf ein eiskaltes Geheimnis stößt …

MAREN SCHWARZ
Treibgut

978-3-8392-1232-5 (Paperback)
978-3-8392-3795-3 (pdf)
978-3-8392-3794-6 (epub)

»Treibgut überzeugt mit einem vor Spannung knisternden Auftakt.« *Freie Presse*

Elena Dierks gibt sich die Schuld am Tod ihrer Tochter Lea, die an einem stürmischen Wintertag im Kinderwagen über die Klippen der Kreidefelsen auf Rügen ins Meer gestürzt ist. Sie verliert darüber den Verstand und wird in die Psychiatrie eingeliefert. Jahre später glaubt sie, ihre Tochter im Fernsehen in einem Bericht aus Amerika erkannt zu haben. Das Schicksal der jungen Frau geht einer in der Psychiatrie beschäftigten Schwester derart unter die Haut, dass sie dem pensionierten Kommissar Henning Lüders davon erzählt. Er nimmt sich der Sache an und macht eine unglaubliche Entdeckung …

GMEINER SPANNUNG

WWW.GMEINER-VERLAG.DE
Wir machen's spannend

MAREN SCHWARZ
Zwiespalt

978-3-89977-719-2 (Paperback)
978-3-8392-3321-4 (pdf)
978-3-8392-3320-7 (epub)

»Ein hochspannender Krimi um ein brisantes Thema.«

Die erfolgreiche Krimiautorin Blanca Büchner erwartet mit vierzig Jahren ihr erstes Kind. Gerade ist sie mit ihrem Mann auf den Lochbauernhof im Vogtland gezogen – dieser soll mit einem Fluch belegt sein. Kurz darauf fällt Blancas Mann durch einen Unfall ins Koma. Auch die Vorbesitzerin des Hofs erlitt ein schweres Schicksal: Sie nahm sich das Leben, nachdem sie ein Kind mit schwerem genetischen Defekt abtreiben lassen musste. Bei einer Fruchtwasseruntersuchung stellt Blancas Arzt auch bei ihrem Kind einen solchen Defekt fest. Kurze Zeit später ist er tot. Blanca glaubt nicht an einen Unfall und beginnt zu ermitteln.

MAREN SCHWARZ
Dämonenspiel

978-3-89977-638-6 (Paperback)
978-3-8392-3181-4 (pdf)
978-3-8392-3180-7 (epub)

»Ein Pageturner mit Sogwirkung.«

Eine Reihe mysteriöser Vorkommnisse führt dazu, dass sich das beschauliche Leben von Blanca Büchner, einer erfolgreichen Krimiautorin aus dem Vogtland, schlagartig ändert.

Alles beginnt damit, dass sie eines Morgens ein mit Trauerflor zusammengehaltenes Liliengesteck vor ihrer Haustür findet. Von diesem Moment an überschlagen sich die Ereignisse: Pia Sandner, ihre beste Freundin, wird tot aufgefunden. Kurz darauf kommt auch Pias Ehemann bei einem fingierten Verkehrsunfall ums Leben. Für die Polizei steht die Schriftstellerin schnell als Hauptverdächtige fest. Und diese hat in der Zwischenzeit eine furchtbare Entdeckung machen müssen: Das Manuskript für ihren neuesten Kriminalroman diente als Anleitung für die Morde an den Sandners …

GMEINER SPANNUNG